フロランス・ドゥレ

リッチ&ライト

千葉文夫訳

みすず書房

RICHE ET LÉGÈRE

by

Florence Delay

Ⅰ　マラガ・パラシオ・ホテル　7

Ⅱ　万人の時間、もしくはロス・エラルドス　105

Ⅲ　北へ向かって　195

訳者あとがき　280

ほんとうの意味でインディオを知ったのは別れたあとになってでしかない。そのことについては感謝にも似た気持ちがあるが、誰に向かって言ったらよいのかわからない。知るのは好きじゃない。知ると愛せなくなる。でも、愛するのも好きじゃない。

——われわれが何かをするのは愛があるからだと言ってしまえばよい、とドクトルは説明を加えるのだった。すると誰もがなるほどという気分になるわけだ、と。愛は信じがたいほどに高く評価されている。愛だからと言えば、懺悔告解の場合と同じく、すべてが許されてしまうのだ。金銭欲や功名心から同じことをすれば、誰もがおぞましいと言う。なぜ正々堂々と金儲けが目的で生きると言ってはいけないのか？　金銭にしたって、情熱の対象という意味ではほかのものと同じなのに。

ドクトル自身は無一物だった。インディオは自分なりのやりかたでその面倒をみた。なじみの仕立屋で自分が着ているのとまったく同じ白いリネンの服を彼のために注文したりもして、夏の終わりのドクトルの姿は、なおもノーブルだったが、ほころびも見えはじめ、皺も目立つようになった。インディオは彼をイニゴー・ジョーンズの船に乗せて旅に連れ出した。彼らはまた九月九日には、三人揃ってロンダの闘牛場でオルドーニェスが牡牛を相手にするのを見た。あるいはロンドンで競売に立ち会って一日を過ごしたりした。ドクトルは忠告などしなかった。芸術において真偽の区別などもってのほかと思っていたからだ。

——ここでもまた、と彼は言うのだった。誰もが固定観念の犠牲になるわけだ。一方には本物があり、もう一方には偽物があるというふうに。だったらだまし絵《トロンプルイユ》はどっちに入れるべきなのかね。一方には師が存在し、もう一方には弟子が存在する、善があって、悪がある。さらには正義というわけだが、リュシーよ、それはどちらを通ってくるのかね。賢い娘よ《ニーニャ・リュシッド》(彼はわたしの名のリュシーをもじって言った)、よくお聞き、外見は信頼するに足りるんだ、その人間が自分をどのように見せたがっているかに対応しているのだから。それにまた、ほんとうはどうなのかということより、どう見えるかのほうが大切だ。化粧した女は素顔の女よりもはるかに本物なのだ。自分の顔の上に自分が美と考えるものを乗せているわけだから。素顔の女は自然のままだというふりをするが、恐ろしい秘密を奥に隠そうとしている。

——彼女に話してやったらいい、黄金の世紀の、あの作家の語るふたりの若者の物語を……とインディオは言った。

——ほらほら、また名前を忘れた!

というのも彼はものおぼえの悪さを責めていたのだ。非難はわたしにも向けられることになった。

——フランスの娘よ、おまえの哲学の先生がきみたちのデカルトを説明したときに、われわれのカルデロンのほうがずっとすぐれていると教えてあげることができたんじゃないかな、でもマダム……と口をさしはさんでね。

——どうして彼女の哲学の先生が女性だったとわかるんですか?

——いいかね、教育のすべてはすでに女性たちの手にゆだねられている、でなければもうすぐそうなるんだ。女たちは、ほかのすべてを扱う場合と同様に、これをじつに真面目にひきうけるわけだね。やがては媚態などというものも男たちの専売特許になってしまうだろう。この点に関してきみは先駆者だといってもよい。

——わたしは媚態云々に関係はありませんね、とインディオは言い返した。わたしは趣味をわきまえた男なんだ。

ドクトルは驚いた様子をしてみせた。

——これまで耳にした言葉のうちでもこんなに古臭いのははじめてだな。この表現は辞書の例文のあいだに埋もれてしまったとばかり思っていた。そうじゃなかったんだ! この表現が死んでおらず、まだこれを口にする人間がいるとは! 彼はわたしのほうに向きなおり、絶対に忘れちゃいけないよ、と付け加えるのだった。おまえが有名になって、また年をとったとき、インディオがどんな人物だったかと聞かれることがあったら、趣味をわきまえた男とだけ答えてやればよい。

インディオはこうしていかなる技にも仕事にも関係せぬ男のカテゴリーに入ることになった。これはドクトルがほかのすべてにましてひそかに愛好するカテゴリーだった、つまり、この世に何の痕跡も残さぬ男のカテゴリーというわけだ。

彼のこのような嗜好はわたしにも強い影響をあたえたにちがいない。わたしの仕事は、有名人の世話をして財産あるいは名声に関してぬかりなくふるまうという奇妙なものだった（これを「エージェント」と呼ぶ人もいた）。ただし、この仕事への興味をわたしは失ってしまったのだ。結婚一年後にしてレオナールが去っていったのも相手が悪いのだと決めつけていた。当の本人の性質……もしくは性格、とドロテアは言い直すのだが、それが嫌で相手が逃げていったりはしないというかのように。ドクトルがあんなふうに言ったとき、あるいはそれは誰かの言葉の引用だったかもしれず、どちらにしても彼には同じことだったが、それは正しかったのだろうか？　すなわち、女は太陽とか月とか星のように家にいるべきものだと。わたしは世界中をかけめぐったりはしなかったが、家にもいなかった。そして今度は、逃げ出そうとしていた。この年の夏、生まれてはじめてドロテアの勧めに応じて旅に出たとき、つまり三十代の終わりを告げる誕生日の年の夏、自分がひときわ大事にしていたもの、つまりわたし自身の力、時のうつろいや愛への無関心などがわたしを棄てて離れていったこの年の夏、わたしが戻れるのかどうかはまったく見当もつかなかった。再確認などはしたくないというふうに物事にのぞんだ。

I　マラガ・パラシオ・ホテル

警察——スペインにはどのような目的でこられたのか？
ベルガミン——闘牛をする以外のすべてです。

日が暮れる頃にマラガ・パラシオ・ホテルに着くと、またすぐに引き返したい気分になった。もう長いこと、ひとりきりで旅行などしなくなっていた。建物はぶっきらぼうでどこにも隙はなく、ふたり連れでなければとうてい太刀打ちできないように見えた。さらにまずいことに、わたしには荷物もなかったのだ。イベリア航空は例によってマドリッド空港でわたしの荷物を置き忘れてしまった。ひょっとすると、紛失してしまったのかもしれない。誰も出迎えてくれる人はいなかったし、ドアマンもコンシエルジュも姿は見えなかった。それでもホテルの入り口は大きくひらかれ、照明は輝くばかりだった。ミラマールが閉鎖になる前にあのロビーに漂っていたのと同じ種類の匂い、オーデコロンとジャスミンの入り混じった匂いがこのロビーにも漂っていた。インディオとドクトルはすでにそのことを予言していた。つまりパラシオはアメリカナイズされたミラマールの亡霊にしかならぬはずだと。それでもこの数年は、ドアマンが以前と変わらず同じ男だからという口実のもとに、ふたりはこのホテルに宿泊するならわしだった。ようやくフロント係が姿をあらわした。わたしの名前を言って探してもらったが、部屋の予約はなかった。もうひとつ別の名を言うと、袖章なしの男はうなずいてみせた。もう夫の姓など名乗らなくなっていたのに、ドロテアが伝えていたのはこの名だったというだけの話だ。じっさいに以前の名前はそうだったと説明をする必要を感じたが、フロント係の男はそんなことにはもう頓着せぬ様子で、わたしの荷物はどこにあるのか心配そうにしているコンシエルジュの姿を指し示した。空港で発行された荷物の紛失届をさしだしたところ、彼はこんなことがつづくのでは、スペインはイタリア以上にひどくなってしまうとつぶやくのだった。コンシエルジュは荷物がなくなったのは、ETAが旅行者を狙った威嚇作戦に出ているからだと言った。そのときだ、ドアマンが、わが青春の年老いたドアマンが姿をあらわしたのは。迷うことなく彼は足早に近づいてきた。ほんとうにあなたなんですか、と彼はわたしに向かって言った。なんとうれしいこと、以前と少しも変わってらっしゃらない。わたしも同じように心をこめた挨拶を彼に向かって送り返した。彼はゆっくり頭を動かして、別のことを考えている様子だ。

――あなたをお待ちになっている方がいらっしゃいますが、と声を強めて彼は言った。わたしのあとについていらっしゃい。

喉が締めつけられた。ありえないことを想像した。

案内されるままにわたしはエレベータ・ホールに沿って大理石の床を歩き、それから左に曲がってバーに向かった。肘掛け椅子が聖者の遺物をいれる箱のように見えたのは、ほとんど場所などいらぬほどにその人の姿が細いからなのだが、青オリーヴとシェリー酒の小さなグラスを前にしてそこに座っているひとは、ああドクトルだ！　息がとまりそうだった。

椅子から立ち上がった彼が浮かべるあの笑みは、到着と出発とのふたつの局面ではっきり示されるお馴染みのものだった。唇を閉じたままの笑みは、時間の糸のように目に見えない線をかたちづくり、人を寄せつけない城塞にもなる。要するに、ドクトルは決定された状態が嫌だったのだ。いつまでもずっと同じところにとどまりつづけるとか、行ってしまって帰ってこないとか。はじめのほうだと彼は退屈し、あとのほうだと彼は寂しくなる。でもこの晩の彼は長くて冷たい両手でわたしの手を握ったまま、わたしを前にして例の笑みもかすかに震えていたが、すぐにこれを隠そうとした。いままで彼の相手をしていて、わたしの姿を見てやはり席から立ち上がった若い女性を、自分の前に押し出す彼のやりかたは、まるでわたしを一人前の大人の女として扱うと告げているかのようだった。彼はこの娘の背後にほぼ完全に姿を隠し、二本の指を悪魔の角のかたちにしてみせた。すべては昔のままだ。

――こちらはね、とわたしを指さし、彼はこの娘に向かって言った。ありとあらゆる種類の大胆なことをやってのけ、何でも知っている大天使のような人だよ。ということは、神以外の何も信じていないからさ。むしろ悪魔以外の何ものをもと言ったほうがいいかな。彼女は純然たる表面のあらわれ以外の何ものでもなく、わたしと同じくらい彼女から学ぶところは多いはずだ。

――これがコンスタンスという名の娘だ、と彼女を指さして彼はわたしに言った。ロンドンから勉強しにきている。それが誰のことを、いったい誰のことを勉強しようというのかわかるかな？

――まさか、あなたのこと？

彼はあわせた両手で鼻を隠し、その声はかぼそく、くぐもった感じに変わった。

——コンスタンスなんていう名前をした娘に亡霊が追いかけられると思うかね？　やめさせようとしているのだが、あの娘のほうもしつこく頑固だ。そこで少なくとも一から十まで全部自分の頭で考え出すようにしてもらうつもりでいる。とくにわたしの生年月日などについてはね。彼女にじゅうぶんな想像力がなければ、おまえにたずねてもよいことにしよう。適当にあしらってくれればいい。ほんとうのことを言わなければ何でもよいのだよ。

コンスタンスはといえば、両親がその名のとおりであってほしいと願ったままの姿だった。いつ見ても可愛らしく、顔じゅうにそばかすがあり、前髪に隠れてマリンブルーの眼がきらきら光っていた。

——どんなふうにして彼の噂をお聞きになったの？　とわたしはたずねてみた。

ドクトルも彼の作品も世に知られていない、そんなふうにわれわれ何人かが思っていたのは、すると間違いということだったのか。

——インディオから。

インディオから彼女の話を聞いたことはなかった。でも自分は嫉妬深いほうではない。

——それで彼はあなたに何と言ったの？

——天才ですって。

そこで「天才」は笑い出した。

——もう、きみたち好い加減にしてくれ。きみたちだって反論などしないだろうが、生まれつきの才能というなら、インディオ以上の存在はいないだろう。

彼はそう言って、こちらをじっと見た。もちろん挑発しようとしてのことだ。わたしがもちこたえるかどうか試そうとしている。結局のところ、いなくなってしまった人間などなく、それにまた、あたかも前日に別れたばかりのようにふるまっていた。わたしたちの出会いが奇跡に近いなどとは思いたくなかったにちがいないし、また取り乱すなど論外だった。彼はどう考えていたのだろう。わたしがハンカチを取り出すとでも思っていたのか？　わたしは平然として煙草に火をつけた。

——ところで、おまえもわたしと同じように髪の毛を長く伸ばしはじめたのだね。わたしの愚かな甥、そう、美術雑誌をやっているあの男が言うには、この世からヒッピーなど消滅しかかっているというのに、わたしはそれに似てきたそうだ。でも消滅しかかっているものに似るのがわたしの役割なのだよ。

彼は頭を振った。白髪混じりの硬い髪は頸のあたりで軽くカールしていた。ひどい姿だった。

——とっても下品な感じよ、とわたしは彼に言った。

そのとき若い女性がはっきりと言うのが聞こえた。完璧なオクスフォード訛りのスペイン語だ。

——髪を切ったらと言ったんですけれど、サムソンの物語を盾にとるのです。

——だったら彼にはアブサロムの話をしてごらんなさい。

——それがわが罪に関するほのめかしだとすれば、帰るために荷物のしたくをしたほうがよかろう。

——できない相談ね。もう荷物など、なくなってしまったのだから。

——なかには何も入っていなかったことを願うね。

——もちろん、そうだわ。荷物なんて、いつもたいした中身などないにきまっているんじゃない？

あなたのお友達のETAがどうも荷物を蒐集しているらしいわね。

――おまえが相変わらず反動的な様子で、こちらとしてもうれしいかぎりだよ。でも間違った情報をあたえられたというべきかな。ギャルソン！　こちらのフランス人女性にドライ・シェリーをもう一杯、そしてあちらのイギリス人女性には甘いシェリーをもう一杯もってきてくれ。あの男はアメリカ人女性が嫌いなのだよ、と声をひそめて彼は言った。そして、自分にしても旧世界の代表者としての評判は落としたくないのだ、とも。

彼は美しい女性を連れていることでとくに評判だった。年をとればとるほど、連れの女性は若くなる。コンスタンスがその格好の例だった。いったい彼女は何歳くらいなのだろう？　十八歳か、それとも二十歳か？　この種の評判が生まれたのは、彼がインディオと知り合ったときからだ。そしてたしかに年老いることがなくなってしまったのである。しばしば三人でいる姿を人はよく見かけた。インディオが新たな恋に落ちたとき、ドクトルが捨てられた女をやさしくいたわる姿が見られた。彼はお得意の逆説と哲学でもって傷ついた心を癒すのだ。そうする一方で、新たな恋人の様子もちゃんとうかがいつつ、その打ち明け話を聞く相手もつとめた。そう、すべてはそんな調子だった。

わたしにはそんなふうに見える。教訓になるような体験を自分でもしたわけだ。とにもかくにも、ほかの人々を観察してみなければならないし、洞察力に欠けるというおそるべき自分の欠点を直さなければならない。でも理由がわからないでいた時代は幸福だった。わたしたちの周囲にいる誰にしても、ドクトルがいるときも、またいないときもあったが、なぜわたしがいつもインディオのそばにいるのか理解できなかった。なぜわたしが加わって、一連の同じ動きがまた始まったかが理解できなかった。

――それでは本質的な質問に移ることにしよう、と彼は言った。どこからきみは来たのか。どこへ行くのか、そして誰が……

――ああ、やめてくださいな、とわたしは声を強めた。あなたが相手では嫌なの！　少し前から……

急に興味をおぼえはじめた彼の様子には誰も抵抗できない。わたしは言いかけたことを最後まで言わざるをえなかった。

――……そんな質問ばかりされるのだから。

彼は誰から聞かれるのかとはたずねずに、なぜと聞くのだった。わたしはそれを無視するかのようにして、手をひらいて思わず部屋の鍵をつかんだ。この若い女性の前では何も言うまい。ドクトルの好奇心は、礼儀などそっちのけで、彼はギャルソンに勘定をもってくるように命じたが、わたしが勘定を求めるときのやりかたをそこにちらっと認めることができた。手をあげて、空中でサインをしてみせるそのやりかたをわたしも真似ている。

――部屋に行きたかったら行きなさい。そしてまた降りておいで。待っているから。

コンスタンスもまたわたしと一緒に立ち上がり、暗黙のうちに促されたように、お休みの挨拶をした。彼女の顔は赤くなっていた。そういうやりかたをする人だと認めるには結構長い時間が必要なのだが、ドクトルはかなりあけすけな物言いをする人だった。そういうわけでエレベータを前にして、彼女がフランスふうの流儀でぎこちなくさしだした手を握ると、しばらくそのままにして、わたしは言葉を付け加えた。近いうちにね。これほどうまい言い方があるとは思えなかった。彼女は足早に立ち去り、でもこちらを振り向いた。

表に出ると誰もがつねに本能的にドクトルの腕をとる習慣だった。外に出ると彼はとても弱そうに見え、ほんのささいなことでも転んでしまいそうだった。でもこれは間違った印象だ。群集に激しく押されて、たとえ彼が連れ添いの若い人々とはぐれるようなことがあっても、怪我などせずにひとりで切り抜けることができた。しかし、そんな印象は消えずに残る。通りを横断するとき、彼は左右を見なかった。夏の夜、ひとりで外出するときは、履いているズック靴や白い麦藁帽子が交通信号の代わりになった。冬の夜は、インディオからもらった白いスカーフが古ぼけたオーバーの上でレーザー光線みたいに揺れていた。まだ暑さが残っている。彼もわたしもお腹はすいていなかった。ささいな事柄を話し合いながら、おたがいに会わずに過ごした時間がそんなに長くはなかったかのように思いつつ、棕櫚の木のあいだを通って歩いた。ネプチューンの噴水の前まで来ると彼は立ち止まった。

——マラガのよいところはだね、と彼は言った。どこにも面白みなどない、ありきたりの都市だということにある。見物すべきものは何もない。案内書の記述はヒブラルファロ城からの眺めを推奨するにとどまっている。ここで生まれた有名人はいないし、有名人など誰もここには暮らしていない。靴を買ったり、マラガ酒を飲む陽気な連中は別としてね。だからマラガが好きなんだ。

——だったらピカソは？

——彼がここで生まれたのだということをみんなが思い出すのに百年はかかっているよ。十月には彼の生誕百年を祝う催しがある。ピカソの名前をつけた美術学校のホールを知っているかい？　なかには相変わらず何もないのだけれど。彼がマラガの人間だった頃に描いた絵が二枚あるだけだ。老人たちさ。十四歳のときに描いた老人たちの絵だ。

——あなたはここで生まれたのだとばかり思ってました。

彼は謎めいた表情をして、わたしの唇の前で指を立てた。

——お黙りなさい。あのイギリス娘が、ひょっとするとこちらをスパイしているかもしれないじゃないか。本質的な質問に答えるための相手はおまえじゃないよね。どこから来たとか、どこへ行くのかというような……。

今度は笑ってしまった。気分はよかった。わたしたちはラ・アラメーダ遊歩道《パセオ》のカフェに入りテラスに座った。彼はジャスミン売りを呼び止め、わたしにその一本をくれた。わたしは眼をとじて、匂いを嗅いだ。

——いやそうじゃない、おまえがやってくるという噂はドロテアから聞いたのではない。ドロテアはもう好きじゃない。

彼の言う「もう好きじゃない」は、説明抜きで、ギロチンの刃のように落ちてきたものだ。わたしにしても、彼からもう好きじゃないと言われた一時期を耐え忍ばねばならなかったことがある。彼がそう言っていたと知らせてくれようとする人間がいつもどこかにいたのだ。でも、彼がその理由をあげたときは、信用できないと思ってよかった。

——彼女はあまりにも外向きの生活をしている。以前のように彼女に静かに会うことはもうできない。彼女はいろいろな機械を抱えてやってくる。ある日はマイク、ある日はテープレコーダ、ある日はカメラというわけだ。彼女には大切にしていた古い肩掛けをあげたこともあった。ビヤロンの妻がある晩これをわたしに貸してくれたのだ。そのひとに最後に会った晩のことだった。とても寒い晩だった。そのあと彼女は死んで、これを返せなくなったので、ドロテアにあげたのだ。いまではこの肩掛けはニコン製カメラを包むのに使われている。彼女は機械なしには、もはや聞くことも見ることもできなくなっている。彼女は書くときもじかに機械を使う。彼女は書いた文章をとにかく場所など選ばずに、どんな雑誌にも発表する。テレビにも出る。お別れだと言ったときは、ほんとうにこれでおしまいだなどとは夢にも思わなかったようだ。彼女には鉛筆と消しゴムをあげた。彼女は一通の手紙すら書けなくなっているから、電話をかけてよこすのはやめないがね。そこで耳が聞こえない、あるいは病気のふりをしてやるのだ。電話はこちらから切ってしまう。いやそうじゃない、おまえが来るという話を知ったのは彼女から聞いたのではない。

あえて反論はしなかった。わたしもまた手紙はもう一通も書かなくなっているからだ。

——だったら?

——そう、単なる偶然だったのさ。つまり一連の奇妙な出来事の連鎖があったというわけだ。

——教えてくださいよ!

——イニゴー・ジョーンズだよ。

——イニゴー・ジョーンズって？　彼はまだここにいるの？

——なぜ、いてはいけないんだね。相変わらずだよ。彼を追い立てる要素など何もないんだ。ガリシア出身の独裁者も、ボルボン・イ・ボルボンも、アメリカ人も、ドイツ人も、アラブ人も。みごとなものだよ。ロス・エラルドスの領地を県に譲る決心をして、ここに美術館のようなものをつくることにしたというのだ。サン＝ポール＝ド＝ヴァンスにあるマーグ財団のようなものさ。だから話を戻すと、わたしはセビーリャにいたわけだ。甥とおしゃべりをしていると、運転手がやってくるのが見えた。

——アンドリューのこと？

——アンドリュー、まさにそのとおり。ただし時間がたつうちにアンドレスと呼ばれるほうがよくなったみたいだが。用事を終えしだい——イニゴーのやつはわたしに用事なんぞがあると信じている、んだな——車にすぐに乗り込み、エステポナで数日を過ごしてはどうかと誘いかける手紙をアンドリューは携えていた。表向きは最近手に入れた作品をわたしに見せたいということだ。手紙の追伸の部分には驚くようなことがあったと書かれていた。さらに二番目の追伸には、またしても驚くようなことがあったと書かれていた。そこで出かけることにしたのだ。最初の驚きというのは、彼の姪の話だ。イニゴーの妹は、彼が死んだあとの財産処分がどうなるのかが心配で、人質としてコンスタンスを送り込み、彼女に遺産の一部がわたるようにしようと考えた。問題はもうひとり別の遺産継承者がいる可能性があるということだ。

――コンスタンスはそのことを知っているの？

――わかるだろう、彼女は赤毛だ。どこまで純粋無垢か、どこまでねこっかぶりかわかったものじゃない。

――わたしはどうなの？

――おまえのことは二番目の追伸に書いてあった。イニゴーにはアンドレスを介して闘牛の最上席が手に入る。アンドレスはこれをマラガ・パラシオ・ホテルのドアマンから買い、いっぽうドアマンはミラマールの前の支配人からこれを受け取る。支配人はいまのラ・マラゲータ闘牛場の支配人の昔からの友人だ。ミラマールの前の支配人にとって、インディオは上得意だったが、彼は十日ほど前にリュシー・マルティネスの名で祭《フェリア》の予約を申しこむテレックスを受け取った。祭といっても今年のそれは例年にないものになるだろう。昔馴染みの連中がすべて戻ってくるからだ。何年ものあいだおまえの噂を聞いていなかった彼はすぐさまこのニュースをドアマンに伝え、ドアマンはこれをアンドレスに伝え、アンドレスはこれをイニゴーに伝え、イニゴーはセビーリャまでわざわざ車をまわしてロス・エラルドスにわたしを迎えて、このニュースを彼の口からじかにわたしに教え、あとはパラシオに戻っておまえを待つように勧めたというわけだ。パラシオに来てみると、ややこしいことになっていたのは、とうてい覚えられそうもない厄介な名前を使って、おまえが部屋の予約をしていたわけだ。この名前はおまえが姿を消す前にわたしに紹介してくれたあの魅力的な男の名前だったはずだね。彼はいまどこにいるのかな？

少しばかり面食らって、わたしは整理しようと試みた。まず第一に、わたしはリュシー・マルティネスなんていう名はけっして使わなかった。それからこの魅力的な男とは、まがりなりにも結婚していたわけで、そのあとで別れたとしても、一切の顚末はドクトルがドロテアと「絶交する」前に彼女の口からじかに語られていたはずで、また同時にコメントだって付け加えられていたにちがいない！　彼は隠さずに手の内をさらけだしていた。

——結婚の話は知っていたよ。おまえはけっして結婚しないという意志をあまりにも強調していたものだから、極端には驚かなかった。驚くよりも、ひどいことになるだろうなと考えていたのだ。もちろん彼にとってということだがね。

わたしはさらに先に進みたいと思った。過去の話になり、あまり現在のことは語られなかったのはいたしかたない。すぐさま今晩わたしたちの再会をもたらした驚くべき偶然のつながりという点がどうなっているのか、わたしは理解しようとした。

——マラガ・パラシオの部屋をとったのは自分ではないし、ミラマールの支配人にテレックスなど送ってはいません。第一その人の名前すら知らないのだから。

——驚いたね！　ところで今回の旅のことを知っているのは誰かね？

——誰も知っている人間はいないわ。ドロテアのほかにはということだけど……

少し間があった。ドクトルは狼狽しているようにみえた。彼はメランコリーにひたったままでいた。年若い敵を追放の地から呼び戻さざるをえない独裁者のメランコリーといってもよい。

——これを仕組んだのは彼女だったというわけなのか。たしかにそれ以外に説明はつかないな。絶対にほかに誰もいないとおまえは言い切れるのかね？

──誰もいないわ。

──ならばわたしが間違っていたわけだ。彼女は迷える女なんかじゃない。彼女の頭はしっかりしている。

わたしも同じことを考えているところだった。でも眠かった。わたしは回復期にあったし、遅れてやってくる幸福に耐える力はなかった。

──そろそろ寝るとしようか、と彼は結論づけた。昔のことを話す時間はこれからたっぷりあるわけだし。

わたしたちはゆっくりと道を戻った。街灯の光がぼんやりひろがるなか、眠り込んだ人形、アンダルシアふうの服を着た幼い娘たちを腕に抱えて、祭から戻ってくる人々の姿がまだ見かけられた。ドアマンはわれわれの姿を見ると、急いで近づいてきて、車の流れをとめてくれた。

──では、彼女を見つけたのですね？　と彼はドクトルにささやいた。終わりよければすべてよし、とはよくいったものです。

──むしろ始めがよければ、と言いたいのだろう。二つ門がある家は維持が困難だという。思い当たる部分があるのじゃないかね。ところで、すべての女には二つ門があるのだよ。

ドアマンが感嘆するまなざしを彼に送るのを見るのは気持ちがよかった。彼はエレベータのスイッチを全部おしまくった。

──明日はイニゴーに電話をかけなければならないな、とドクトルは言った。彼は来ないだろう。何しろパブロ・ロメロの牡牛だし。明後日はひょっとするとパウラを見にやってくるかもしれない。

彼を待って一緒に出発しよう。

——どこへですか?

——だから彼の家へだよ。ロス・エラルドスだ。彼はおまえを待っている。われわれはみんなおまえを待っていたのだ。

部屋の窓をあけて暑い空気をなかに入れ、空に見つけたのはこれまでも何度となくわたしの手本となった相手、それが暗い夜空にクリップのように、丸いときと同じくらいに静かに、同じくらい明るく自分の居場所に突き刺さっている姿だった。そんな姿がわたしは好きだ。鋭利で、若くて、その切っ先にこれから満ちるぞという願いをこめている。そして願いはいつもかなえられるのだ。自分をその姿と比べようとして眺めるのをやめてから、だいぶ長い時間がすぎていた。それは明日の姿だった。月のせいで眠気は完全に失せていた。でも姿が見えなくなったのが、むしろわたしのほうだとすればどうなのか。苦悩や裂け目を見せて恩寵を失ってしまったというならばどうなのか、いまが、ふたたび姿をあらわす機会だというならば、実際に自分は誰なのかを知る——変わるためにではなく、またほんとうの自分になるために——機会だというならばどうなのか。やはりそうなのだ。わたしにしても、明らかにしたいと思っていたのだ。以前のわたしに戻るために、外側から奇跡的にふたたび発見された出発点の自分に。なんで賢い人間になろうと思ったりできたのか。いったいどうして人生が習慣であり、この習慣は死によってただ一度中断されるだけだと悟ったりできたのか。失踪、再登場、なんという恵みなのだろう。人生の後半に前半を再現する、そう、わたしが追い求めていたのはそれだった。同じもの、陽気でありながらも破綻していて、そのあいだの区別がない状態、同じひとつの存在を無限にやりなおすこと。聖人君子ではないし、落ち着きもなく、賢くもない。そんな状態がまた可能になるようにわたしには思われた。月の力で、あるいはドクトルの力で、あるいはイニゴー・ジョーンズの力で。それにしても、あれは本名なのか、それともドクトルがそんな名前をつけなおしたのか。わたしはマドリッドにいるドロテアに電話をかけて感謝の言葉を言わなければと思ったほどだ。でもそれはやめた。今晩は他人に自分の気持ちをわけあたえたくはなかった。この気持ちを言葉で説明することでわたしの興奮をしずめたくはなかったのだ。わたしを襲おうとしているのは過去の思い出ではなく、もう一度征服できるというたしかな感覚だった。

二百ほどある部屋、二百ほどある浴室のひとつで、ロールカーテンのきしむ音が聞こえた。「変わるくらいなら死んだほうがましだ」、これもまたインディオの座右の銘だった。これまで音もなくひそかにわたしの生活空間から姿を消したのは彼だけだ。彼がいないということはほとんど意識せずにすんだし、急にそのことで狂おしいほどに彼への感謝の念がわいてきた。たしかに彼はいつだってわたしからはずっと遠いところにいた。彼が姿をあらわさないのはいつもと同じで、いまは普段よりも少しばかり長いと思われる点にちがいがあるくらいだった。今晩は、彼、ほかならぬあの彼がいないのがつらく思える。彼がシャワーを浴びるときの物音、バスタオルに体を包んでサロンに戻ってきたとき匂うレモンの香り。小型冷蔵庫をあけて——一緒にいるときはスイートルームを使ったものだ——シャンペンのボトルをとりだすときの陽気な雰囲気。バーに電話をかけてみると、部屋の冷蔵庫にはシャンペンが入ってるはずだという。たしかにそのとおり。カタルーニャ産シャンペンのハーフ・ボトルだ。わたしはシャンペンを飲み、部屋にあるジャスミンの匂いをかいだ。夜の闇とジャスミンを前にして、はっきりと言葉を思い描いてみた。あなたを愛してる。これまで言ったときよりもずっと真剣に。


――それで誰のことなのかね。その「ひと」というやつは？とドクトルは訊く。

――むかしからの友だちのことですわ。ほら、あなたが哲学娘と呼んだりしたあの女性。

――哲学娘はおまえを嫉妬していて意地悪だ。

――あのひとのことをご存知ないから。

――哲学者というものは哲学者でない人間を軽蔑するが、自分たちにはない軽さをうらやむものだ。彼はコーヒーをさらに二杯分注文した。

――わかっていると思うが、女性たちにはかなり忠実であるようだね？

――男が相手でも同じですわ。区別などしてはいません。わたしのほうから相手を放り出したりはしない。

――おやおや。哲学娘は心の奥ではおまえが哲学を知らないといって非難していたね。彼女が崇拝する対象は意識であり、彼女の考えだと、おまえにはそれが欠けているというわけだ。

――そのとおりよ。彼女のためにも、自分が何を考えているかをはっきり知る頃合だということになるのかしら。

——おまえが考えていることを知るのかね、それともほんとうに何かを考えているのかね。ドロテアについては、彼女のおはこは毅然とした性格というやつなのだから、どうして考えるよりも行動にあらわさないのかと言っておまえを非難するのは間違いない。

——わたしがどんな人間なのかという問題でしょう。

——彼女がそのような問を立てるのは自分自身で答えを探しているからだね。マドリッドで、鉛筆の一件のときは、表面にあらわれるものに関する知識を信じていた。彼女は筆相学と人相学を高く買っていた。機械を使って書いているのに奇妙だが。あれはおまえの影響ではなかったのか。だが彼女はテオフラストスを読んでいるところだったな。おまえのほうはこれをけっして読もうとはしなかったのに。

——ここで突然の意見一致というわけね。つまりわたしは壁に寄り添い、あの不吉な、汝自身を知れ、これまで自分がとことん嫌ってきたあの問に追い詰められてしまっている。それも自分には弱みがあって……

——どんな弱みなのだ。

——……自分の姿を、要するに、……不幸な女だというところを見せたがる。

不幸という言葉を口にしたとたんに、すぐに取り戻したくなった。ドクトルはこの言葉が嫌いだ。とくに女が口にするとまずいことになる。彼の頭が痛くなる。彼にとって、不幸とは、市民戦争であり、より単純に戦争であり、亡命であり、拷問であり、慰めようのない貧しさのことだ。彼の手がそんなふうにまた鼻のまえで組み合わされると、顔はほとんど隠れてしまう。両手の指の一本ずつで眉をなぞりはじめ、力をこめた身振りで、始まりかけた頭痛を追い払おうとして眼の周辺に半円を描いてみせる。

わたしたちは空中高く空の縁にいるような感じでホテルのテラスに腰をおろしていて、そこからは市街と港が一望のもとに見渡せた。テーブルを陽射しから守る麦わら屋根が力強い風にあおられて少しばかりめくれあがり、風が麦の穂の一本一本を揺らしていた。二メートルほど先の人工芝の上には、プールとは名ばかりのブルーの水溜りがあって、その周囲には、すでに真夏の雰囲気が支配していた。スペイン人は日陰に、外国人は日向にいた。ドクトルは溜息をついた。

——彼らには太陽の国で日陰にいる歓びがわからないのだな。さあ、つづけてごらん。

自分の言いたいことは言い終えたとすぐに答えた。だが、愚かにもまた始めてしまったのだ。ほんとうに人生の半ば、道の半ばというものが存在するのか？　あらゆる人間にとって必ずやってくるどうしようもない瞬間なのか、それともこれを避けることができるのだろうか。時間が投げた網の目をすり抜けることが？

——やめてくれ、やめてくれ、と彼は耳をふさぎ、大きな手をロバの耳のようにして、滑稽な調子で言った。お願いだから、降参だよ、やめてくれ。おまえの二十歳の誕生日に『神曲』などを贈るべきじゃなかったな。あれから二十年たっても何もわかっちゃいない。おまえにとってはあまりにも垂直すぎるんだ。定規を手にして方眼紙の上で天国と地獄から等距離の位置を測れば、どこに煉獄があるかはすぐにわかるだろう！　なんたる状態、おまえは、なんたる状態にいるんだ！　昔はあれほどカテゴリーに無関心だったのに、半ばとか始まりとかなんぞ言いつつ、おまえがわれわれのもとに戻ってくるというのは、いったい連中に何をされたんだね。

わたしは膨れ面をした。あれはわたしではなく、ほかの人たちだったのだ。もしもわたしがなにごとかの半ばにいたとすれば、そのように信じさせようとした人たちがいたからだ。彼の怒った気配に気押されて、仏頂面になった。

——ならば、あの意地悪な連中は、正確にはなんと言ったのだ。

——「これから先の人生と同じくらいの時間をすでに生きてしまったということが、わかっているの?」だって。

これで雰囲気はだいぶなごんだ。

——でもこれはヘミングウェイ特有の言い方じゃないかね。ジャーナリストが書くような小説にはこんなふうに本質的真理がたくさん詰まっている。こうした小説にはだからこそ、良い面もあれば悪い面もある。新聞を読むとしても、とくにヘミングウェイの本に書いてあることを繰り返して口にする連中に出会うのを避けることだってできる。

ヘミングウェイの名が出て彼は上機嫌だった。はずみに乗って、彼はこんなことも言った。

——これから先の人生すべてをわたし自身は完全に生きてしまったということが、おまえにはわかっているのかな?

これには返事をしなかった。迷っていたのだ。周期的にドクトルがそのことを考えてきたのだとうすうす感じていた。人生のあらゆる重要な局面において、十年間隔で。死はいつも彼の背後にあったのだ。彼にその質問をするほどの勇気は自分にはない。わたし自身の話に戻った。

——あなたは、いつも動かずにいる。わたしには……わたしにはどんな罪があるの？

彼は忍耐強くすべてをまたはじめる気になった様子だった。でも椅子の縁に座って、ポケットを探って、小銭を取り出そうとする。

——原罪の物語は知っているだろう？　罪の意識の話よりもずっと独創的だし、それにこちらには解決がある。罪の意識は、この物語を考えついた男の墓に眠らせておき、こうして創造主の海の魚たちを真似して自由になろう。

いまは、疑いなく、わたしとの話を打ち切りたがっている。彼は立ち上がり、すでに帽子をかぶり直した。

——怒ったの、とわたしは小声で聞いた。

——いいや、と静かに答える。おまえのことで怒るなんて、もうありえない。

彼がインディオのことを考えているのがわかった。ドクトルを失望させたかった。……を愛したようにインディオを愛したりはしなかったと彼に捨て台詞を言いたかったが、でも駄目だ、わたしは萎縮してしまっていた、感情がどうこうという話ではなかった。彼を実際に失望させてしまったのだ。

彼はわたしの腕を同じように静かにとった。帽子のかげに隠れて目は見えなかった。エレベータのところまで彼は一緒に来た。

——マダム、とギャルソンが大声で言う。電話が入ってます。

ドクトルはしかめ面のような表情を見せた。わたしがほんとうのことを言ったのかどうか、やがて彼にわかるだろう。そしてわたしがここに滞在しているのをドロテア以外の誰かが知っているのかどうかもまた。

——お急ぎください、とギャルソンがまた大声で言う。

電話口の相手はホテルのドアマンだった。手荷物が見つかったというのだ。

——残念だな、とドクトルは言った。

でも、満足げな様子だった。

こうして彼はわたしに海の水の話をしたので、バニョス・デル・カルメルへ行って海水浴をする気になった。タクシーがミラマールの前を通りかかり、できれば立ち止まりたいとわたしは思った。もう一度見ようとして、うしろを振り返ってみた。鎧戸は閉ざされ、庭は荒れ放題、眠り込んだような雰囲気だが、以前と同じように立派な姿だ。なかば黄土色、なかば黄金色のその色合いのおかげで、まだ息はあった。眠り込んだまま生き続けていたわけだが、わたしのほうは眠れる森の王子ではなかった。残念ね、と溜息とともに言葉が口をついて出た。

——犯罪だとおっしゃりたいんでしょう、恥だとね、これまで一部始終をバックミラー越しに見ていた運転手が言葉をかけてきた。これを買い取り、ここにどっかと腰を落ち着けているのは法務省ならぬ不正行為をやろうとする役所なんだ！　裁判所を新たに作れば、石工職人に仕事があたえられるだろうし、ホテルを再開すれば、失業者だって働き口が見つかるだろうに。マルベリャでは四億五千万ペセタを投じてホテル学校をつくろうという計画があるんですよ。ミラマールでこれをやればよいとは思わなかったんですかね？　そうせずに内部はすべて壊そうっていうんだ。庭があったところは駐車場にして、十億ペセタを稼ごうというんですな。世界で最良のホテル、セビーリャのアルフォンソ十三世ホテルよりもずっと有名なホテルなんですよ！　ただしアルフォンソ十三世ホテルのほうは大事に面倒をみて、可愛がり、改装工事もやっている。なにしろセビーリャですからね。マラガなんかはカスばかり。アルフォンソ十三世ホテルは営業成績の面では絶好調、とにかく絶好調で、わたしの息子もあそこで働いていて、いまではコンシエルジュの副主任をやってるんです。ここミラマールでも同じ仕事がやれたんじゃないかって思いませんか？　それにまたほかにも馬鹿はいるもので、あのパロマ・ピカソ、親父のほうだって絵のモデルにしようとは考えなかったらしいあの女が、よせばいいのにわざわざニューヨークからやってきて、レバノン人がドン・カルロス・ホテルを買い取るときの保証人になろうってんだが、もっとましなことは考えられなかったんですかね？　マラガの貯蓄銀行はね、あれはアラブ人たちへの売却を拒んだんですよ……　なんともはや。おや着きましたよ。

ヌエストラ・セニョーラ・デル・カルメル専用の海水浴場では、ファイアンス陶器を使ったきれいな入り口も、キャビンとシャワー室に通じる並木道も昔のままの姿だったが、小石ばかりの浜には大勢の人々がいた。世界中のひとがミラマールに集まっていたあの頃も、ここはすでに人気のある場所だった。市街に住んでいる若い男女が海水浴をしにやってきたものだ。いまではお祖母さんから赤ん坊まで、一家揃った家族連れがこれに加わっている。スピーカーからはラジオ放送が流れ、合間にはニュースが入る。マドリッド市長はスペイン社会党の人間だが、パリに行っているそうだ。新たに共和国大統領に選ばれた人物に会って社会主義の国フランスへの表敬訪問を果そうというわけだ。ラジオのアナウンサーにはこれが面白くないらしい。レストランのテラスは、インディオがくだけた気分になってメルルーサのグリル焼きを食べに連れてってくれたところだが、あの日よけブラインドはもうなくなっていた。直射日光がもろにあたり、いまはパラソルもない。わたしはどこまでも青くて爽やかな海に向かって勢いよく駆け出したが、海に入って遊んでいるのは子供たちだけだ。かなり沖まで泳いできたので、海岸にいる人々の姿が判別できなくなった。沖に向かって泳げば泳ぐほど、湾の奥にあるアメリカ式の高層ビルがはっきり姿をあらわしはじめた。本来の郷土とは別の国を見張るメランコリックな監視兵だといってもよい。

わたしは仰向けになり、傷ひとつない完璧な空に向かって口をあけたまま、晴れ晴れした気持ちで波間に浮かんだままになっていた。上下逆にひっくり返っているのが気持ちよい。わたしの体の下を小さな波がすべってゆき、わたしのほうもまた新たに生に向かってすべりだしていった。まぶたを閉じると、さまざまな色彩が交じり合ってわたしを襲う。光線の縞を通して新たな問が入り込んでくる。波の音が耳に響き、これが邪魔になってその言葉がうまく聞き取れないので、もう一度もとの姿勢に戻って長くゆっくりしたストロークで泳ぎはじめた。そうやって泳ぐと、速いスピードで前進するように見えるのだ。そのときまた問いかけが聞こえた。ちゃんと聞き届けられたかどうかをたしかめるかのように、幾度も問が繰り返される。でも、と問はたずねかける、わたしを棄てたのはいったい誰なのだろう。驚きは激しかった、昨日ならばすんなり答えられただろうけれど、今日は前日の答えが嘘だったかもしれないと感じるのだ。即座にある名前が口をついて出てきそうになったが、適当な名前ではない。実際にそんなふうに見えるのだけど、その背後にまた別の問が隠れていた。一仕事終えたみたいに胸が苦しくなりはじめたので、海のまんなかで、息を整えるためにまた浮き身をはじめた。あえて答えは探さず、この謎を繰り返して口にしてみた。わたしはかなりひどく疲れていた。でも誰が、それならば誰がわたしを棄てたのか。そのとき突然、別の問が投げかけられた。こちらのほうは、叫ぶような大声だ。「大丈夫ですか」と。

もちろん大丈夫なんかじゃない。誰に棄てられたのかがわからないというのは、世界全体が逃げていったということにもなりうる。かつて自分があのひとだと思っていた名前のもとに何が隠れているのかもわからなくなってしまった……　突然自分の体に誰かの体が接するのを感じた。とても怖かった。目を開けて叫び声をあげた。メルルーサか太刀魚かなと思ったが、実際にはひとりの青年が、ひどくびっくりした様子でそこにいた。

——大丈夫ですか、と彼は大声で言った。

大丈夫じゃないという合図をした。完全に疲れきっていた。もうひとり別の青年が足踏みボートを漕いでいた。丸々と太った男だ。彼はわたしをボートに引っ張りあげようとしたが、彼の手から自分の体はすり抜けてしまう。水のなかにいるもうひとりの男のほうもわたしを押し上げなければならなかった。

——地元の人間はこんな遠いところまでは泳いできたりはしませんよ、と太った男が言った。行きは楽でも、帰りは流れがきつくなる。大丈夫かな。ぼくはマノロ、彼はルイス。それであなたは?

——わたし? わたし? と自分のほうは繰り返すばかり。

彼らはわたしの顔を軽く平手で打った。太った男はわたしの足を手にとったが、そのあとはどうしたらよいのかわからない様子だった。もうひとりのほうは彼に後ろ向きになるように命じて、温かく乾いた彼の背中にわたしの体を押しあてた。それからルンボを一本抜き出し、これに火をつけてわたしに渡してくれた。

しばらくして意識がしっかり戻った。彼らは少しばかり得意そうに、まっすぐ砂浜に向かい、ペダルをこぎ始めた。岸について、彼らにアペリティフをおごることにした。彼らは大きなサンドイッチを注文し、わたしもまた同じものを勢いよく食べた。彼らの言ってることがあまり理解できなかったのも当然で、とにかくすごいスピードでしゃべりまくる男たちであり、半分くらいは言葉を無視してしまっている。太った男のほうは、なぜ仕事が見つからないのか、こちらが理解するまで執拗に説明するのだった。場合によっては日本製オートバイの販売の仕事がうまくいっていたかもしれず、またもうひとりの男のほうはサッカー選手としてうまくやっていたはずだったが、彼の妹の旦那ペペ・ベンギギがマラガ・バロマーノ・クラブから追い出され、ハエンのチームに移籍したので風向きが変わってしまった。これは立派な葬式にもひとしい出来事だったのだ。太った男のほうは泳げないと告白し、わたしはまた海岸に戻ってくると約束させられた。十一番のバス停まで送ってくれて、バスが来るまで一緒に待っていてくれた。

ホテルに戻ると、ベッドの上に体を投げ出し、ふと目覚めて気がつくとほぼ夜の八時になっていた。

電話が鳴っていた。

——いったいどこに行っていたんだね。

——創造主の海のなかで眠ってしまったみたい、とわたしは口ごもる。

——結構なことだね。その結果、パブロ・ロメロの牡牛を見に行く手間がはぶけたのだからな。

腹立たしかった。最初の闘牛を見損なってしまったのだ。


——ドン・セバスチャン、あなたは見に行ったんですか、とたずねるのはシェ・アントニオ・マリンの給仕頭。わたしたちを海に面したいちばん上等のテーブルに案内し終えた瞬間だった。ドクトルは強くはっきりと手を動かして、本物の闘牛愛好家《アフィシオナード》がその日の午後ラ・マラゲータに行くなんてありえないという身振りをしてみせた。

——どうもあなただけのお考えというのではなかったようです、と給仕頭は尊敬の念を込めてコメントを加えた。ラ・マラゲータはあまり人が入っていなかったという話です。牡牛にどう手を加えていたのかは知りませんが。褒賞の耳は一個も取れなかったそうです。

——あそこで育てられる牛は満足に走れもしない。攻撃する代わりに自分の身を守ろうとする始末だ。

——そのとおりでございます。最初の牛はとどめ《エストカーダ》のときにオルテガに危険な一撃を食らわせたので、オルテガを看護室にかつぎこまねばならなかったそうです。でもあれは勇敢《バリエンテ》な男で、二番目の牡牛のときにまた戻ってきたという話です。

――ペピージョはみごとに刺したのかな。

――いつもどおりの喝采です。今晩はどうなさいます、みごとなメルルーサが入っておりますが。

客で一杯になっているテラスを彼は一瞥するとともに、海をみつめるわたしの視線、もしくは花飾りの照明で輝く暗い夜空をその目で追いかけた。

――あれはアメリカの戦艦でございますね。ワインのほうはどうなさいますか。

――見物するまでもなかったのが、おまえにはわかるだろう、とドクトルは結論をくだした。

テーブル二つか三つ向こうのあたりで男がひとりで夕食をとっていた。皺の多い日焼けした顔で金髪が光輪のようにも見える。周りは連れがいる席ばかりだからひとりでいるのが奇妙に思われ、でも自分が間違っていたのがわかった。逆だった、白髪だが若い表情だ。まさか腰痛に苦しんでいるのではないのだろうが、しゃちほこばった将校みたいな様子。彼が海のほうを振り向くと、誇り高い整った横顔がみえた。夜の帳が降りて、彼の横顔がこれを背景として、まるでメダルの肖像のように浮き上がって見えた。

――誰を見つめているのだね、とドクトルは聞く。

知らない男、と答えようとしたそのときに、いや知っているのではないかという気がした。そうだ、わたしはすでにあの領土なき征服者の、自分にまとわりつく若さを軽蔑している様子を目にしたことがあった。

――あなたのうしろ、奥のほうにいて、ひとりで食事をしているあのひとはどこかで見かけた気がする。

ドクトルは相手からは気づかれずに観察するお得意の方法を実行に移した。手すりにもたれて、はっきりと沖合いのほうに向き直るそのやりかたは、まるでアメリカの船舶が数メートル先に停泊していて、かがみこめば、乗組員たちに挨拶が送れるというかのようだ。その瞬間を利用して脇に目をやるのである。

——これは始末が悪い。ギヨーム・ファーヴル・ダルジェールだね。

——ファーヴル・ダルジェールですって？　信じられない。

——二週間前、彼はセビーリャにいた。一ヶ月前はマドリッドだった。どうもわたしの跡をつけているようだな。

——でもドロテアは彼と別れたのでは？

——別れるといっても、ぐずぐずしている。退屈きわまりない話だよ。

彼が虚空に花押をしるして勘定を頼むとすぐに、あの男は新聞を折りたたみ、席から立ち上がって、われわれのテーブルに向かってやってきた。わたしの姿など眼中にないといった様子で、わたしの連れのほうばかりを見て、ほとんど幸福そうな笑みを浮かべて一礼しながら、その場を離れようとする老人の動きを押しとどめる。

——どうかそのままに。ただご挨拶を、それにまたみごとなお手並みに敬意を表さねばと思うだけですので……

ドクトルは敬意という言葉を耳にして、少しばかり驚いた様子を見せた。

——……つまりあなたとの和解を可能にした行為についてですが。わたしがあなたを敵とみなしてきたことはご存知ないわけではありますまい。

ドクトルの顔には面白がっている様子がありありと出ていた。彼はギヨームに席に座るように言おうとして、わたしが同席しているのを思い出した。

——わたしのいちばんのお気に入りの敵だけど、すでにご存知かね。

わたしは手をさしのべたが、ファーヴル・ダルジェールは握手しようとはしなかった。彼はわたしの手をとって唇に近づけ、だが途中で忘れたとでもいうのか、これを冷淡に放り出した。

——ドロテアのお姉さん、もちろんです。彼女は一度も紹介してはくれませんでしたがね。アニス酒か、コニャックをお飲みになりませんか？

彼の礼儀正しさにはどこか不快なものがあった。

——あなたをセビーリャでお見かけしましたよ。

——マドリッド、そしてここでもだろう、とドクトルは補った。

——できれば、この旅行はせずに済ませたかったのですが、と間髪をおかずに彼は言った。わたしはあなたの国スペインが苦手なのです。この国は外国資本を汚染し、しかもこのわたしはそのひとつを代表する人間でもあるというわけですから。

その瞬間に、偶然だが、よい香りがしてきた。手に籠をぶらさげた売り子が通り過ぎた。野生のフエンネルの長い茎の先端に、ビスナガ〔ジャスミンの小さな花束〕の環が引っかけられていて、真珠の首飾りのように見えた。ファーヴル・ダルジェールは指を鳴らし、ひとことも言わずに、子供がさしだすジャスミンとひきかえに一枚の紙幣をわたしした。同じく強引な態度で彼はそれをわたしの前においた。わたしは遠ざかってゆく子供のほうに礼を言った。ドクトルはアニス酒に口をつけて、細巻きの葉巻を受け取った。われわれはどうやら丸め込まれたらしい。

——われわれはなぜ敵どうしだったのか、そしてなぜいまはそうではなくなったのかを説明しようというおつもりなのですか?

——そうかもしれません。あなたはドロテアへの影響力を行使し、彼女をわたしから奪おうとした。この点に関しては、あなたは完全に正しかった。

——それは間違っている。わたしはただ……

——言わせてください。彼女はある程度はあなたに事実を教えましたね。彼女はわたしを放り出す前に、あなたがわたしに関して恐ろしいことを知っていると言ったのです。

——内緒の話というのは嫌だな。懺悔告解ならばよいがね、とドクトルは答える。でも司祭になれと命じられたわけじゃない。だからピラミッドには賛成だとしても、われわれの中身をなす惨めたらしい秘密を積み上げたものはご免こうむりたい……。

ギヨームのグラスが空になったので、お代わりが運ばれた。彼は水のようにほとんど透明なアニス酒の向こうから見つめている。

——彼女と仲違いしたのは、おめでとうと申し上げたい。彼女は傲慢だから、政治的な意見の不一致だなどと言い触らしています。わたしの見るところでは、問題になっているのは、もっと深刻な不一致でしょう。

――間違いだよ、ファーヴル・ダルジェール、間違いだよ。政治はすべてに優先する。ドロテアとは、ちょっとした形而上学的な意見の不一致があったけれど、最近になって折り合いがついた。ところで、フランスの新政府をどう思いますか？

ドクトルの応答はわたしを驚かせた。たぶんわたしの登場が妹と彼を和解させていたのだ。ファーヴル・ダルジェールは、よき社会主義的政策のとんでもない賛美をはじめた。彼の利益にならないことはすべて歓迎、それ以外のものは凡庸で滑稽だというわけだ。彼が銀行の国有化政策を賞賛したのは、彼が副頭取をつとめる銀行が国有化されつつあったから。彼の銀行の会長や筆頭頭取、もろもろの銀行、金、遺産などには好い加減うんざりだ！という始末。資産税の小気味よさ、これは彼の父、大伯父、従兄弟、ひいては財閥の家系全体など、新興ブルジョワの台頭に押しつぶされてしまったものに関係するはずだから。六十歳定年などはみごとではないか、彼は五十九歳だし、これでようやく事業から身を引き、目覚し時計などは壊して、ネクタイは人にやり、スケジュール手帳は投げ捨て、黒のシトロエンCXも売り払うことができそうだ。それから女嫌いの性格が顔を出して方向が逸れて、表面的な財産のしるしだけに執着する女たちを思う存分こきおろしにかかった。慎ましい隠遁生活の描写に熱が入るにしたがって、今度は社会党政権の効果をこきおろしにかかり、自分の利益しか考えないようになり、社会党政権を貶めるはずが、むしろ自分自身を野蛮に貶めるのが自分でも快いのか、奇妙な笑いが唇の合わせ目を通してどんどん下のほうにさがってゆく。彼が頭をもう一度あげたときようやく、かつてわたしに強い印象をあたえたあの繊細で気位の高い雰囲気がまた彼に戻った。

給仕頭はわれわれの周囲をうろうろしていた。レストランはまもなく閉店という時間になっていた。

わたしたちはラ・アラメーダ遊歩道《パセオ》を通ってゆっくりと戻った。ドクトルはルベン・ダリオの彫像に挨拶を送り、何がしかの詩句を朗誦し、その言葉がわたしたちの心をほぐした。月はほとんど前と変わらない姿だった。アンダルシア女の衣装を着たおかまがギヨームのほうを振り向いた。北欧からはるばるやってきた家族が、自分らのキャンピングカーの前で涼んでいた。

——無礼の段はお許しください、とマラガ・パラシオの前までくるとギヨームは言った。さきほどのふるまいは弁解の余地のないものでした。

——そんなことはまったくないから大丈夫、とドクトルはなだめる。あなたには好感をもちはじめました。もちろん政治的にということであって、形而上学的にというわけではないが。

ギヨームはさわやかに笑い出した。彼はもう一度若々しい青年に似た姿に戻った。

——ぼくをひとりきりにさせないでください。一緒にもう一杯だけ飲みに行きましょう。

ドクトルはわたしの体を押した。

——さあ、行きなさい。夜は若く、わたしは年寄りだ。

こんなふうにして、ギヨームとわたしは、もう一度ふたりだけで向き合うことになったのだ。ペペのバーに入り、彼はウイスキーを飲みながら、ドロテアと別れた顚末をわたしに語って聞かせることになった。

——ぼくは裕福だ、と彼は話しはじめる。けれど金はない。父はぼくのほうが先に死ぬとてっきり決めてしまったらしい。ぼくが離婚して、そのせいで母を殺してしまったのだと言って非難する。とてもカトリック的じゃないでしょうか、どうですか？　ぼくだって美術史の勉強をしたり、哲学の学士号をとったりしたほうがよかったのかもしれない。だが戦争が終わると、両親はぼくをあまりにもすぐに結婚させた。ぼくのフィアンセは田舎の家によくテニスをしにきた人で、白の短いスカートをはいた彼女はとてもかわいらしかった。彼女の家族は対独協力者だったけれど、彼女には何の責任もない。ぼくは彼女の生活を完全に毒してしまった。彼女の父は銀行家で、ぼくを銀行に入れてくれた。離婚したとき、子供たちは彼女の手に残った。いっぽう、ぼくは別の銀行に移ったが、それまでたいした仕事はしなかったにせよ、それなりに覚えたことはあったのだ。母は病気になった。最初は毎週金曜日に彼女と一緒に魚料理を食べに行っていたけれど、だんだんと彼女の説教に嫌気がさしはじめ、日曜日に子供たちのおやつの時間にしか行かなくなった。ぼくになついているのは息子のうちのひとりだけだ。ほかの子供たちはぼくを嫌っている。この子は変わっていて、ぼくに似ている。彼は哲学の勉強をやろうとしたが、祖母の影響をまともに受けてしまい、すっかり考えが凝り固まってしまった。あいつはけっして学士号など取れはしないだろう。彼は神の存在を信じている。けっして自分で生活費を稼げやしないだろうが、そんなことはどっちだってよい、彼は結婚させられるだろうから。なかなかの美男子だよ。ぼくの父の財産を受け継ぐことになるだろうね。もしも財産がまだあればの話だが。彼を前にしてぼくはカトリシズムを攻撃したことなどない。イスラムやルターの悪口は言う。だが彼はプロテスタントもカトリックも区別しなくなってしまった。彼はドロテアを慕っていた。彼にとってみれば悪魔だったわけだがね。彼がぼくに告白したところでは、彼女とだけは一緒に寝ても恐怖など感じないだろうというのだ。カトリック信者はみんなどこかしら似通っている。もしぼくが現代的な父親だったならば、息子と寝るという役目をドロテアに頼んでいただろう。彼女にとってはまったく不可解な事柄だったはずだ。その後ぼくは彼女を嫌悪するようになったにちがいない。彼女との関係はそんなものだった。

彼女に夢中になったのは、ほぼ五年前、オルリー空港でのことだった。ぼくは仕事で生まれてはじめてマドリッドに向う途中で、彼女のほうはそこに戻ろうとするところだった。表向きはあなたを訪ねてパリにきたということだったが、すぐに愛人がパリにいるとわかった。ぼくの座席はファーストクラスだった。わたしの勤める銀行は、いまでもこのグロテスクな出費のやりかたを変えようとはしない。ぼくはエコノミークラスの座席にいる彼女にシャンペンをもってゆき、彼女の隣の席に座った。その晩には早々と彼女の家で抱き合っていた。ぼくはひどく興奮し、すぐに事は終わってしまった。その後で彼女に悪態をつき、尻の軽い女、男をあさる女だという扱いをした。彼女はまたぼくに会う気などしなくなっただろうと思ったが、彼女はこれをノーマルだと思ったようだ。このように万事をノーマルと思うやりかたは気に入ったけれど、いったん彼女から離れると、苦痛に変わった。というのも、彼女はほかの男が相手でも、万事がノーマルだと思うのではなかろうか。どうもぼくの嫉妬心が彼女を魅了したと思われる節がある。最初の瞬間からぼくは彼女の過去、彼女の現在、彼女の旅行鞄が妬ましかった。そこにはこれまでの愛人のしるしがあった。インディオのそれ、あなたのそれ、ドクトルのそれがあったのだ。これとは逆に、彼女には嫉妬心など少しも理解できないということで、そのことはインディオから、そしてあなたから受け継いだという話だった。これに関しては自分なりにはっきりした考えがあり、いくら彼女がそう言い張っても、それは事実ではない。これとは逆に、ぼくにとって一大悶着をなす苦痛の欲求が彼女にはまったく理解できない。彼女はこれを「想像力の洗練された気まぐれ」だと決めつけるのだ。彼女はぼくが夢中になったああした話のたぐいをひょっとすると捏造していたのかもしれないが、それでもまがりなりにも夫がいて、何人かの愛人もいた。退屈するどころじゃなかった。彼女の話はぼくを狂わせ、彼女への愛はもっと鋭く強いものになった。自分がほかの誰とも違った人間になり、強くなったような気がして、彼女とのセックスもすばらしいものになったが、事が終わると絶望的な気分におちいるのだった。同じ町に住むとしたら地獄だったはずだが、でもそれ以外のことは考えられなかった。正気をなくした瞬間に、彼女に結婚してくれと言ってみたが、あっけなく断られてしまった。彼女は正直だったから、スペインでは離婚がまだできないという口実のもとに逃げ込むのではなくて、アメリカでの結婚は形式ばかりのもので、実際は自由な身であるとぼくに打ち明けてくれたが、でもたとえばあなたの例を引いて、「囚われの女よ、結婚している女よ」の詩人を引用しながら、あなたが結婚すると言ったときも、いざ最後の瞬間になれば、賭けてもいい、きっと逃げ出すにちがいないと言うのだった。彼女の拒絶はぼくに重くのしかかった。その気持ちはわかりすぎるほどだった。ぼく自身結婚した経験があったので、もう一度やりなおしたいなどという気はさらさらなかった。

みごとな手腕を発揮して取引をまとめたあと、ぼくはスペインでの銀行投資部門の仕事をまかされることになった。銀行の仕事でスペインに行く必要がない場合でも、金曜日から日曜の晩まで、スペインに行った。経済的には、文字どおり破産状態だった。毎日のように銀行から彼女に電話し、夜になれば、家から電話した。午前二時になっても、彼女はまだ帰宅していないこともあった。褐色の髪、つやのないくすんだ肌の色の滑稽なスペイン男のひとりに組み敷かれている彼女の姿を想像しながら酒を飲んだりもした。ぼくには彼女の肉体が男の無茶苦茶な欲求に応える姿がありありと見えた。すると電話が鳴って、出てみると彼女なのだ。彼女はやさしく、甘い言葉で話しかけ、こちらが罵っても笑うばかりだった。心から好きだという思いがぼくの体のなかに深く入り込んできた。恥ずべき妄想を追い払った。むしろ眠り込む前に、もう一度そうした想像にふけったといったほうがよいかもしれない。

彼女がしているような腐った仕事だと、よくは知らない誰かと昼食や夕食をともにする理由は簡単に見つかる。ジャーナリスト、写真家、ラジオ局やらテレビ局の人間など、そのつど新たに男たちとの出会いがある。ぼくの分け前などもうなくなっていた。誰も彼もがあの女に夢中で、そのことを彼女は注意深く隠そうとしているのだとぼくは信じ込んでいた。マドリッドにいるとき、彼女の持ち物をさぐってみたことがある。あなたが昔彼女宛に書いた手紙を読んで、あなたの軽さを嫌悪した。裸の娘の写真を見つけたことがあり、ずいぶんと年の若い娘だったが、彼女は折り曲げた腕でもって顔を隠していた。写真の裏には、ロンドン、インディアン・サマー、一九七七年、ヘンリーなにがし、と書かれていた。あれは写真を撮った男のサインだったにちがいない。どうでもよいが、彼女は同性には興味がなかった。よく意味のわからない手紙を探し当て、辞書を引いて言葉をたしかめてみたこともある。手紙の末尾の儀礼的挨拶やら愛情表現、たとえばアブラソというのは、抱き締めるとか抱擁を意味するんだね。電話が鳴り、受話器を取ると、相手が電話を切ることがよくあった。当然ながら、それはぼくの家でも起きることだが、彼女の家だとその度合いが極端なんだ。あなたはぼくらの関係を悪夢みたいだと思っているのだろう、結局はあなたも彼女と同じくらいにありきたりの人なのだ。でも、これだけは間違いなくいえるが、ぼくがあれほどしあわせだったことはない。奪われてしまった青春時代を生きているような印象があった。彼女のほうはぼくに激しい情熱をさぐりあてたのだ。あなたの家で、この言葉が嫌われていたのは知っている。この言葉がとっておかれるのはあの「インディオ」のためだけなんだ！　ドロテアがぼくに激しい情熱を抱いていたなどと言うつもりはないが、彼女はぼくを通して、執拗に、残酷なまでに、相手のものになったり、相手を所有したりすることがあるのを発見したのだ。嫉妬は「想像力の洗練された気まぐれ」などではなく、愛の「怪物じみた」強調でもない。彼女はあなたと同じように、おそらく遊びしか知らなかったのだ。あなたの気軽な戯れの原因については自分なりの考えもある。だけど、あなたの家族小説に足を踏み入れるつもりはない。それにまた、ぼくにはどうだっていいのだ。

彼女は珍しい動物みたいにしてぼくを見ていたのだろうか、ぼくを愛してくれたのだろうか？　そしてあなたは？　好奇心は激しい情熱であることを知らないふりをしているのだろうか？　この動物はさまざまな妄想をかかえもっていて、これは最初のうちは不快なものだと彼女には見えた。彼女には、そしてあなたには、妄想があるのだろうか？　家族のなかで、あなたたちは何だって実現できる。ぼくを裏切っている最中の姿を想像することで嫉妬心をあんなふうにふくらませるのをみて、彼女は怒ったり馬鹿にしたりした。彼女は誓って裏切ったりはしていないと言うのだった。だけど、彼女がぼくを裏切り、そのことに苦しむ必要があったのだ。理解できないらしいから言っておくけれど、性的興奮を感じるために、彼女には嘘でもいいから裏切ったという話をしてもらえないかと頼んだりもした。最後はぼくのために、目の前で裏切ってみせてくれないかと頼み込む始末だった。

あっさり、いいわよと彼女は言った。これだけは予想外だった。大地が足元から消えてなくなってしまった気がした。ぼくは酒を飲み、狂暴になった。彼女の目には自暴自棄の姿に見えただろう。彼女は下品さを心から嫌っていた。彼女にとって、暴力は下品さの最たるものだ。あなたにも共通する軽蔑の表情で、彼女がぼくに面と向かって言ったのは、男は誰でも妻をほかの女と寝させることでふたりの妻をほしがっているということだった。どうしようもない嫌な話だ、と。ぼくがあまりにもカトリック的で理解できないのはしょうがないが、そんな男の欲望にしたがうのは彼女にしてみれば、ちょっとした魅力的な訓練といった程度のことだった。ぼくは平静心をとりもどした。彼女にはぼくがよく理解できなかったみたいだ。いいや、ぼくだってそれほどまでにどうしようもない嫌な男じゃない。ぼくは彼女の足元に身を投げ出した。彼女の許しを求めた。ぼくの欲望の本質がどんなものなのかを彼女に打ち明けた。それについて、彼女は何も言わなかった。彼女を驚かしてしまったのは間違いない。彼女の想像とはまったく別の場に、あるいはずっと遠くにぼくは行ってしまったのだろう。なにがなんでも彼女をこちらの欲望にしたがわせようという気はなくなっていた。それについて彼女はもう何も言わなくなってしまった。ショックを受け、ぼくが嫌になってしまったのだ。ぼくに対する彼女の好奇心がまた戻ってきた。そこには嫌悪感も混じっており、それでまたぼくは悦びで体が震えるのだった。だから、ぼくらの関係は少しも終わったわけではなかった。ぼくの激しい暴力に彼女が身をゆずる瞬間を後のためにとっておいただけだ。いとも簡単に受け入れるとわかったのだから。

頭にあるのはただひとつのことだけだった。パリに彼女が出てくるときは、ぼくの家に泊まった。パリならば、ホテルの部屋に誰を入れても文句は言われない。夕方になって彼女がぼくに会いにきたり、レストランで食事をしてからぼくの家に戻ったりしたが、そのあとで彼女はホテルに寝に帰るか、あなたの家に戻るかしたのだ。最初から彼女には愛人がパリにいると信じ込んでいた。ぼくのほうでも、彼女の態度がふつうではないとは思わずにはいられなかった。これはマドリッドにいるときのぼくの態度でもあったからだ。体面を重んじるというよりも、好みの問題から、われわれは一緒のベッドで休むことはほとんどなかった。だって、これほどつまらないことはないのだから。夜もふけて見知らぬ者どうしのように別れ、また翌日会っている時期はまだ青春だった。いまはもう完全に老け込んでしまった。

最後に彼女がパリにきたときのある日——そのあとも彼女はパリにたぶん戻ってきたにちがいないが、ぼくにはどうだっていい、やれやれと思う——ぼくはアルマ広場のシェ・フランシスに入って昼食、それも仕事の打合せを兼ねた昼食をとっていると、彼女が男と一緒に店に入ってくるのが見えた。彼女のほうではぼくに気がつかなかった。ふたりが親しいのは一目瞭然だった。男が彼女にしきりに何か頼み込んでいて、彼女はこれを断わろうとしているのだが、いかにも心残りといった顔つきだった。彼はたぶん夜を一緒に過ごしてくれないかと頼んでいたのだろう。ところがぼくとの先約があったのだ。最後の晩であり、翌日には出発しなければならなかった。彼はマリンブルーの大きめのセーターを着ていた。ぼくのほうはスーツとネクタイ姿だった。彼の容貌はむしろ醜かったが、彼女はどんな男にも魅力を見出すことができたのだ。彼はかたときも話をやめなかった。ふだんなら彼女のほうがしゃべりつづけるというのに。ぼくには彼が途方もない欲望にさいなまれているのがよくわかった。ふたりは向き合って昼食をとっていて、ときどき顔を近づけた。ふたりの唇はいまにも触れそうだった。もしもこの瞬間がさらにつづくようなら、もしもこれを視覚的な錯覚と解釈することができなかったら、ぼくはひと悶着を起こしていたはずだ。接待すべき相手がいたにもかかわらず、ぼくはその相手を放り出し、気分が悪くなったと言い訳をして店の外に出た。秘書に命じて、人と会う約束をすべてキャンセルして、家に戻った。体からは大粒の汗が出ていた。シャツを二度も取り替えた。彼女がパリに戻ってきたのはこの男と会うためだった。最初からぼくを騙していたのだ。

きっかり七時に彼女は呼び鈴を鳴らした。時間の正確さに急に卑猥なものを感じた。どんな顔つきを自分がしていたかはわからない。たぶん気の狂った男の顔みたいだっただろう。彼女はすぐにどうしたのかとたずねた。怖がっているときの彼女は、真夜中に起こされた見習看護婦みたいに見える。いや病気なんかじゃないさ、と大声を出し、よくも騙したな、愛人と一緒のところを見たぞ、シェ・フランシスで一緒に昼飯を食べていただろう、おまえらのあとをつけたんだぞ、などと言ってやった。恐ろしいほど荒れ狂う愁嘆場となった。いかにも彼女らしく最悪のやりかたでこれに応じてきたので、ぼくのほうはまったくコントロールがきかなくなってしまった。つまり彼女はまったく相手にしてくれなかったのだ。ようやく彼女が口をひらいたのは——話を聞くために黙らざるをえないほどの静かな声だった——そのほうがよい、ぼくの嫉妬心は彼女にとって耐えがたいものになってしまった、おたがい別れたほうがよい、ぼくにとっても、また彼女にとっても、と言うためだった。彼女はじつに冷静で、礼儀正しく、とにかく最初はぼくに言いたい放題を言わせてくれたというわけだ。人生には深刻な事柄があり、絶えず何でもないことをきっかけにしてドラマをつくりだそうとするのは品がない、と。この「何でもないこと」という言葉は、もっとも臆面のないシニシズムの限界を踏み越えたものであるようにぼくには思われ、手を彼女に向けて伸ばし、何がそうさせたのかはわからないが、彼女を殴りたくなった。彼女は鉄のように硬いこぶしでこれをおしとどめた。そこで忍耐の糸は切れ、涙が溢れ出した。これまで誰の前でも、母の前ですら泣いたことはなかったというのに。これはぼくにとっては最悪の勝利だった。なぜなら、そのあとで、欲しいものを手に入れることができたからだ。でも、もはや望んではいなかった。彼女はぼくに同情したのだ。あなたからすれば終りの始まりということになるのだろうが。彼女はぼくを腕に抱きとめ、これまで何度も彼女に頼み込んだことをしてくれると約束した。シェ・フランシスで一緒に昼食をとっていた相手の男が誰かを教えてくれるというのだ。彼女に後ろめたいところがあるからではなくて、彼女がぼくから離れられない、ぼくの滅茶苦茶な考えから離れられないことを証明しようとするからだとも言った。ひとり暮らしのぼくを見守るブラック描く小鳥が見つめているうちに、思い出す、いや、思い出したのは、彼が言った「証拠が真理をつまらなくする」というあの言葉だ。だけど、午後に感じた苦痛、シャツを二枚も濡らすほどの不安の汗が消え去る、これほどのしあわせを前にして、その言葉はもう理解できなくなっていた。約束のほうも、たしかにぼくに驚くべき興奮状態をもたらしたにはちがいなかったが、これに注意をはらう気もなくなっていた。不安がなくなって満足だったのだ。

彼女はグラス二杯のウイスキーを手にして台所から戻ってきて、長椅子にすわり、あの不幸な男は、リュシーと結婚しようとしているのだと話してくれた。そこで、すぐにこう聞き返した。不幸だというのは、彼がきみを愛しているからなのか、と。ぼくはそんな男なのだ。ほとんど自動的な反応なのだ。彼女はこの罠にはひっかからなかった。話をそのままつづけ、あなたが結婚しようとしているのは、かくかくしかじかの理由からだと言ったが、それが何だったか覚えていないのは、興味がもてない話だったからだ。彼女の顔に手を触れ、顔を見つめるときの恋する男のしぐさがふたたび瞼《まぶた》に浮かんだ。さすがに、この男が愛人ではなかったらそうなりたいと思っている、とまで彼女に言わせるのはやめにした。ぼくの息子の名にかけて、もう好い加減にしてくれと彼女が懇願したからだ。ぼくの非難は自然とあなたに向かった。あなたはドロテアよりもずっと性質《たち》が悪い。あなたはあの男を夫にしようとしており、裏切られているのに、もしくは種の保存の掟には無関心なまま、結婚の相手として受け入れようとしており、これはあなたの家族に共通する特徴なのだとぼくは言った。ぼくにとって、あなたはおぞましい存在だった。汚れたマリーンブルーのセーターまでおぞましい。なんで洗濯してやろうとしないのか。ドロテアは笑い出した。彼女の笑いはぼくの笑いを誘った。彼女は笑うことを知らず、くっくっと笑い、いや、咳き込むばかりだったので、ぼくは笑い出し、ふたりのその晩のことしか考えられなくなってしまった。

ぼくが彼女をどこに連れてゆこうとしていたのか、あなたはいま想像をめぐらせているはずだ。レストランを出て、車に乗り、ぼくたちはブーローニュの森に向かった。最後の瞬間まで、彼女は約束を取り消すだろうと思っていたが、決心を翻すなんて、名誉、彼女の言い方ではプンドノルだが、これにかけてできない相談だった。まもなく、一台の車がわれわれのあとを追ってきた。車には男がひとりで乗っていた。そうすべきだとわかったので、速度を落としたが、これまでそんなことはやったことがなかったのはあなたにもおわかりだろう。車はゆっくりとこちらを追い抜いたが、本当は追い抜きたくないといわんばかりの様子だった。車の窓ガラスが降ろされ、ぼくも窓ガラスを降ろし、こちらの住所を教えた。そんなことはやってはいけない、あまりにも危険で、きちがい沙汰だと知っている。でもほかにどこに行ったらよいかわからなかった。ドロテアは顔を向けもしなかった。家のサロンに戻ったときにはじめて彼女は男の顔を見たのだと思う。ぼくは彼が車から出てきたときに相手の顔を見た。ぼくの車のすぐうしろに彼は車を止めていた。男はなかなかのいい男で、身なりもきちんとしていたし、スポーツマン・タイプだった。あそこら辺にいるのは化け物のような男ばかりだと思っていたから驚いたほどだ。ドロテアは車から降りた。男の視線が彼女を完全に裸にして見ているのを感じたそのとき、ぼくは短刀の最初の一撃を感じた。男はぼくよりも若く見えたが、服装はこちらと同じくスーツにネクタイの姿だった。間が抜けていると同時に嬉しそうな表情を浮かべていた。彼女のような女だとは予想していなかったにちがいない。彼女はすでに旅に出る装いだった。ベージュと黒の千鳥格子のツイードのジャケット、ブラウス、頸のまわりにはスカーフを巻いていた。彼女の美しい足はベージュ色のハイヒールにおさまっていて、これが彼女の背丈をさらに高く見せていた。エレベータのなかで彼女は男に背を向けていた。彼は彼女を文字どおりむさぼるように見つめ、ぼくには、ときどき問いかけるような様子でおずおずとした視線を向けるのだった。さらにいえば、育ちがよさそうだった。いつも大きなランプをつけたままにしている客間にわれわれは入った。彼女はまっすぐ台所に行き、ふだんの客と変わらない相手を迎えるように、ウイスキーと氷を取りに行った。彼女はわれわれをふたりきりにして、そのあいだに準備をさせようとするのだとぼくは考えたが、まず男が、いったいどうしたいのかとすぐにたずねた。ぼくのほうは、何も、とただちに答えた。彼はたぶんぼくが相手だと想像したのだ。「あの女とぼくの目の前でセックスしてもらいたい」と言うと、すっかり喜んだ様子だった。彼にとっては願ってもないことだった。そのことがわかって、ぼくは唇を嚙んだ。いきなりぼくは存在しないにもひとしいものになったのだ。夫の役割に、あるいは「あの女」と言ったのだから、夫ですらない存在、病める愛人、倒錯者、不能者の位置にたぶん押しやられてしまったのだ。ドロテアがきれいなお盆、磨かれていて、すばらしいお盆をもって部屋に戻ってきたとき、ぼくはもう存在していなかった。思いがけず、ごくふつうの調子でふたりは話しはじめた。氷は？　ペリエ水は？　彼女は男がどんな仕事をしているのかとさえ聞くのだった。両替商だという答えだった。できすぎた話ではないか。要するに、わたしは彼に証券取引所か彼のオフィスで顔を合わせることだってありえたかもしれない。彼女はアルゼンチン国籍だと言ってほんのわずかに嘘を言ったが、男は独裁政治についての非難めいた言葉を口にした。思慮深い男、これじゃ駄目だ。彼らは実際にどこかで出会って好意を抱き合うことだってあるかもしれない。ぼくはあけすけになった。ドロテアに向かって「服を脱げ」、彼に向かって「この女は牝犬だよ」と言葉を投げつけた。彼はとっさに不意をつかれた様子だった。このとき彼はグラスをもったまま立ち上がり、これをぼくの顔めがけて投げつけようとする剣幕だった。だがドロテアのほうは、おちついてブラウスのボタンをはずしながら、これもゲームの一部なのだと言わんばかりに彼に向かって微笑んでみせた。そこで彼はグラスをおいて、わたしのほうに顔を向けた。今度は夫を見るというのではなく、ボールを見失って、自分に言葉を投げつける実の父親を見るような顔だった。「おまえは自由なんだから、この女と寝ていいんだ、だから、わたしの妻と寝るんだよ。」彼はぼくのことをきちがいだと思ったにちがいない。それで気分が悪くなった。「だから、この馬鹿が、そのためにこそおまえがいるんだろ」とぼくはつぶやきながら、ほとんど彼を寝室に押してゆくといってもよいくらいだった。彼はサロンからドアを通って洩れてくる光をたよりに服を脱いだ。そこにドロテアが全裸になってあらわれた。その瞬間から、ふたりは文字通りぼくの存在を忘れた。男は彼女に飛びかかり、激しく愛撫をはじめた。男はまだブリーフを穿いたままだったが、空の青の色のブリーフで、滑稽きわまりなかった。いまだなお、そのなかには何も入っていなかったような気がする。といっても、彼女はそこから馬のそれみたいに大きな一物を取り出したのだ。あんなふうに勃起するなんて自分の場合にはありえなかった。その瞬間もまったく勃起はなかった。彼女は両腿を大きくひらき、彼は巨大で間が抜けた男根を手に握ってこれを彼女の体のなかに押し入れようとした。彼女は呻き声をあげ、挿入は途中で止まったままだった。それからどんなふうなやりかたをしたのかはわからないが、それはすっかり彼女の体のなかに入った。彼女は完全に貫き通されたのだ。彼女は目を閉じ、ぼくは部屋を出た。

部屋を出たのは、それ以上見ていられなかったからだ。煙草を取り出して火をつけ、身動きせずに最後まで吸いきった。もう金輪際彼女とセックスをするなんてことはできない相談だとわかっていた。それから彼女が涙声になり、叫ぶのを聞いた。ほんの束の間の希望、それは潰えてしまったのだ。男は彼女を殺し、首を締め、結局はブーローニュの森で見かけるような犯罪者、サディストのひとりだったのだ。ぼくは身を震わせながら近寄った。声が聞こえ、敷居をまたぐと、暗闇のなかで、男が自分の名前、住所を叫ぶのが聞こえた、そうなのだ、彼女の体のなかに射精するその瞬間に、そんなことを叫ぶやつなのだ、自分の住所とか名前なんかを！　彼女はそんなことはしなかった。彼女に感謝の念をおぼえる唯一の事柄がここにある。その後、この男はぼくのアパルトマンの記憶を頼りにぼくの痕跡を見出したようで、何週間もぼくにしつこくつきまとった。電話してきたり、ドアから走り書きをしたメモを入れたりというぐあいだ。ぼくはその晩にドロテアに別れを言った。彼女はぼくを憐れみの目で眺めるのだが、その目のうちには、こちらを見下す尊大さがあったように思う。ああ、あなたがたはほんとうにそっくりだ！　でもどうしたの、眠っているの？　あなたは完全に眠ってしまったのか、それとも酔っ払ってしまったのか。けっして許さないと彼女は言ったが、彼女に性的快楽を味わわせたブーローニュの森の男のせいではなくて、こんなやりかたで別れを告げたからなのだ。

わたしは立ち上がった。ギヨームが話しているあいだ、途中で一度も言葉をさしはさまなかった。

——眠っているのかい、とドクトルの叱責が聞こえる。これじゃほとんど病気だね。こんな調子だと、あとはいくらも生きる時間など残ってないな。もう正午だよ。こちらはコンスタンスと一緒に美術館にゆくつもりだ。一時半にタベルナ・デル・グァルディアで落ち合おう。

マドリッドに電話するまえにコーヒーを一杯注文した。ドロテアの怒りを怖れ、ある質問を彼女にしなければならないのを怖れていた。

——ルールー！　あなたのことを怒っているのよ（怒りの爆発は予想通りで、インディオと同じように、電話口に向かって怒鳴るのだが、このふたりは満足して怒鳴ることだってあるのだ）、もっと早く連絡してきてもいいのじゃなくて、あなたが着いたときからとっても心配していたんだから、まるでわたしがお膳立てしたすべてが駄目になってしまったんじゃないかと思ったわ。それに昨日の晩なんて、朝の四時に電話が鳴って驚いて目が覚めたのよ。びっくりして受話器をとったら、まるで亡霊ね、相手はギヨームで、なんとマラガだっていうんだから！　そんなふうにあなたがたが会うなんて、こればかりは予想してなかったわね。彼はとてもゆっくりと話すの。注意深く言葉を区切ってね。完全に泥酔しているのがわかったわ。おぞましいったらありゃしない、彼は二十回も自分が、おぞましいったらありゃしない、と繰り返していたわ。

彼女の声は急流のように生き生きとしていた。その声がわたしのほうに向かって流れてくるにまかせた。恐れずに例の質問をしてみた。

――あなたの夫と一緒に？　レオナールと一緒に？　馬鹿ね、あのひとときたら、頭がおかしくなったんじゃないの、うわごとを言ってるのよ、好い加減にしてほしいわ。いやそうじゃない、彼の言っていることは正しいわ、ほんとうのことよ、と彼女は言い直した。

――ほんとうなの？

――そう、ほんとうなのよ。彼にはあなたの夫だと話したのよ。説明すると長くなるけどね。

――でも、マリンブルーのセーターだって。

――……

――シェ・フランシスにいた男よ、マリンブルーのセーターを着ていたんだって。

――そう、ひょっとするとそうかもしれないわ、もう覚えていないけれど。ああ、そうか。マリンブルーのセーターということでレオナールだと思ったのね。

わたしたちは同時に狂ったように笑い出した。

——そうなの、ブーローニュの森の話は本当なのよ、すべて事実、ギヨームはけっして嘘がつけるようなひとじゃないから。

——でも、恐くなかったの？

——死ぬほど恐かったわ。わたしのことはわかってるでしょう。とても痛かった。いずれにしても、ドクトルの手中に落ちるほどには危険じゃないでしょうね。

彼女に対する感謝の言葉をまだ口にしてはいなかったので、ほんとうに心からの感謝の言葉が自然と流れ出し、礼を言った。彼女がわたしのためにしてくれたこと、これはけっして忘れたりしないだろう。

——それじゃ、いい子でいてね、ルールルー。ドクトルとの関係の修復を手伝ってちょうだいな。

——でも、もうそうなっているはずよ、お馬鹿さん。彼はあなたの演出をとてもみごとだと誉めていたわよ。

ドロテアとわたしはマドリッドで再会する約束になっていた。さもなければクリスティーナの結婚式のためにポルクロル島でじかに落ち合う約束だった。そのまえに、彼女はテレビ局のクルーとエルチェで聖母の秘蹟の撮影を予定しているという。

——それであなたのほうは、まだ巡礼をつづけているの？

——善と悪の源に立ち戻る旅だと言いたいんでしょう？　ところで、ケープを取りかえっこしたふたりの若者の話は知っている？

――お願いだから、と彼女は叫び声をあげる。やめてちょうだい《ストップ・イット》。

彼女が本気で言っているのだとはわからなかった。それからマラガ・パラシオには長いこと滞在するつもりかどうかと聞いてきた。そのつもりはない、イニゴー・ジョーンズのところに行くつもりだと答えた。しばらく間があった。

――コンスタンスという名の姪には気をつけたほうがいいわ。

――あらそうなの？　どういうこと？

――彼女にはもう会ったのね？

――会ったわ。わたしが着いた晩にドクトルと一緒にいたわ。いまも一緒に美術館に行っているはずよ。

――彼女のことをどう思う？

――面白そうな娘じゃないこと。

――そんなふうに言うんじゃないかと思ってたわ。

わたしは煙草に火をつけた。

――煙草を吸っているの？

――そうよ。

――相変わらずリッチ＆ライト？

――いいえ、それほどリッチでも、それほどライトでもないやつ。あのコンスタンスって娘はインディオに会ったことがあるのかしら?

——その話は彼女のほうからするでしょうよ。彼女は話がうまいから。まあいいわ。命令その一、疫病神ギヨームには会わないように。その二、昼間は泳いで、夜は遊び狂うこと。

——わかっているはずだけど、もう夢をみるのはやめたのよ。

——ほんとうに狂ってるわね。

——というと?

——まさにあなたにしてもらいたいと思っているのはそのことなの。あるいはなすがままにされるというべきかもね。九月一日まではこちらの言うことを聞くという話だったでしょう。それからわたしのほうは姿を消すわ。あなたのほうは新学期ね。

彼女が年上ぶってみせるやりかたは嫌いじゃなかった。

——エルチェでのわたしの電話番号は五四一七四二だけど、あなたは電話が嫌いだもの、どうせかけてはこないんでしょう。どこで落ち合うか電報で知らせてちょうだいな。

さよならを言う段になって、昔のことを思い出した。電話を切ろうとしている相手はインディオがするようにrを巻き舌で発音しながら「さよなら愛する人《アディオス・ミオ・アモール》」と大声で言った。相手も同じ言葉を繰り返し、最初に言ったほうが受話器をおいたものだった。この日の朝は、同じ言葉は繰り返して口にされはしなかった。その代わりに、いきなり不快な反応があった。まったく予想外だった。

——それはもうやめなさいよ。インディオの話はわたしにとっては終わったのだから。終わったのよ、わかるわね?

すると、すべてがひっくり返ってしまったのだ。もっと敏感な耳をもたなくちゃいけなかった。わたしたちの父親を嬉しがらせた話をいったい何度目かはわからないが繰り返して話そうとしたとき、彼女はすでに「お願いだから！」と叫んでいたではないか。あの話をインディオが一度たりともちゃんと自分で読んでいないというのは、ドクトルがいつもその話を彼にしてしまうからだった。善と悪とが決闘で争い、どちらも相手を打ち負かすにはいたらず、最後は別れることになるのだが、別れるにあたって、どこに出かけるときも着るケープを取り違えてしまったという話だった。

インディオがいなくなったいま、彼女がもう彼を愛していないなんてことがありえただろうか。生きていた頃は、わたしよりもずっと彼を愛していたのは彼女のほうなのだから。この秘密はもっとあとのためにとっておこう。もうだいぶ時間に遅れてしまった、ほかのことを考えながらでは服も着れない。

ホテルのロビーはいつもと同じようにみるからに閑散としていたが、英語とスペイン語が入り混じり、ののしり声が加わったやかましい声の響が聞こえた。フロントのカウンターの周囲には小さな人の輪ができていた。近寄ってみた。昔馴染みのドアマンが必死になって、椰子の絵がプリントされた半袖シャツを着たアメリカ人の目の前に新聞をさしだしているが、アメリカ人は怒りで顔を真っ赤にして、旅行小切手の束で新聞を叩きながら彼を押しのけようとしている。もう一方の手では闘牛の入場券を束ねてコンシエルジュの副主任の顔を叩いているところだった。フロント係の男があいだに割って入ろうとした。バーテンはドイツ人女性に状況を説明しようとして、かわるがわるふたつのしぐさをやってみせる。親指と人差し指を使ってそのあいだにグラス大の空間を作り、肘をあげて何かを飲むしぐさを何度もやってみせるのだ。それから人差し指をこめかみに押し当て、ねじを締めたり外したりするしぐさをはじめる。ドアマンはわたしの姿に気づいて、ようやく新聞をあずける相手を見つけることができた。この地方の日刊紙『スール』の一面には、赤い線で囲って、今度の日曜日にラ・マラゲータでの闘牛にアントニオ・オルドーニェスが出場できなくなったと知らせる記事があった。例のアメリカ人は、オルドーニェスが出る闘牛に立ち会うにはほかの手段はないと言われて、大枚をはたいて何枚も座席券を買わされたと大声でわめきちらしていた。彼がマラガにやってきてマラガ・パラシオに逗留したのは、オルドーニェスを見るためであり、オルドーニェスが彼から奪われたいまとなっては、オルドーニェスを見損ったのに彼が支払ったとてつもない額の金を全部そっくり返してもらいたいというのだ。彼はこの名前をマルティニックふうの発音で口にし、怒りで顔を真っ赤にして、入場券売場《レベンタ》、入場券売場《レベンタ》と繰り返し叫んでいた。コンシエルジュとフロント係は彼らの言語的知識を総動員して男をなだめにかかり、たしかに払い戻しはあるだろうが、これは闘牛場の窓口で扱われているときの通常の料金のみであり、ダフ屋が介入するヤミ料金についての責任が彼らにあるわけではない、男は満足したとてっきり思っていたなどのことを説明しようとしていた。この滑稽なシーンはわたし自身の失望感をやわらげてくれた。

——練習中に怪我をしたってほんとうなの、とわたしはドアマンにたずねた。

——セニョリータ、相手はエステポナに閉じこもって三十頭から四十頭の牡牛を殺して腕に一段と磨きをかけ、いわゆる「再起」をはかろうとする男、また日曜日には約八百万ペセタを稼いでいるはずの男ですよ、今度の日曜日に彼が姿をあらわさないとすれば、ことはふたつにひとつ、気が狂っているのか、それとも賢者として金銭を軽蔑しているのか、そのどちらかですよ。

ホテルを出て、『スール』紙を買った。ドアマンが言った以上のことは書いてなかったし、書かれていることはずっと限られていた。その場の勢いで思わずそら豆も買ってしまった。紙袋が空になったときには口のなかは塩辛さで一杯だった。そのタベルナ・デル・グァルディアとやらは、いったいどこにあるのだろう？

それは目と鼻の先にあった。ちょうど二時だった。なかに足を踏み入れると、外とは対照的で、わたしは暗さのせいで文字どおり目が見えなくなった。ほとんど真っ黒に近い大きな樽が暗いという印象をさらに強めるなかで、ピンク色のしみがぼんやりと点在しているように見えるのは、小皿に盛られた生のムール貝や海老が手から手へとわたされていたからだ。一匹の海老が目に入り、これに食らいついているのは、例の赤毛の娘だった。気をつけるようにとドロテアに言われてから、自分でもなぜかはわからないが、彼女を「赤毛の娘」と呼ぶようになっていた。彼女はドクトルの肩のあたりの背の高さで、ドクトルは、ハイヒールをはいたときのわたしの肩のあたりの背の高さだった。彼らはほとんど黒に近い色のシェリー酒を飲んでいた。

――時間に正確だね、と彼は言葉を放った。もう二時間も待ったよ。

——ほんとうかしら。正午にはまだ美術館にもいなかったじゃないの。

——美術館には何も見るべきものがなかったのよ、とコンスタンスは説明した。

ドクトルは天を仰いだ。

——ああ、昔からみれば、イギリス女性も変われば変わったものだ。この娘さんには、とんでもないキッチュ趣味の十九世紀アンダルシアの作品ぐらいしか理解できないのだから。

コンスタンスはこれに応じようとしたが、うまい言葉が見つからなかった。あるいはこれ以上にちくりと刺そうとするドクトルの意地悪な言葉がそれ以上出てはこなかったのだ。わたしがなぜ遅れたのかその理由を説明すると、彼女は饒舌になった。イニゴー伯父さんのところには前の晩にオルドーニェス自身から電話があり、巷に知らせが流れないうちに本人の口からこの決心を聞いたというのだ。このコンスタンスという娘は、なんと恵まれた生活を送っているのだろう。誰よりも前に特ダネのニュースのあらましを知っているというのは。ドクトルはわたしがホテルのロビーでなんの介入もしなかったことを責めた。おまえはその男を彼の同国人、ロータリークラブのおまえの友人に世話してもらうよう送り返してやるべきだったのだ、と彼は言った。入場券売場《レベンタ》がアメリカ人観光客向けに作られたスペインの制度だということがいたるところに書いてあるとわかれば、少しは気も落ち着くだろう。日曜日のことは残念だが、単なる延期だ。アントニオはほんとうは戻ってきてはいけない。彼は間違っている、彼は間違っている。

——もう年をとりすぎたということですか？　とコンスタンスがたずねる。

——いいやそうじゃない。自分の力に合わせようとしてしまうからだ。

彼はそれ以上は言おうとはせずに、わたしたちをからかいはじめた。

——いずれにしても、きみたちの両方がそれぞれ自分の国に帰ってから、あいつはまた出てこようと思っているんだろう。

——彼には心というものがないのね、とわたしはコンスタンスに言った。わたしがこれを発見したというわけじゃないのよ。彼に心というものがないという点については、衆目一致するところなのよ。

——そのとおりだよ、と嬉しそうなドクトルの声。この点に関しては、おまえを驚かせることがある。だが、まずはよいレストランを探すことにしようか。


白いテーブルクロスの上に彼は一枚の封筒をおいたが、その上にはわたしの名が書かれていた。文字というよりはデッサンに近い書き方だった。封筒をあけると、なかには絵葉書が入っていた。

——おまえは記念碑的な作品を相手にしているのだよ、と彼はもどかしげに言った。確認の言葉を述べるとなれば急に熱っぽくなる、いつもながらのあのひと独得の口ぶりだ。ブエナビスタ伯の館のホールはじゅうぶんすぎるほど広いものだが、この作品だけで、壁一面を完全に覆いつくすくらいの大きさがある。ロンドンやパリにこれと比べうる精神的な価値をもった絵が存在しているかどうか考えてみて、もしあるならば何がこれにあたるか言ってみてほしい。

少し身がひるんだ。描かれた光景は野蛮なものだったが、じつに落ち着いて扱われているので、まずマニアックともいえるこの落ち着きだけが目に入った。細部の描写がじつに丹念になされていて、主題が消え去ってしまうあのハイパーリアリズムの絵に似ているといってもよい。だが主題はちゃんとそこにあった。まるで侵入してくるみたいで、不気味で、恐い。悲劇的というのともちがう。これを滑稽だと思うことで防衛反応が自分のうちに生じたのではないかと思ってみる。

——誰の作品なのですか？　とわたしはたずねた。

——いやそうじゃなくて、これは何なのか、と聞かなければならないところだ。まず最初によく見てごらん。さあ、よく見てごらんなさい。

左手にはバリェ・インクランみたいな人が立っているのが見える。でもこれは「やぎ髭の大ラモン」と呼ばれるあの作家ではないのは知れている。絵に描かれた老人の髭はさほど長く伸びてはおらず、きちんと手入れがなされているし、手が不自由なわけでもない。だけど同じ世代に属する人物である。誓ってもよいが、知的で、人並みはずれたものをそなえた人物だ。左手には血に染まった心臓を掴み、メスをもった右手はテーブルにおかれている。台所の調理カウンターとも見えるが、解剖台には若い女が横たわっている。心臓をいま取り出したことで、女は死んでしまった。男が手にしているのは彼女の心臓だ。まだ生き生きとした金色の長い髪の毛がゆたかにあふれ、白いシーツのうえにひろがっている。シーツは経帷子がわりだが、メスをもった老人によって凌辱された結果、めくれあがっている。彼女を覆うシーツは滑り落ちそうになっているが、なおもむきだしの脚を隠してはいる。でも完全にというわけではなくて、恥毛が見えかかっている……　コンスタンスとドクトルがそばにいると、ふたりのあいだで演じられる妄想シーンがそのまま壁に投影されているような気がして心が動揺した。頬が熱くなり、死せる娘がヴェネツィア・ブロンドではなく、いましがたシーツの端の部分において確認したように、赤毛であることがわかった。心が動揺してなんだか居心地がわるい。

わたしが目にしているのは台の上に横たわった裸の若い女であり、天窓から洩れる人工的な光がこれにあたっている。いや、天窓ではなくて、ほんとうの窓であり、そのまえに並んでいるのはボトル、いや小壜というべきもので、なかには透明に近い怪しげな液体が半分ほど入っている。この地下室のような壁ばかりの部屋は寝室でもなければ、手術室でもなく、実験室でもない。というより、まさしく実験室に変わった寝室であり、寝室内にもちこまれた死体置き場であって、いわゆる寝るための部屋などではない。若い女はいましがた手術を受け、殺されたところであり、これをおこなった老人は小さな髭をはやし、跳ね返る血を浴びないように黒いフロックコートを着ている。イサベル二世退位後の時代にあらわれたドクトル・マブゼを思わせる姿、家族のかかりつけの、信頼の厚い医者なのか、それとも馬鹿な医者なのか、手助けすべく外科手術の技を磨いていたにちがいない。だが、手助けするといっても、誰の手助けなのか、むしろ彼自身のためということではないのか。恋する老人が抱く疑いの手助け、というのもこちらは絵葉書の裏に「心臓の解剖《アナトミア・デル・コラソン》」というこの絵の題名が記してあるのを認めたところだったから、ドクトルは強い口調で「いやそうじゃない、題名が間違っている、本当のタイトルは美術館のプレートに記されているが、心臓があったのだ《イ・テニア・コラソン》！　なのだから、彼女には心があったということになる」と言った。してみると、老人は愛する女に心があるのかどうか確かめようとして彼女を殺したのだ。若い妻の美貌に狂った老いたるカトリック信者の夫、隠れたるイスラム教徒であるアンダルシアの老人であって、この男にとって嫉妬は信仰の表明なのだ。「当然のことながら、魂には悪をおさえる性向がそなわっている」と語る強くて偉大なアラーの神とドクトル自身がどのような関係にあるのかたずねてみなくてはならない。金属の円い枠の鼻眼鏡を通して、絵に描かれた老人はいささかも感情の動きなど見せずに、愛する女から奪い取った器官を調べているところだ。彼はこれを何度もひっくり返して眺めたにちがいない。まさに一個の心臓であり、真っ赤で、この心臓に流れ込み、またそこから流れ出る血のすべては、台の反対側の右端の部分にぶらさげられた大きなスポンジの塊におとなしく吸い取られていた。あたかも血は、とても行儀よく、スポンジ、つまり感情の動きをすっかり浸み込ませた塊以外の別の場所にしみを作らないようにしているかのようだった。くだんの老人は一連の操作を注意深く丹念にやり終え、これから獲物を調べにかかろうとしているのだろう。血はバケツやたらい一杯に汲み取られ、台の下に隠されているにちがいない。彼女は殺されたようにはまったく見えない。目は見開かれ、なかばひらかれた口が、口にするのもおぞましい快楽に投げ出されたおのれの肉体を前にして、おお、と驚きの声をあげていた。もう心臓はない。彼女はまえもってエーテルでもって眠り込まされたのだ。彼のほうも人殺しには見えない。わたしの考えでは、彼のフロックコートの下に隠された例の部分には、あるべきものがない。彼は肉体をはるかに離れた場に真理を探し求めようとして目を悪くした碩学にますます似てくる。彼にはある種の雰囲気があり、裕福そうだし、これは見るからに明らかであって、地方のよきブルジョワなのだ。顎鬚は入念に手入れがなされ、着ている服の趣味も完璧であり、年齢にふさわしく黒ずくめである。白くなった髪は少しも乱れがない。これは評判を大切にする男であるはずなのだ。美しい手をしている。シーツの上に置かれた指先が震えていて、まるで楽器を弾いているように見えた。彼は音楽を愛している。彼のサロンでは、この若い女はひょっとすると彼のピアノ伴奏にあわせて「きみの黒い眼《トゥス・オジリョス・ネグロス》」を歌ったことがあるかもしれない。彼は初期のマヌエル・デ・ファリャを評価していた。アンダルシア地方のカディス出身の人間だったからだ。地方主義のなかでも最悪のもの、つまり心の領域という地方主義にとりつかれた老人。

——この絵には真実の叫びが聞こえる、とドクトルは言った。

——いったいどのような真実なのですか。あなたには心があるのか、という問に対する答えなのかしら。

——答えの真実ということだよ、とドクトルは言った。愛されているかどうか、相手に心があるのかどうかをたずねるのは馬鹿げている。実際にこれを目でみなければならない。老人は素直にやる。彼は手術をする。もちろん頭のなかで想像してみるということだがね。こうして彼の問が間違っていた証拠を手にするのだ。

——ならば、彼のほうは、自分にやはり心があるのかどうか考えてみなかったんでしょうか?

——彼は解剖学に聞いたりはしない。

——だけどドクトル、この老人はそれでもやはりお医者さん《ドクトル》だったんでしょう? とコンスタンスは小声でつぶやく。

やっぱり彼女は神経がいらだっているのだ、とわたしは思った。彼女は自分が手術台の上にいると想像している。

——心の名のもとにおこなわれることが犯罪的である場合がままあるとも考えられる、とわが師というべき人物は口をひらいて言った。画家エンリケ・シモネットはゴンゴラ没後三百周年の一九二七年に死んだ。これは偶然じゃない。詩だけが何かを見つけられる分野において、彼は散文的、写真的、学問的な解決をもたらそうとした。なぜなら詩は、心がなにものでもないこと、大事なのは心の鼓動――ギャルソン！――リズムだけであると知っているのだ。彼がこの女を殺したのは、彼女の心臓が彼のために鼓動していたのを確かめたかったからだ。

この絵を見ていて連想したことがあった。

――やはりカルデロンだろう、とドクトルはささやく。『名誉の医師』。

それからコンスタンスのほうを振り向いて言った。

――セビーリャの近くに夫婦が住んでいて、夫はスペイン王と落馬した皇太子ドン・エンリケを家に迎え入れ、手厚くもてなす……

彼の声はほとんど聞き取れぬほどに小さくなった。疲れ、倦怠、自分では認めようとしないのだが段々とひどくなる耳の遠さ。コンスタンスは彼の声を聞くために、テーブルの上に横になったといってもよいほどだ。

――……何年も前から彼の妻に夢中になっていた皇太子の欲望にもうこれ以上彼女が抵抗しないだろうと思い込んで……真夜中に……彼女の目を細布でおおって医者の男を迎えにやらせる……美しい妻は眠り込んでいる……医者には理解できない……どうすればよいのかとたずね……それから夫は恐ろしい形相で言う、あの女に瀉血をほどこすのだ！　と。

――それからどうなったの？

――医者は彼女が死ぬまで瀉血をしつづけたのだよ。ギャルソン！

——なんとも恐い情念の話ばかりだこと。

コンスタンスは気絶しそうに真っ青な顔をして、手で顔を隠した。

——恐い《オルール》というのかい、それとも名誉《オヌール》だというのかい？ と彼は荒々しく彼女に問いただす。われわれはスペインをフランコには渡すまいとして、その血をとことん奪ってしまったのだ。名誉は悲劇の約束事のひとつでもある。いまでは悲劇を演じるにあたって約束事などいらない。どこにも規則や信仰はない。

——信仰は情念なんですか、と彼女は再度たずねる。

彼は肩をすくめ、勘定を払いながら、イギリスの大学教育をめぐってなにごとかをつぶやいたが、聞き取れなかった。わたしは絵を鞄のなかに入れた。われわれはレストランを出た。

遊歩道で無意識のうちに思わず彼の腕をとったとき、袖口の感触以外のものは伝わってこなかった。

——インディオみたいに、少しシエスタをとることにしようか、と彼は言った。闘牛見物の前にはいつも少しシエスタの休みをとるのが彼の習慣だった。それからシャワーを浴びて、服を着替える。

——彼はシエスタをとるなどと言ってなかったわ、とコンスタンスはものごとに精通しているような言い方だ。彼は瞑想にふけるのだと言っていたわ。

睫毛のあいだのいとしいインディオの瞑想の数々。

ドクトルの姿が消えた。小さなドアから、階段から、エレベータから逃げたのか？　彼は姿を隠してしまった。コンスタンスのがっかりした様子は、フロアをひとまわりしたあとでダンスのパートナーに放り出された若い女性を思わせた。このような逃走術は彼との会話のすべてを挫折に導いた。教育的にということだ。この点に関しては彼には何も期待できなかった。結論を嫌うそのやりかたは、逆説と手を結び、人の意表をつく結論となるが、いったんこれが言葉として投げ出されたとしてもすぐに走り去る。コンスタンスへの説明を試みるなかで――シエスタの時間、ひとけのないバーで、オレンジよりも氷ばかりが入っているオレンジエードの大きなグラスを手に喉の渇きをわたしたちはいやしながら――言葉どおりに受け取っては駄目よと、わたしは言った。彼女はすべてを書きとめる用意ができていた。ほんの些細な言葉も忘れずに彼女独自の福音書のように大事にした。美しい青色が飛び出し美しい赤色が消え去る花火に比べたりする彼女の崇拝心には子供じみたところがあった。ひときわ明るく輝いたもの、あるいは恐怖を生み出したものについて手元に何も残せないのが彼女にとっては心残りだった。彼女はあとをついていってると思っていたのに、ひゅうっと消えて、視界をさえぎる壁の前に出てしまったのだ。空がひろがるばかりで、前方には何もない。そこで彼女はうしろをふりむいてみた。もういちど降りて、勇敢にも別の方角にむかって歩きはじめ、それからまた、あれっと、道がふたたびわかれていた。わたしは彼女にこと細かく話をしながら、昔すべてを覚えようとするときに使ったあのテクニックをまた見出した。親指太郎のテクニックだ。

――白い石を追いかけるようにして言葉を追いかけてごらんなさい、そうすれば道筋がまた見えてくるでしょうから、と彼女に忠告した。ドクトルにとっての師というべき存在はセビーリャの聖イシドロであり、この人にとって語源は堅固な智恵であり、技であり、直感なのよ。彼は言葉を組み合わせて、思いがけない発明をしたり、しなかったりする。主人となる言葉を覚えておけば、女主人となる観念をつかまえることができる。語彙から出発して、統辞法を見出し、方向までは無理でも、意味は見つかるかもしれない。でも耳に入った言葉のきれはしにしがみついて、ここからあるひとつの推論を再構成すれば確かなものにたどりつけると考えると、いつも裏切られてしまうわよ。

——それが彼の狙いなのね。

——そうじゃなくて、彼は間違っているのに気づかせようとしているのだわ。だからこそ、彼には目の錯覚が必要になるの。だからこそ表面にあらわれるありかたを大切にするのね。

この瞬間、あらわれるものがいちどきに押し寄せてきた。目の前にひろがる光景でわたしは満たされた。同じ一本のオレンジの木に実った果実のすべて、同じひとりの娘の顔全体のひろがったそばかす。彼女は網袋のなかに鉛筆を探すのだが、そこには緑色のヘアブラシ、ルーズリーフ、わたしが読んだことのないクーパー・ポウイスの小説なども一緒に入っていた。若い女！　この言葉はまったく新たにわたしの目の前に実体をともなってあらわれたのだ。もうかなり以前から純粋無垢のマスクをかぶらされることもなくなり、不安な気分などには無縁な時代になっていたとはいえ、わたしの世代にとってはまだ現実社会への旅立ちは高等中学校卒業に一致していた。しかしコンスタンスはけっして待ったりする必要はなく、いつも外に出て旅立ちを生きているような印象だった。両親に愛されている娘、それはどうでもよいことだが、空間と時間に愛され、同世代の連中と一緒に、彼女は時間と空間を厳密に思い通りのものにつくりかえる。恋愛やお金についても同じだ。ヨーロッパ大陸を横断する寝台車、アメリカ大陸やインドへ飛ぶチャーター便に群がり、網袋をぶらさげ、リュックをしょったり、自分のものではないイニシアルの入った鞄をもったりして、髪は雨が降っても縮れたまま、ポケットには心当たりのアドレスをたくさん書き込んだ紙を詰め込み、ハンカチには若干量の薬物が隠されていることはあっても、これは涙をふくためのものだったりすることはまずない。悔悛などしない世代なのだ。今朝の『スール』紙はその名のリストをあげていたが、何人かの同じ年頃のアイルランド人の死者たちの名前を書きとめたあとで、シモネットの名も彼女は書きとめただろうか。方向を見失ってしまったかもしれない。どこに頭が向かっているのだろう。わたしの目の前に座っているコンスタンスは、どこの国にもいる、わたしよりもすぐれているところを見せようとする若者たちとは別の種族だ。全然そうじゃない、というのも、網袋には鉛筆と手帳を入れているのだから。絶滅の危機に瀕する昔ながらの芸術愛好家のようだ。むしろ特異なケースといったほうがよいかもしれない。最初の晩はジーンズを穿いていたが、いまはイギリス独得のあのニンジン色のなんとも形容しがたいドレスに身を包んで、手に鉛筆と手帳をもって、彼女は流れとはまったく別なところに身をおいている。ところでドクトルに向かって問を発したり、クーパー・ポウイスを読んだりして、みごとなまでの観念の表現を書き写す――というのも引用符や、大文字が目に入ったのだ――のはなぜなのか。自分のほかに権威など求めようとしない若い世代の人々と彼女を区別するのはいったい何なのか。彼らと一緒にならずに、われわれとつきあう道を選んだのは、いかなる天のめぐりあわせなのだろうか。どうしてわたしは、われわれなどと思ってしまったのか、それなら誰が他者となるのか？　わたしは古い世界のほうに入れられてしまうのか？　何がわたしと一緒になるのか、ドクトルなのか、過去の歳月なのか、『ウルフ・ソレント』〔クーパー・ポウイスの小説〕なのか？　ところでコンスタンスはいかなる天の欄干から、われわれが保持する過ぎ去った世界、来るべき世界をうかがって下を覗き込んだのか。

――わたしの心にひっかかっていることがあるの、とようやく口をひらいて彼女は言った。もう幾晩にもなるのだけど……　でもあなたにお話ししてもよいかしら、恨まれないか心配なの。インディオのことよ。

答えの言葉は出てこなかった。ドクトルは急ぎ足でわれわれのほうへ向かってきた。例の欄干は魔法にかけられたみたいにどこかに消え去っていた。さあ出発のときがきた。

午後七時、わたしたちに小さなクッションをふたつあてがい、彼はコンスタンスとわたしのあいだに座った。前から一列目のスタンド席七番だ。期待で体を震わせるふたつの翼のあいだに、というのはわたしたちを指しての彼の表現だ。彼女にとって闘牛見物は初めてだったから震えるのも当然だった。さまざまな色彩、どよめきの声、ラ・マラゲータの神経過敏な様子、ひさしぶりに来てみたせいもあって、そうだと思っていたものがそのまま目の前にたちあらわれた。欠点、欠落、不在、別離、でも戻ってこないものなど何もない。歓びそのものが原因などなしに、また生まれてくるのだ。しかるべき理由などなくとも。わたしがしかるべき、というのは、生きた人間に関係すると思われている事柄のことだ。さらに言うならば、生きた人間はそのうちに見失われる。あとは場所、モノしか残らない。でもそのほうがよいのだ。わたしにしても、贈与者なしに、ひとり自由にこの円形で崇高な戸外の空間にいたほうがよかったのではないか。

華やかな日ほどに群集の数が多いわけではなかったし、音楽の演奏がはじまっても日向の席には空席が目立った。でも夕方の七時半、瞑想家のドクトルと肉体の重みだけの見知らぬ男にはさまれて、わたしは大満足だった。正面に、外部に集中することができるのだ。三人の男の小さな影が総裁席を見据えて、しっかりした足取りで進んでくる。あとにつづく分隊は観客の様子を見ようとして右を向いたり左を向いたりしていて落ち着きがない。

――一番うしろにいる年をとった男、あれがマルケスだ。いいや、『百年の孤独』じゃないよ（コンスタンスはすでにマルケスということでこの小説を連想していた）、ちょうど五十歳。彼の絶頂期は六八年だ。いや、五月じゃないよ。この年の彼は、メキシコとスペインを往復し百五十回の闘牛をやった。これは日曜日に百五十回ミサに行くほど常軌を逸したことさ。彼はいったんこの仕事をやめたが、その後また戻る気になって、聖イシドロ祭のときにビクトリーノの牛、本物の牡牛で、ロメロとかクベロなどの牡牛とはわけがちがうやつを連れて、マドリッドにやってきた。彼はみごとにやってみせたよ。フエンヒローラの生まれだから、この土地での彼の人気は高いし、バンデリリャ（牡牛の肩に刺す飾りつきの銛）の扱いがみごとなオルティス、マノロ、ペペの三兄弟も激賞されている。アンダルシア地方の独特な気性だ。黒の刺繍飾りがある紫色の服を着て中央にいるあのみごとな男は、ジプシー最高の闘牛士パウラ、つまりラファエル・デ・パウラだよ。最初に彼を見たのは、カラバンチェルのちっぽけなビスタ・アレグレ闘牛場でのことだったが、あの男は音楽の演奏はやめてくれと注文をつけたのだな、それで生まれてから二度目のことだが、沈黙せる音楽を聞くことになったのだよ。マラルメならばそう言ったかもしれないが、闘牛の黙せる音楽というわけだ。パウラの技は音楽であり、精神の光であり、光の衣装と呼ばれる闘牛士の衣装だけには還元されぬものなのだ。いま現在の彼は左手に角の一撃を受けて負傷したのがまだ響いているが、別の言い方をするならば、疑う余地もなくナチュラル・パセ〔左手でムレータを操るパセの基本型〕の第一人者だ。さて残るひとりだが、そう、何ならオリーヴ色のくすんだ肌の男と呼んでもよいが、あれがクーロ・ロメロだ。みごとさの点では劣らないが、この土地では理解されていない。動きが少ない点がけちだと非難される。少しでも自分のためにとっておこうとするから、ちびりちびりと小出しにするのだと言われるのがおまえの耳に入ることもあるかもしれない。いわれのない中傷だ。でもときに、偉大な闘牛士がそうであるように、彼も恐怖にかられることがある。観客にはそれが伝わる。アンダルシアの人間は恐怖ということが理解できない。恐怖は意気地がないのと同じだと思っている。本物の勇気は……（ラッパが鳴って聞こえなかった）によって測られるなど、思ってもみないが、最低の恐怖、つまり自分自身への恐怖は強く感じとる。

最初の一頭が勢いよく闘牛場に飛び込んできた。

屈辱的で惨めなその死にコンスタンスは耐えられなかった。ロメロを公然と侮辱し、彼に退場を求めて、雨あられのように襲いかかる嘲弄の嵐のなかで彼女は席を立った。ドクトルは彼女のほうをふりかえりもしなかったし、手を振ってさよならの挨拶もしなかった。彼は挫けて呆然としたロメロの姿、みずからの恐怖への恐怖が表にあらわれ、さらに緑色に変わった顔色をじっと見つめていた。ロメロは、口笛にともなう反感にみちた身振りを前にして何も聞こえず、何も見えなくなってしまったようであり、先の丸くなった黒靴を動かさずに、凝固したように立ちつくしていた。観客席の最前列の近くにいたが、ただし彼とのあいだにある距離を踏み越えることができずに、彼と観客、彼と嘲弄のあいだに柵をもうける以外のことに気を取られていた。彼がこの柵を乗り越えていたならば、安全な場所に身を移せただろう。二番目の牡牛の入場に向けて準備を進めるほかの者たちに混じってその姿は見えなくなっていたはずだ。だが内部の大異変にあまりにも心を奪われてしまって、動けなくなっていたのだ。このように動けないでいるのは挑戦ではない。傲慢さでもない。観客が彼に加える罰はそれがゆえに卑猥さを増していた。観察者の視線もまた、たとえ彼の同盟者であったにせよ、卑猥だった。

不満の表明にかこつけて「ツーリスト席」を狙う者はたくさんいた。エスパドリーユ〔縄底のズック靴〕を履いた老人がいちばん素早かった。大きな男で、ドクトルはにっこり笑って彼を迎え入れ、わたしのほうに体をずらした。

ラファエル・デ・パウラには、なす術がなかった。最初の牡牛は強情だったし、二番目の牡牛は頭を高くもちあげたまま突きかかり、さらに頭を高くして暴れるのだ。闘牛士が相手をじっと見つめ、それ以上つづけるのはあきらめて、とどめの剣のすばやい非情な一突きでこれを殺したとき、その冷静さに喝采したのは少数の人間だったが、そのなかにはドクトルもこの老人も入っていた。ベテランのマルケスは予想どおり喝采をさらった。

帰り道にはまた遊歩道を通った。わたしは激しい非難の言葉をドクトルに向けた。自分でもこれには驚いたが、わたしが異なる意見をもっていても、はっきりこれを表明する必要があると感じることはまれだったからだ。彼のように強い精神の持ち主が相手となる場合はとくにそうだ。こちらからあえて衝突を求めているのではなかったのだから。これを表明するやりかたは知らず、もっと正確にいえば、これを論理的に考えることができない。相手の議論の組み立てかたはもちろんわたしの興味を惹く。密度が薄くて集中に欠けるわたしのやりかたよりも新鮮なのだ。いつだって勉強中というありさまだ。学びつづけているのは、覚えるためではなくて、すべてをもう一度やりなおすためなのだ。不機嫌なときは、相手がその意見を述べているあいだに、相手を出し抜くための議論を頭のなかでつくりあげてみる。これを執拗に探し求め、見つからずにいる、そのあいだ、相手はわたしが一生懸命聞いていると思っているわけだ。探し求めることなく聞いているだけだと、退屈していると思われるかもしれない。インディオがそうだったみたいに退屈していると。悲しい気分になっていると。同じことを四回も繰り返されれば話はまた別だが、相手の言っている事柄がほんとうかどうかは自分には確かめようがない。どこか遠くの土地の状況、たとえばアフリカやラテン・アメリカの状況についての話を聞く場合、すぐに説得させられてしまう傾向が自分にはあるが、ヨーロッパに関係する場合だとつねに疑う気分になり、したがってこちらの機嫌もわるくなる。まるで地理的な要素によって自分が決められてしまっているようだ。もしも話題が哲学的なものであると、もっとひどいことになる。もう金輪際それがどんなものであるか覗きにゆくつもりなどないのだから……　レオナールの考えでは、わたしが無知に頼ろうとするのはフェンシングの世界でいう、かわし技の一種だという。彼は辞書をとりだし、八つのフェンシングのポジションに対応する八種類のかわし技の例を示してくれた。わたしはけっして攻撃には移らなかった。やめることしか知らなかった。むしろこう言うべきか。そのあたりでやめときましょう、と。彼は怒って、あの見せかけの結論を見せかけだけの従順さ、正面から向き合う能力の欠如のせいにした。たがいに向き合うことで、密度のある緊張した空気が流れ、これは彼にとっては気持ちのよいものだった。一方が勝つならば、もう一方は負けるためにいるというわけだ。彼によれば、わたしはすべての論争を夫婦喧嘩の光景にわざと変えてしまうのだという。心の底からよく知り合っているふたりの人間のあいだで演じられる喧嘩の場面ほどに滑稽で美的見地からしても醜いと思われるものはない。でも観念の論争はわたしにとっては肉体的なものであり、全身的にぶつかりあってなされるものだから、自分の体の一体性が失われる場合だってありうる。「喧嘩」の儀礼的側面、その健康的な輝きはわたしの知るところではない。そうなのだ、激しい議論は夫婦喧嘩に似ている気がするが、でもこれに手を染めたくはない。たしかにちくりと相手を刺すような言葉を投げつけたり、フェンシングでやるように足を前に踏み出す攻撃の型をみごとにきめてみせることだってあるが、でも相手はひとりではなくて、いつも複数の人間がいるときの話だ。そうは言っても、わたしは変わりつつある最中なのである。ほとんど喧嘩をするのが待ち遠しいといってもよい。だからこそドクトルにわたしの反感を伝えなければと思ったのだ。公の場でロメロに加えられた侮辱から、話題はコンスタンスが受けた侮辱へと移っていった。彼女が席を離れようとした瞬間、ドクトルは手をさしのべるわけでもなく、挨拶があるかと思って最後にうしろを振り返ってみたときも、エスパドリーユを履いた老人を愛想よく迎え入れるのが見えただけではなかったか。生まれて初めて闘牛に立会った外国人のうち、気は動転していたにせよその場にとどまっていた人間のほうが、気が動転して逃げ出した人間よりも、精神力の点で強いものがあると決めつける理由はどこにもない、とわたしはきっぱり言った。

彼が怒ったのは明らかだった。怒ったので、歩き方も足早になり、突然立ち止まる。これについてゆくほうは小走りになったり、ブレーキを踏むようなかたちになる。低い声で話すので、ぴったりとそばに寄って聞き取ろうとしなければならない。だけどほんとうに言ってることを聞こうとすれば、首を長く伸ばして、凶暴な表情を浮かべた老人の顔に近づかねばならない。

まず最初に、この場合の外国人というのはどんな意味なのかな？　人間のすべては精神に関係するのであって、血に関係するのではない。イギリス人が、そしてすぐにフランス人、アメリカ人、ロシア人、スペイン人が、たとえ世界のどこに自分がいようとも、外国人だと思わないでいるのは、彼らの植民地支配が証拠としてあるわけだし、またいまでもなお同じように証拠となっている。あるひとつの習慣に馴れる場合のように、最初だと言うのは滑稽だ。受胎告知にしても、処女喪失にしても、ただの一度きりのことであるが、これは受け入れる者と同時に訪れる者の性格を明らかにするような体験なのだ。最初に白人が黒人を見たときには黒檀の木だと思ったという。最初に赤銅色の人間を見たときは、猿だと思った。インディアンは白人を神だと思った。ふたりのうちのどちらがより高貴な存在なのだろうか。この種の最初の体験は、何世紀にもわたる歴史を決定づけている。その頃、世界はまだ知られていなかった、人々はたがいに相手を恐れていた、それなのに最近では……

彼はポケットから大きな白いハンカチを取り出し、それを用いる前に、まるで目に見えぬ敵と交渉するとでもいうかのようにこれを振ってみせた。

——……イギリス人にとっての闘牛は、ドイツ人にとってのギリシア劇と同じだという説がある。研究に値する主題だ。イニゴー伯父さんの書斎の棚の三列分の本は読まなくちゃ駄目だ！ コンスタンスは王女メデアが自分の子供たちを殺すのを見て気分が悪くなったりするだろうか？ そんなことはあるまい。彼女はおとなしく観客席に座っているにちがいない。メデアは女優であり、実際に子供たちを殺すわけではない。闘牛士のほうは相手の牡牛を殺す、さもなければ自分が相手に殺されてしまう。もしも学ぶ者が神、牡牛、意識など自分の研究対象のむきだしの姿に耐えることができなければ、研究などやめてしまったほうがよい。

休戦状態が終わった。もう一度攻撃が開始され、彼は夕べの心地よさやわたしの子供っぽさを激しく批判した。ときに人間は相手を殺さねばならない局面に追いやられることがある。まともな人間だったら、あえて殺そうなどとは考えないだろう。だがもしもその人が殺さねばならないと覚悟して、そんな状態が向こうのほうからやってきて、それで自由、祖国、家族などが救えるというならば、殺さねばならない。もしもコンスタンスが嘔吐などせずに動物に対する人間の勝利に向き合えないなら、この世に生きていて何の役に立つのか、言ってみてくれないか？

——何の役にも立たない、と思いがけず、ため息の言葉が出た。

そしてわたしのため息は静けさを呼び寄せた。

——闘牛は、と温和な調子に戻って彼はつづけた、芸術、賭けなのだよ、ただしほかの芸術とはまったく逆に何ものをも模倣せず、また何も表象しない。それはただの行為なのだ。闘牛は本能の勇敢な暗闇の化身となるのではない。闘牛は怪物そのものであり、精神そのものなのだ。まさしく真実の瞬間〔とどめをさす瞬間のこと〕と呼ばれるときにあって、雷よりも素早くみごとに殺すため、デ・パウラやマルケス、正真正銘の闘牛士だったら誰でも同じだが、みずから死の危険に身をさらすとき、というのもその危険はまやかしではなくすぐそばにあるからなのだが、ここのところはよく注意してもらいたい、これは人間がまやかしなどなしに危険に近づく唯一の機会なのだ。彼が二本の角のあいだにしっかりと足の位置をきめて立ち、とどめの突きを入れようとする際に、そうだ、コンスタンスの代わりにあの席に座った例の老人はロメロに対して、「クーロよ！　どうなふうにやるのか覚えるために写真を撮ってみるがよい！」と叫んだではないか。無知な者の罵りではあるが、きわめて興味深い一例だと思われるのは、テクニックと勇気を取り違えているからなのだ。写真を撮れば震えないでいられるというわけではない。もしも震えるならば、殺せなくなるし、やられてしまう。闘牛は、人がある状況下では、震えたりしてはいけないことを証明する。意志を鍛える学校なのであり、意志はテクニックに属している。ちょうどエクスタシーがその対極にあって、苦痛のテクニックに属するように。

われわれふたりはまたマラガ・パラシオのバーに戻っていた。わたしは完膚なきまでに論破され、もはやこれに答える言葉もないままだったが、そのときふと彼は別のテーブルで議論しているふたりの男をわたしに指し示した。

――彼らを見て何も思い出さないかな？　おまえが到着した日の晩にもここに来ていた連中だよ。少し後になって三番目の男があらわれて合流する。あれは反ホメイニ主義者たちだ。共謀して計画を練っているにちがいない。アザデジャン運動に属しているのか、それともムジャヒディン・ハルクに属しているのか？　少し時間がたてばわかるだろう。それにしても彼らはアンダルシアで何をしているのだろうか？

あらわれたのは三人目のイラン人ではなくて、ドクトルが夕食の約束をしていたイエズス会の僧侶だった。パードレ・ミゲルはなかなかの美丈夫、スーツ姿で、上着の襟の折り返し部分にはバッジのように小さな十字架をつけていた。ファーヴル・ダルジェールに少し似た雰囲気があった。彼らを謀議にあたらせるため、わたしはすぐに暇乞いをした。

コンスタンスはエステポナから電話をかけてきた。まるで子守役を必要としているみたいな様子だったので、彼女が早々と闘牛場を立ち去り、ドクトルを怒らせてしまったことについて、慰めの言葉をかけてやる必要があった。わたしは彼女の言葉のなかから「怒る」という動詞をきっぱりと拾い出し、問題はまったく別のところにあるという説明をしたが、ドクトルの言ったことを一字一句そのまま彼女に繰り返すのによろこびを感じた。そして彼女が答える言葉を失い、電話口の向こうで全面降伏――と想像するのだが――の状態になったとき、今晩はどうやって過ごすつもりかとやさしく聞いてみた。彼女はドン・カルロス祭の準備でマルベリャにオープンしたホテルにゆく予定だという。パロマ・ピカソやカディス公やほかの有名人たちが来るらしい。彼女はもちろん不平不満の言葉を口にしていた。最後はやはり、うんざりする娘だ。

わたしは外に出た。揚げ物の匂いがただよう通りで、わたしは魚のフライと白ワインを注文した。

それから部屋に戻った。ドロテアに手紙を書きはじめ、コンスタンスは俗物で、ドクトルはイエズス会導師であると書き、これを破り捨てた。一時的な魂の状態にすぎなかったからだ。ひどく眠かった。

朝早く目覚めると、昔と同じくミラマールの周囲を歩いてみた。もっとそばに近寄るために、どこかに入り口がないかと調べてみたが、完全に鍵が閉まっていて庭には入れなかった。海のほうにまわると、金網の縁の部分にかろうじてどうにか足を乗せることができそうなスペースがある。そこで金網につかまりながら、爪先立った姿勢で葉と葉のあいだからテラスが見えないかと思って眺めてみた。スペインで最初に過ごした八月の夜、わたしたちが一緒に過ごした最初の夏、わたしはあのテラスでインディオと踊ったのだ。母は最後にはそうすることを許してくれた。わたしは大学入学資格試験を受けたところだった。母はわたしのために背中がデコルテになっていて腰のところまで切れ込みがある黒のドレスも買ってくれた。彼からはプレゼントとして首飾りをもらったが、彼の話では、それは彼の母の持ち物だったという。女たちはわたしのことを羨んだ。女たちは彼の姿を目で追いかけ、それから彼の腕に抱かれて、おとなしく静かにしているわたしに視線を止める。彼は頬をわたしの頬に寄せた。彼と一緒にいるとレモンの香りがした。彼のダンスの相手はわたしだけで、女たちから彼を完全に奪い取ったかたちになった。ホテルの美容師の手で高く持ち上げられた巻き髪には一輪のジャスミンの花が飾られていたが、彼は髪を解いたほうが女は美しく見えると言って、この髪型を崩してしまった。いまもなお目にありありと彼が白いジャスミンの花を白い歯のあいだにくわえているのが見える。いまもなおありありと彼の手がわたしの髪を解きほぐすのを感じるし、わたしの肩の上に小さな針の雨のような感覚が走ったのを覚えている。ギャルソンはシャンペンのボトルをあけようとしてわたしの服に少しばかりその中身をこぼしてしまった。シャンペンはしみにはならず、耳の後に滴が落ちると幸運を呼ぶんだ、と彼は教えてくれた。彼はハンサムで魅力的だった。あの頃は彼をほんとうに愛していたにちがいない。だけど彼を頼りないとも思っていた。ゲーテ、スピノザ、わたしの将来などについての話を彼にしてもらいたかったのだろうか？　未来は彼にとっては存在しないにひとしい時間であり、それは彼が眼鏡をかけざるをえなくなる時期を意味していた。われわれのテーブルにはほかの人々がいた。イニゴー、ドクトル？　いや、ドクトルに出会ったのは、その翌年の夏のことだ。オーケストラは「太陽が熱かったとき《クアンド・カリエンタ・エル・ソル》」と「好きな人はあなたとあなたとあなただけ《メ・グスタス・トゥ・イ・トゥ・イ・ナディエ・マス・ケ・トゥ》」を演奏していた。わたしはといえば、流行歌を繰り返し聞きながら、きみだけ、きみ以外の誰も、というあの歌詞のきみのなかに、わたしの心を苦しませたあの青年、高等師範学校に入学したばかりだったあのクレープソールの靴を履いた陰気な青年を重ね合わせていた。

このミラマールから、こちらもまた閉鎖され、あるいは作り変えられ、壊され、そのうちのどの言いかたが適切なのかはわからないが、とにかく別の場所へと移り、それとともにわたしにつれなくしたあの青年から、ある約束をしたもうひとりの男へと移ったのだ……そうなんだ！　わたしは約束したわけだが、いつもは約束をまもるはずのわたしがいったいどうしてしまったのか！　彼に約束したのは覚えている。彼は必死にわたしが言うことを聞いていた。彼の目は輝いていたが、あれは涙のせいだったかもしれない。小さな口髭が唇の上でかすかに震えていた。

——ペペ・クァトレカセスという人を知っていますか?

——いいや。カタルーニャの人かい?

——それから彼の兄、アントーニ・クァトレカセスですけど、何も知りませんか?

——ああ知っている。彼はバルセロナ大学で教えているはずだ。彼はカタルーニャ語で書いたすぐれた詩を出版している。

——ペペはその男の弟なんです。クリスティーナの友人ですけれど。

——ああそうなのか。


われわれは城塞内部を散歩した。

——比較にならん、とドクトルは言った。比較にならんほどの貧しさだ。ここでは、アラブ人たちは水を出発点としてすべてを考案している。グラナダの歴代市長にはたしかに馬鹿なのがいたかもしれないが、それでもアルハンブラ宮殿の泉の水をせきとめようなどと思ったやつはいない。ところがマラガで起こったのはまさにそれだったのだ。アルハンブラ宮殿が当地の貧弱な城塞とは比べものにならないほどの傑作であるのはもちろんだが、この城塞にしてもさほど悪いものじゃないし、水を流してやれば、建物の構造の理解がきちんとなされるのだと言いたいね。そんなふうにはならずに、少し眺めてみればよいが、溝には水が流れず、池は干上がり、噴水は邪魔者となり、何も動かず、何も歌わない状態になってしまった。もしもああした高層ビルがすべて吹っ飛んでしまえば、せめて眺めのよさ、海の光景などは残されていただろうに。昔に比べれば、港も活気がなくなった。漁師たちはもはや魚の水揚げをしなくなったし、船はすべてカディスに寄港してしまう。見てご覧なさい、ソ連の観光客船しか見えないじゃないか。「タラス・シェフチェンコ」号だ。

——あなたは作り話をしているの？　それともあまりにも目が鋭すぎるのかしら？

わたしは眼鏡をかけた。たしかにタラス・シェフチェンコという文字が見えた。彼は嫌そうな顔をしてみせた。

——何だかわたしが子供のときのフランス人女教師に似て見えるな。

——スペイン語のふたつの動詞の違いをあなたがみごとに説明してあげたひとのこと？　彼女はそれをフランス語に翻訳し「われ思う、ゆえにわれ見出す《ジュ・パンス・ドンク・ジュ・トルーヴ》」と言ったのでしたっけ。

彼は笑顔を取り戻した。

——こんなふうにして、システムは作り出されるのだ。

——あなたは彼女が口にした命題をひっくり返してみて、われ見出す、ゆえにわれ思う、を導き出すわけね。

——みごとなものだ。眼鏡はかけたままでもいいよ。

また下にゆっくりと降りはじめた。博物館の番人はがっかりした様子だった。でも、ほぼ七時にはなっていた。

——けさホテルがあれほど静かだったのはなぜだかわかりますか。

——あれほど静か、というのは？　びっくりした様子で彼は言った。

——そうですよ、フロア担当のボーイが説明してくれたのですけど、三人ともみな眠っていたんですって。

――ボーイは耳が聞こえなかったかもしれないし、本当に一度たりとも持ち場のフロアを離れなかったのかもしれない。とすれば、みごとにその名に値する。わたしの階にはあのコルドバ出身の騒々しい男がいたから、とんでもない騒ぎだった。ギターは弾くし、求めに応じてサインはするし、優に一ダースはある対談に応じ、ラジオあり、テレビあり、女たちはあり、ドロテアが来ていないのが不思議なくらい。九〇九号室の前の人だかりは相当なものだったから、例のイラン人たちは警察の手入れを恐れるかのように従業員用エレベータを使って逃げ出した。いまの彼は自分をピカソに比べている。『スール』紙のためのインタヴューをやったロドリゲスは驚いていたよ。彼は自分の耳をうたがったとさ。エル・コルドベスは彼のカエル跳びをピカソのデッサンに比べるというわけだ。あの男は世に認められない天才的な創造精神の持ち主だ。彼がわれわれのためにどんなことを用意してくれるか、おまえには想像できないだろう。彼は読み書きができないから――その点を非難しようとは思わないが――歌の世界に身を投じることに決めた。彼自身の生涯を歌で語り聞かせ自分自身でも作詞作曲をやってみようというのだ。「ぼくの牡牛《オ・トーロ・ミーオ》」。フリオ・イグレシアスはあとは自分用にきらびやかな闘牛士の衣装を買って、闘牛場を一周してみせればよかった。エル・コルドベスはまた「名声は宝くじのようなものであり、自分は大きなやつをあてたのだ」と公言していた（彼は巨額の財産を得たが、きわめて単純素朴なままでありつづけた）。これはすでにヒット曲のようには思われないかい？　彼はこの言葉をメキシコのバラードから盗んできた。いや、今晩はきみひとりでラ・マラゲータに行くんだ。

実際にそうなってしまった。ひとりきりになってしまったのだ。

マドリッドの剣は、すごい技が背後に隠れているという印象をあたえるだけに終わった。わたしはアントニェーテの顔にグレコ描く貴族が沈み込むエクスタシーとたいして違わぬあの緊張感を見出した。アントニェーテの過去は長く伸びた白髪となって、ひっつめられ、コレータの髷のうちにみごとに束ねられていたが、彼は牡牛をじっと静かに見つめる独自の境地に達しており、この瞬間に画家のモデルになっていれば、その肖像画は瞑想の黒い対象に全神経を集中させ、忘我状態にある男の姿を描き出すものとなっていたにちがいない。それから、ドクトルと一緒に来ようとはしなかったことに、ほっと安堵の気持ちがはたらいた。彼と一緒だったら、この奇蹟にわれを忘れて没入することはできなかっただろう。なぜなら、エル・コルドベスはまさに奇蹟というものだったからだ。闘牛愛好家《アフィシオナード》と呼ばれる人々は呆気にとられたにちがいないとわたしは思ったが、群集は、しかもそのなかにいったん身をおけば誰もが周囲の空気に染まって、天にも昇る心地だったのだ。これまで滑稽な闘牛には出会ったことはなかった。これまで見てきた闘牛は恥ずべきものだったり、粗末きわまりないものだったり、みごとなものだったりと、違いはあったが、そのつど、非難の口笛やら賞賛の喝采をわたしは耳にしていたわけであり、エル・コルドベスの勇敢な技が引き起こした子供っぽい嵐のような雰囲気は生まれてはじめての体験だった。あの種のおお、ああ、もう一度、笑い、ブラボーの掛け声、それも両手を組み合わせて、すぐに拍手喝采となり、もうだいぶ長いこと沈黙を生み出していたその瞬間のただなかで、あの種のざわめきが生み出されるのを見るのは、はじめてだった。それからおずおずと沈黙にもどり、黙り込んでしまったオーケストラ指揮者に向かって誰かが声をかけた。「マエストロ、お願いだから、マラガのあの優雅な音楽を演奏してほしい……」と。オーケストラはすぐに演奏をはじめた。エル・コルドベスの勇敢にして滑稽な技は規則を超越していたが、その力は彼が規則を知りぬいていたことから生まれていた。このうえなく正統的なファエナ〔牛を死に導く最後の段階〕が、これこそ新たな創造なのだとみずから宣言するかのような離れ技と合体していた。瞬間的に儀式からファルスへと変わるのだ。相手の牡牛の風格を利用して、彼は完璧なまでに正確なかわし技《パセ》を決め、それから牡牛の力が弱まったと見ると、道化役を演じはじめ、両膝をついて、踵を中心に体を回転させ、カエルのように飛び跳ねて、牡牛の角に手を触れて、相手に金と緑の装飾でかざられた引き締まった尻を向けるのだった。彼が陽気で、満足し、陶酔し、バーレスクなトランス状態におちいると、闘牛場の観客たちは、ひとりの男が理性を失って自分の生命が危険にさらされているのを忘れるほどの姿を目の当たりにして酔いしれていた。だが最後の瞬間には虚勢をはる喜劇の登場人物《マタモール》であることをやめ、明るく澄んだ閃光のうちに死の剣を深く突き刺したのだ。

　牡牛が死ぬたびに、観客は立ちあがって喝采を送り、口笛をふき、足を動かす。それまでじっと動かずにいた頭も揺れ動き、客席のあちらこちらで獲物を探し、餌をあさろうとする。わたしは一瞬の静止状態を利用して、右手のもっと高い位置の客席にいる若い男の顔をはっきり確認しようとした。彼の視線が闘牛の最中にずっとわたしに注がれているのを感じていたのだ。彼はあたかも闘牛場と取引をして円形であることをやめさせ、左側のほうはわたしの横顔でふさいでしまってもかまわないと思っていたかのようだった。日焼けした人々のなかにあって押しつぶされて見える紙のように白い彼の顔にわたしは好感を抱いた。彼は唇を噛むと同時に彼の視線はわたしの視線と静かに交錯した。少しも悪びれるようなところはなかったし、また乱暴なところもなかった。あの視線のおだやかさは近視だったからで、実際に眼鏡なしではきっと何も見えないのだろう。というのも、彼は次の牡牛が出てくるときに眼鏡をかけなおしたのだ。彼に対する一種の恨めしい思いがわたしを襲った。彼もまたわたしと同じようにひとりで来ているなら、なんで好奇心を示さず、なんでわたしに話しかけないのか？　わたしを見つめるならば、わたしに欲望を感じてほしかった。でもわたしは、男から見て魅力がある女だったのか？　彼はたぶんコンスタンスと同じ年頃だ。外側から、とくに若い男の目からわたしの姿がどう見えるかという報告書があれば、いくらでもお金を払って、これを手に入れたかった。だけど彼らにはそんなことを頼めない。魔術師を相手に頼んだほうがましだ。自分に、自分の結わえた髪に、前に屈むときに胸元がひらく服に不満を覚えたわたしは、マンサナレスのムレータの技については何も見なかったにひとしい。きっとそれはすばらしかったにちがいない。彼には耳がひとつあたえられたのだから。

出口のところで、この若い男はきっと遊歩道を通ってわたしのあとについてくるだろうと思った。そのとおり、たしかに彼はわたしに近づいてきた。それ以上の進展など望めないだろうと想像した。なんて子供っぽいことだろう、彼がわたしの腕をとり、一緒に飲みにゆき、彼の悪い顔色について話したりすると想像するなんて。彼の姿はどこにもなかった。すでに庭園を斜めによこぎって行ってしまったのだ。どこに行けば彼を見つけることができるかはわかっていた。睡蓮の浮く泉水を前にして立ちすくみ、鵞鳥とくちばしの赤い黒い白鳥を眺めているにきまってる。またしてもあの不機嫌な様子で。

部屋に戻ると、何だか正体がよくわからない郷愁にかられ、窓を開け放ち、ベッドに横になった。前方に影と熱気が絡まって揺れていて、その狭間を通して見えたのだが、ずっと遠くにまた別の窓があって、これが額縁のようになって、また別の若い男がもたれかかっていた。彼はわたしに背中を向けていた。白い長靴下をはき、膝のところまでの長さの黒の短いズボン姿だった。白いシャツが彼のまわりにひらひらと揺れていた。彼の長い髪は、昔の侯爵がやるように、といっても鬘をかぶっていなければという話だが、束ねられていた。あの明るい窓にもたれかかる――彼にとっては昼間なのだった――彼には、男の格好をした娘の優美さがあった。でも女でなかったことだけはたしかだ。おそらくロマン派の版画、ひょっとすると若きゲーテの肖像だろうか？　どこかでその絵を見たことがあり、手紙と一緒にこれを封筒に入れて、わたしに送ってくれた人もいた。このイメージはコケットな願望を追い払った。実現などおぼつかないその願望では、あの窓にもたれかかっているのはわたし自身であり、背後から若い男がわたしを見つめていて、その男は魔法みたいにわたしの部屋のベッドに横たわっている。そしてまた夜空に浮かぶ最初の星が描き出す動きにしたがって、わたしは乳白色の風景のなかへと向かって離れてゆくのだが、男はこの風景を妬ましく思って、わたしを呼んだのかもしれない。そのときわたしの背後で――後ろには壁があるだけだ――イメージに呼びかけ、その曖昧で孤独な快楽を中断する、小言をいうような声が聞こえてきた。子供じみた権威をそなえた声だが、どこかしらいらだちが忍び込んでいるようでもある。ほかならぬ自分の声だとわかった。昔ならば「インディオ、こっちへくる？」と呼びかけを繰り返すあの声だった。

たしかにわたしだった。なんだって彼はそんなに長いこと窓際に居続けるのか、わたしはいらだっている。彼は夏には、海に向かって、あるいは田舎の風景に向かって、思い切りよく窓をひらいた。彼はそこにしばらくたたずむのだった。冬になると彼はガラス窓の背後にじっと動かずにいる。ロンドンでもマドリッドでも、彼に見えるのは自分と同じ高さにあるほかの窓、樹木の上の方、空の雲だけだったはずだ。彼のしあわせな気分をこわすのはわたしだった。ブルーのパジャマを着たまま彼が朝食をすませたあとで、あるいは彼が顔を洗ってすでにシャツのボタンをとめ、でもまだネクタイをどれにするかきめられずに、いちばん上のボタンをとめずにいたとき、あるいはまたどこかを訪れ、どこかに散歩に出かけ、部屋に戻るとすぐに外のほうを向く。そのとき彼は別のやりかたで、つまり体を動かすことなく、偶然の出来事の上を散歩するのだ。彼は窓がさしだす世界のごく小さな啓示の数々の前に身をおくのだった。外へ出かけ、外から帰ってくるのだから、それは余計な繰り返しにすぎず、これもまた彼が現実に適合できない証拠であるようにわたしには思われた。だって、現実にわたしたちは外に出かけ、外から帰ってきたところではないか！　彼の邪魔をして、曖昧だけど幸福な彼の対象をこわしてしまっているのだという考えはわたしにはまったく浮かばなかった。彼は放心、夢想、ほかに何だろうか、とにかく自分の世界にひたりきっているところをいきなり現行犯で逮捕されたように飛び上がって驚いた。彼はとめどなくぼんやりして、もう遠くに見える海の泡でしかなくなり、風で激しく揺れる木の枝でしかなくなっている。突っ立った彼自身の肉体から抜け出て、遠くで揺れている夢想者。わたしは何としつこく迷惑で、現実的な存在だったのだろう。こんなふうに彼が自分の内的な生活に身を投じる瞬間ばかりひきのばすのに神経がいらだっていた。それに自分の内的生活など存在しないのではないかという気になっていたところだったから、なおさらのことだった。やはり遺伝なんだ！　だけど自分の態度を変えようとは思わなかった。わたしは二十歳だったし、毎日は「労働と日々」の世界だったし、彼は怠惰なのか何もしたくないのかわからないが、そうした日々のはるか上空を飛んでいたのだ。わたしは攻撃に転じた。今日もまた何も見ないつもり！　あるいはまた、もう本は読み終えたの？　その本は彼にあげてからもう二週間もたっているのに、二十ページから先はペーパーナイフを入れた形跡もないじゃない。窓際にいる彼が柱頭隠者シメオンみたいに遠くに行ってしまい、いまだに書かれていないすばらしいページがそのとき彼の目の前をとおりすぎてゆき、わたしは体の重みのすべてを背負って豊かな空虚、あるいはただの瞑想に落っこちてゆくとは想像すらできなかった。そしてあのとき彼が自分とささやきあっていたのだったら？　対話の相手の声をわたしが追い払ってしまい、声はわたしのいらいらが終わるのをドアのところでじっと待って我慢していたとするならば？　ドアは廊下に通じ、廊下は表通りに通じ、そこをサンダル姿で歩き、愛用の紙巻煙草ジターヌをくわえる彼には、急いで歩こうなんて気はさらさらないようだった。わたしたちが一緒だったのは、ほとんどいつもホテルの部屋でしかなかった。あそこでは本を読むか、眠るか、そのどちらかしかできない、とわたしは思った。部屋から外に出て、本当の人生を見つけたい！　人生を遠くからただ眺めているだけのこの永遠の青年に対してある種の憐れみをわたしは感じた。彼の長靴下の白さ、もう彼は素足ではなかった、髪もまたゆっくりとさきほどの若い男の髪に戻っていて、でも相変わらず振り向いてこちらを見るわけではない。あのときは彼が賢いとは信じられなかった。この青年を最後にもう一度だけ、長いこと大事にしてきたゲーテ像、窓にもたれる若いゲーテ（彼はたぶん仕事机から離れようとしていたのだ）のあのロマンティックな像に重ね合わせたあとで、何からも逃げたりはせず、翼をはばたき、木の葉を揺がして、別の親和力のほうに思うままに向かっていったわたしの父のほうがもっと快活でもっと賢いのだという判断をくだした。

母は彼には気をつけろと言っていたが、いつも変わらぬあのお小言に対して反抗の身振りでわたしは応じた。母があのひとを愛していると思っていた以上にわたしが愛していると知って我慢できただろうか？ 苦痛と嫉妬によって愛が強まるというのは彼女に特有な世界だった。わたしをずっとうしろに、彼に通じる道のずっとうしろにおくのが母の復讐のやりかただった。彼がひとつの影でしかなくなったいま、わたしは自分の歩みを早めて、彼女を追い越すことができる。敬虔な気持ちが湧いてきて、母の近況を電話でたずねるようにわたしに命じた。こちらの近況は言わずにすませたいし、近況といってもたいへんなスピードでどんどん変わっているのだ。彼女はわたしがマラガにいると知っているはずはなかった。それでも何かを感づいていたかもしれない。彼女には、スペインで骨休みをしていることにしておこう。

好都合なことに、彼女は外出していた。電話に出て、「シシはお出かけよ」とあの南仏の温かみのある懐かしい声で答えたのはジェルメーヌだった。なんとも似つかわしくないこのあだ名を聞いて滑稽な感じがするとともに穏やかで感傷的な気分になった。「彼女は共同経営者と会っているの。ふたりで店の在庫目録をつくり、そのあとは一緒に夕食に出かける予定らしい。わたしが説き伏せて、ようやく休暇旅行に連れ出すことにしたのよ。明日は車を列車に積み込んで、アンチーブに向けて出発よ。」ポルクロル島での結婚の話は注意深く隠しておかねばならなかった。さもなければジェルメーヌは彼女の倒錯した善意をもって、ママンを和解の祭壇にただちに連れてゆこうと考えただろうから。

またしても朝早い時間に目が覚めたというのは幸先がよいが、お気に入りの朝食、ドーナツ付きのチョコラーテをとりに出た。それから帰り道にドアマンを少し立ち話をした。ドクトルはジャーナリストとテラスで面会中だという。

——若き友人よ……

ドクトルはさほど若くはない男に話しかけているところで、それを聞きながら男は、しきりに眼鏡をはずしたりかけなおしたりしているが、ふと見ると、玉の汗がふきでているではないか。

——あなたが求められている事柄はかなりデリケートな問題でして。これからその理由をお話ししたいと思います。ラファエルはアンダルシア出身の男で、わたし同様に、詩人なのです。わたしと同じく、政治的亡命者だったことがあり、わたしと同じく、政治的な決着がついて帰国したというわけです。そのような類似点の数々はあなたも当然お気づきだと思うし、またそのような類似点があるからこそ、そちらの新聞があなたを介して彼について原稿を書くように求めてこられているのでしょう。彼の生涯、彼の仕事についてということですね。当然ながらそちらには、わたしが極端な意見の持ち主で、目立つことをやる、あるいはこのような面倒な相手、わたしに似ているがわたしよりもずっと有名な相手を厄介払いしたがっている、という期待があるのでしょう。それにまたあなたはたしかに言われたわけだ、彼の生涯、彼の仕事というふうにね。この種の貸借対照表は人が死ぬときに作られるものでしかない。もちろんわかりますとも、あなたは若くて勤勉でそれに野心もおありだ。何しろ法学士であり文学士でもいらっしゃる。仕事を始めたところであり、業績をあげなければならない立場にいるのだし、それにまた冷蔵庫をいっぱいにしておけと言われているわけだ。あなたもご存知でしょうが、いつでも取り出せすことができるということから、このやりかたはフランスでは冷蔵庫と呼ばれている。だからこそあなたは真面目に準備をなさっている。じつに綿密に、もうまもなく死ぬだろうと思われている有名なスペイン人のすべて、どこかで安堵の気持ちがないわけではないが、ひとつのスペインが死んだ、ひとつの時代が終わったという形容がマッチするような人々についての原稿を集めておこうというわけですね。よろしい。さらに突っ込んだ話をさせてもらえば、あなたはわたしに関して略注を、つまりわたしの生涯、わたしの仕事について、わたしにとってみれば致命的な敵に頼んで略注をつけさせようとしているのも想像できる……もしくは敵といってもそれは女かもしれないが、と彼はわたしのほうをふりむいて優雅に言葉をつけたした。ジャーナリズムにあっては、と彼はまた言葉をつづける、みなさんは賛辞というものをそれほどありがたいとは思っておられないのでしょう。死者を追悼しようという礼儀を果たそうとするふりをなさっているのですね。嘆きの言葉は必要だけど、それは頭の部分にあるだけで、敬意を表してもほんのわずかにこれをする程度だ…………　これにつづく記事は一種の果たし合いのようなものだ。いやそうなんですよ、間違いないと思います。かりにわたしのほうが間違っているとして、申し出をお受けしたと考えてみましょうか。むきになってやって、わたしの原稿はじっさいにみごとなものとなるかもしれない。賛辞ならば、ラファエルに早く読んでもらえればと思い、非難ならば、早いことラファエルが応答してくれないかといらいらするにきまっている。毎週、あなたの新聞を買う羽目になるわけです。魂の増補版の日、いや文芸増補版が出る日に――ごめんなさい、毎日買うわけじゃないのを許してください――そしてペローの『青ひげ』のアンヌ姉さんのように何もやって来ないのを目にすることになる。わたしは心配になるわけだ、電話してもいつもあなたはいらっしゃらない、だんだんと神経がいらいらしてきて、眠れぬ夜を送ることになる。どんな犠牲を払っても、この記事が掲載されるのを望み、高い地位にある誰かの手を借りて事情を探ってもらうことになる。新聞社のほうでは努力しているところだという返事だとわたしに伝えられる。絶望的だけど、この記事がアクチュアルなものとなるにはどのようなかたちで掲載すればよいのか検討しているのだけれど、この詩人はずっとまえから何も出版していないし、話題になるような仕事は何もしていない、となると……　要するにわたしが書いた原稿が掲載されるのを見るには、記事に取り上げた人間が死ぬのを待つほかないということにならざるをえない。われわれ文学の世界には死のほかにアクチュアルな話題はない。それにまたすべての分野でもそうなのだ。ほかの何よりも死が優先する。それなのに、わたしにこれを受けてもらいたいというのですか？　いや、申し訳ないけど、お断りする。

男は汗だくだった。たしかに死亡記事だけれども、と彼はなおも言い張った。言い張れば言い張るほど、彼の顔からは汗がひいていった。ドクトルは最後にひときわ大きなため息をつくと、わかった、降参だと言った。具体的問題の話に入り、それがすむと、彼はもう一度大きなため息をついた。

――申し訳ない、ほんとうに申し訳ないと思う。われわれの取決めに重大な障害があるのにいま気づいたところだ。想像してみてください、わたしはラファエルよりもずっと年上なのだよ、ああ、たいした差じゃないかもしれない、でも彼よりも前に死ぬのは間違いないな。あなたの華奢な肩に医者のみが知る秘密の重荷を背負わせようというのではないが、どうも最近は体調が思わしくなくてね、とても危険な兆候があるといってもよいほどなのだ。とにかくあなたはあなたの担当欄にもう死んだ人間が書いた死亡記事など載せて、ご自分の経歴をふいにしたくはないでしょう？

わたしは思わず笑い出した。赤ら顔の男はようやく最初からかつがれていたと気づいた。彼はずり落ちた眼鏡をきちんと鼻にかけなおし、ひとことも言わずに席を立った。

——やれやれ、もうひとり敵をつくってしまったな。ああした手合いは締まりがなくなってきているから、ますます時間がかかるようになってきた。

いましがたの情景について言葉を交わしている最中に、「医者のみが知る秘密」という表現がわたしの記憶に戻ってきた。これを避けようとしてぎこちない話しかたになってしまった。

——体のどの部分にわれわれの死が宿るのかを知らないというのは恐ろしい。

彼は悪戯っぽい目でわたしをじっと見つめた。まるで彼はそれを知っているかのような口ぶりだったが、それから彼は心臓を自分で指し示した。彼には心がないのだから、ほとんど不死だと彼に言う必要もなかった。

遠くから見たときも、近くで見たときも、イニゴー・ジョーンズだとわからなかった。じっさい、これまで彼に会ったことがあるのか自分でもいぶかしく思ったほどだ。記憶のなかに機械的連鎖の光を投げかけるのは名前もしくはあだ名でしかなかった。ある紋切型イメージから別の紋切型イメージへの連鎖反応、つまりスペイン的というよりはイギリス的、イギリス的というよりはアンダルシア的といったイメージの連鎖反応が起きていたのだ。変わり者といえば、霊廟を建設するような人間もいるが、砂の上に芝生を植え、自分の庭園を作り上げる作業にとりかかっていた変わり者だ。想像していた姿だと、ウェーブのかかった髪を分け目を丁寧につけてなでつけ、チュビオットのルダンゴトを着て、ルダンゴトには左手の高い位置に水平についたポケットがあって、競売の際に高くあげた手を休めることができるようになっている。実際に彼の姿をそれと見分けることができなかったのは、それまで彼をはっきりと意識して見たことがなかったからだ。イニゴーはインディオに近しい人々と同じ運命をこうむっていた。もちろんドクトルは除いて、インディオには何も説明など期待できなかったのだ。だから、ドクトルが席から立ち上がって、「ほら、約束の時間よりもたしかに五分前だが、こちらがイニゴーだよ」(ドクトルは彼が時間に正確な男だという話をその直前にしていた)といったときに、自然の力そのもの、ホテルのロビーに本物の樫の木がやってきたのを見てほんとうに驚いてしまった。季節に先駆けて、雪のように白くなったコンパクトな髪によってさらに強調されるレンガ色の肌の色のせいで秋の美しさを生きていると思わせる樫の木。髪の毛は、それほど白く、清潔で、風もないのに顔のまわりを動いていた。彼の大きな体はくつろいだ雰囲気の服につつまれていた。ベージュ色の綿のズボン、どことなく軍隊を思わせるカーキ色の上着、上着の袖は肘のあたりまでたくしあげられ、緑と赤のブローバ製大型腕時計がむきだしになって見えていた。台形の口髭の下には肉厚の唇が紋章のように覗いているのが見えて、その唇は自身の熱によって乾いてしまったというかのように少しひび割れていた。何と見栄えがする男なのだろう。美を追いかけてきた人々に年齢があたえる力が彼にはあった。スペインの太陽が上のほうからこの力強く筋肉質の肉体、血色のよい顔にあたろうとも、日焼けなどせずに、彼のみごとな明るいブルーの眼が子供が描く水滴のようにしてあった。わたしは挨拶のキスをしようとして、彼に近づきながら、これは不都合だということに気づいた。わたしは従順になって近づいた。彼はわたしの体に手を触れることなく、額のうえに唇をおいた。それから彼はわたしを見つめ、そしてわたしのほうでは、彼のブルーの眼の奥に小さな水溜りのように苦痛の影があるのを認めた。彼の姿の全体的な印象からすれば、これは思ってもみないことだが、そこに逃げ込んでいたものがあったのだ。水滴のように透明な苦痛だった。彼から、イニゴー・ジョーンズという彼の名から、彼の力から、彼の生き方から出てくるものだった。混じりけのない苦悩のほんの小さな滴《しずく》だった。

彼とインディオが並んでいる姿が思い浮かばなかったのは、たぶんひとりの父親というべき存在がもうひとりの父親というべき存在を隠してしまったからであり、またふたりともいわゆる父親らしい存在ではまったくなかったのだ。インディオはイニゴーのそばに立てば木の葉となって、力そのもののかたわらで葉ずれの音をたてるだけだった。わたしがそれなしにすませてきた父親のようなイメージを手に入れるためには、ふたりの男をひとつに重ね合わせなければならなかった。わたしはイニゴーの情熱の対象については何も知らなかったが、それとは逆に、インディオには唯一の愛しかたしかないことを知っていた。わたしの体に触れずに額に唇をおくというやりかたではなかったと言って、さてこれからインディオを非難しようとするつもりではないのだろうか？　彼はいつもわたしを熱い言葉のなかに、歓喜のなかに、まるでわたしが娘ではなく、愛するオブジェであり、ひとりの女であり、彼と一緒に暮らしていた頃はこの世に唯一の女であるようにして、その腕のなかにわたしを住まわせたのだ。彼という存在、彼という人間そのもののきわめておぼろな部分を彼はわたしにさしだしていたのであり、それなのにわたしのほうでは彼の子供として扱ってほしいと願っていたのだろうか。まさかそんなことがあるわけはない！

——イニゴーに、子供がいるかだって？　とドクトルは肩をすくめながら、不思議な言い方をした。だけど可愛そうに、おまえは見当はずれのことを考えているのだよ！

闘牛場ではパキーリの優美な瞬間があった。最初はレーシングカーのように入ってきた明るい色の逞しい牡牛に蹴散らされ、金塊のように重い尻尾にひっぱたかれたが、浅黒いパキーリはすぐにやり返そうとはしなかった。彼は円弧のなかに降伏の場を発見するために、じっくりと落ち着きを取り戻し、相手の牡牛と互角になれる地点が見つかったときに、闘牛士と牡牛はどちらも自分の姿を完全にさらしたのだ。このカディス出身の男は足でも手でも動きにほんのわずかな狂いが生じれば死神の餌食になってしまうはずだし、小ゼウスたる牡牛は神の特権をひとつまたひとつと失わざるをえない。その荒々しい跳躍は幾度となく囮《おとり》のなかに誘い込まれ、そのつど肉体からほんの何ミリかの至近距離をかすめた。パキーリはこの大地の力を要約した相手との距離を可能なかぎり近づけた。その相手は契約もしくは運命によって彼に送られたものだった。彼は相手が動く道を指し示し、純粋精神となった。つまり姿はどこにも見えないものになったのだ。彼の姿はムレータの赤い布をしるしとして、そこから透けて見えるだけで、ムレータは闘牛士の光の衣装の左手から右手へとほとんど魔法のように繰り出されるのだ。このかわし技《パセ》には優雅さがあり、ほとんど超自然的とでもいうべき正確さがあった。ドクトルだったら、音楽的な、と言ったにちがいない。ラ・マラゲータにはもはや誰一人として自由な意識をもっている人間はいなくなっていた。集団的な感情、つまり至高の感情、永遠の断片があるのみだった。

剣が鍔《つば》の部分まで牡牛の体の奥深くに入り込むと、牡牛は球技《ペロタ》のボールのように転がって倒れた。闘牛場全体が立ち上がり、拍手喝采の嵐のなかで永遠からようやく身を解き放った。

——かなりのものだ、とイニゴー・ジョーンズは言った。

——彼の生涯でも最良のファエナだろう、と驚いてドクトルは解説を加えた。

コンスタンスは気押されて、黙ったままだった。

こうしてあの逞しい牡牛が死んだいまになって、角のあいだの金色の巻き毛がもう一度わたしの目に入り、肌をじかに動物の毛皮にくっつけているときの強い感覚がまた戻ってきた。動物の体を抱いていると冷たくなった肌が温まってくる。わたしはダイムラーの後部座席、ドクトルとコンスタンスのあいだに座っていた。その前にホテルに荷物を取りに向い、ドアマンに別れを告げた。彼はまもなく退職して引退生活に入ろうとしていた。これが彼にとっての最後のシーズンだったので、自宅の住所をわれわれに教えてくれた。車を運転したのはアンドレスだった。彼の帽子が邪魔になって風景が見にくかった。イニゴーはパイプをふかしていた。道は海岸に沿って進む。光が明るく輝いていた。トレモリーノスとエステポナの中間にはもはや空いている場所はなかった。わたしは愛人の宇宙、熱くて絹のようで、牡牛のような世界に身を寄せた。金色の力強い首に回されたエウロペの腕、その彼女はゼウスが自分を誘惑するためにダナエの場合と同じ色を選んだのだと確信していた。ゼウスは勃起しているが、彼女はそれに目を向けようとはしない。彼はしずかに彼女の濡れた内部に入る。彼女を恐がらせてしまうかもしれない。あんなに大きく、あんなに強く、でもそんなことはなかった。世界は水で一杯になっている。世界にはもはや空洞などはない。閉じられた目はまた開かれ、また閉じる。神聖なる運動によるものだ。痛みはない。空と大地のあいだに愛が成就する。

——彼はいつもあんなに美しい、とイニゴーは言った。いったい何歳になるのかな?

ドクトルは笑い出した。例の甲高い笑いだ。

——パキーリのことですか、とアンドレスが聞いた。

マルベリャ、エステポナを通り過ぎ、もうじき到着だ。わたしは想像をつづけた。両目の上にかかる巻き毛の絹のような恋人、わたしとは同じ言語をしゃべらず、わたしにしても何も言うべき言葉をもたない、そんな相手。

Ⅱ　万人の時間、もしくはロス・エラルドス

まるでわたしはずっと眼を閉じていたみたいだ。どこにも注意が向かわなくなっていた。ロス・エラルドスへ足を踏み入れても見ようとさえしていなかった。ぼんやりとした欲望を抱えてそのまま横になりたかった。ほかの人々と一緒の夕食など面倒だと思った。できれば彼と一緒にすぐに寝たかった。わたしの手は彼を満足させ、そのあげくに彼が眠り込んだら、わたしも眠りにおちるだろう。

奇妙といえば奇妙な命令がなされていた。われわれの足元で吠える犬がいた。わたしの荷物はこの大きな邸宅に運ばれてはいなかった。イニゴーはコンスタンスに命じてどれがわたしの部屋なのかを教えさせたが、これは建物本体の内部ではなくて、別の棟にあった。正確には庭におかれた立体というべき建築物だった。そこにはコンスタンスも暮らしていた。この見知らぬ部屋にはじめて入ったとき、正確に思い出したのは、最後にわたしが好意を抱いた男のことだった。重たげな体、若くはなく、むしろ年をとっており、パイプをくわえている。彼の眼の色は淡い色で、ほとんど色がないといってもよかった。その前をためらいがちな手が行ったり来たりして、その冷ややかな呼びかけにフィルターをかけようとするかのようだった。準備運動などなしに、最初から核心部に飛び込めばよい、いきなりその核心部に自分がずっと前から入り込んでいるのを再確認すればよいという呼びかけだ。

いまは窓の向こうに、昔は煙草工場で現在は大学になっている建物の上に、ぼんやりとした明るみが点在する空が見える。昼だか夜だかわからないような明るみ。夜明けなのか、夕暮れなのか、どちらなのだろう。間違えても不思議じゃない。行為に突き進む前の同じようなぼんやりした光があの眼にはあった。彼は前にするか後にするかという選択をしなかった。一緒くたの混乱が彼を刺激するのだ。わたしもまた同じだった。情事抜きでも彼の話はわたしの興味を惹いたにちがいないが、彼の眼が区別を消し去ってから、わたしはすでに情事のなかに入り込んでいた。ふだんならば、選ぶのはわたしのほうだが、選ばれるのも悪くないと思いはじめていた。彼はチリの詩人ウイドブロを話題にした。「詩人は小さな神だ」と言った男だ。同時に彼の脚はテーブルの下でわたしの脚に触れた。そうなのだ。われわれの脚がからまるのは自然だと思ったし、これはツァラを南の海で玉突きに誘うというとんでもない話と同じくらいに自然だった。ひょっとすると、彼は未来を手に入れるために過去を捏造していたのだろうか。ひょっとすると、事情通として、われわれに失望の時間を過ごさせないようにしていたのだろうか。彼がしかけ、そしてわたしが、ほとんど自然だと思って受け入れたあの自由な遊戯を通して、彼は何かを期待していたが、それは現実のものとならなくても不思議ではなかった。そのあとで、よくいわれるようにふたりだけで向き合うことになるのか、それとももう二度と会わないことになるのか、そのどちらも法には反していなかった。でも最初のほうの可能性がわたしに輝きをあたえた。わたしたちの顔は、ほかの招待客の顔と礼儀正しく向かい合い、そのいっぽうでテーブルの下でのわれわれの接触は見境なく親密さを増していった。ウイドブロがどんな人間なのか知らないというのに、人から注目されるようなことが言えたのは、足先から膝にかけてわたしの脚に触れるあの脚のせいであることは間違いなかった。奇妙なことに、詩人の話になると、詩人はそこにあらわれ、詩人のことを考えると、もはや誰もいなくなる。アンダルシアの部屋では、「小さな神」ではなくて、それについて語る男の体の重さが感じられなくて物足りなかったのだ。この男自身もかなり知られた存在だったが、それには、あの体の重さも一役買っていたのだろうか。わたしと同じく、彼もまた他人の作品を扱うのが専門だったが、彼の場合は翻訳と批評だった。サロンで立ったまま、われわれは彼ら他人のこと、つまりたがいに仕事でつきあわざるをえない人々のことを話しつづけた。ふたりだけで話し込んでいるのが人目を引きはじめたので、彼は退却した。ヤマアラシのようにまっすぐ自分の前を見つめながら、退却したのだ。最後の言葉はこうだった。あなたのそばにいるのが好きだ。彼はもうその場にはいなかった。彼の姿は二度と見なかった。ならば、なぜ部屋に入ったとき、わたしはこの「そば」という言葉を「上」という言葉に置き換えてしまったのか？　男の意気地のなさで何も得られなかったと思い込む、女特有のうぬぼれのせいなのか？　わたしはすべてをひっくり返してみたのだ。この瞬間、その体の重み、威厳、退却、逃走を考えれば、どんな若い男にも、わたしが選んだこの年配の男に比べられるような強い呪縛力はなかったにちがいない。それら一切をわたしの体の上に引き受ける必要など、どこにあったのだろう。彼のパイプにつめられた煙草は灰となって灰皿のなかで燃え尽きようとする。いったいどうして、ホテルの部屋のようにベッドの脇におかれたあの電話で彼を呼ばなかったのだろう。彼にヨーロッパの端っこに来てほしいと言わなかったのだろう。どうして彼の拒絶を思い切って拭い去ろうとはしなかったのだろうか。まさにわたしはあの冷淡で礼儀正しい女になってしまっていたのだ。わたしは情事などには関係なく、ドクトル、イニゴー・ジョーンズの現実味のない姿、コンスタンスの若々しさと一緒になって過ごす夕食の明かりに向かって庭の暗がりを横切る女に戻っていた。

――あの体は、生きているときよりも死んだときのほうが重要だ……
イニゴーはわたしの姿を見て話をやめた。
――シェリーにしますか？　それともウイスキー？

白い上着姿のアンドリューが給仕をしてくれる食事にもわたしの注意は向わなかった。ウェブスター製の皿はふだん見馴れたよりも大きなものに思われ、皿の下におかれたマットはたがいにひどく離れた位置におかれていて、マホガニーの質感がやけに目立った。ナプキンはもっと馴染んで見える。壁掛け照明器具にはジャスミンを模した燃料が燃やされていた。それとも匂いは蠟燭のせいだったのだろうか。その焔は食器とわれわれの手のあいだのマホガニーに映りこんでいた。大きく開かれた大窓が庭の芝生に通じていた。まるでイギリスにいるようだ。芝生だなんて、何と気まぐれな思いつきなのだろう。これにやる水が簡単に見つかるのだろうか？　海は、ほんとうに何メートルか先にあるのだろうか？　海の音が聞こえるような気がしたが、庭にもそれなりの夜の物音がしていたので、聞き分けることはできなかった。芝生の真中あたりに、わたしがつけっぱなしにしてきた部屋の明かりが見えた。イニゴーはわたしをじっと見ていた。

——あの小さな家は全部完成したというわけではないのです、と彼は言った。でも石工たちが仕事をする日数はあとは二、三日しかない。そのあいだに台所に面したパティオの壁を仕上げなければならない。

——でも母屋はこれだけ大きく見えるのだもの、それだけでじゅうぶんじゃないのかしら？

——招待客には、自由にくつろいでほしいのです。

——むしろきみ自身が招待客に煩わされたくないのじゃないのかな、とドクトルは口をさしはさむ。

コンスタンスは、雰囲気を変えようとして、あずまやを人形の家にたとえた。イニゴーは肩をすくめた。その表現が気に入らなかったのだ。ドクトルはすぐに、なおも不快な気分にさせるハーレムのイメージに言及した。彼は何を言っても許される。イニゴーはあえて微笑してみせた。顎のところにできるえくぼにわたしは気がついた。えくぼが顔に、あまりうれしそうではないひとつのしるしをつくった。電話が鳴った。アンドリューは不満げに果物の入った籠をテーブルの中央において電話口に出て、戻ってきてこう言った。

——ヘンリー様からです。

イニゴーとコンスタンスが勢いよく立ち上がった。彼らは同時にナプキンをテーブルの上においた。

——ご主人のほうにです、とアンドリューが付け加えた。

イニゴーはわれわれがアペリティフを飲んだ書斎へと姿を消し、コンスタンスは庭の暗がりに姿を消した。

――おかしな話だ、とドクトルはわたしのグラスのそばのワインを注ぎ直してつぶやいた。おまえは知っているのかね。

――どうしてわたしが知っているの？

――ドロテアから聞いたんだろう。

体がむずむずしてたまらなかった。お願いだから話してちょうだい、と彼にせがんだ。

――場所も時も適当じゃないな。イギリスを少しでも知っているかい。英国上流社会の風習を知らないなら、たとえば only well behaved dogs という表現のように、犬だって育ちがよくなければ、入れない場所があるのを知らなければ、もしも……

『ペドロ親方の人形芝居』のそらんじている箇所が口をついて出てきた。「これ子供よ子供！　お主の語りをまっすぐにつづけるのじゃ、回り道だの脇道などに入ってはなるまいぞ……」

彼はうれしそうにファリャとドン・キホーテに敬意を表した。声をひそめ、謀略をめぐらせる人間のように彼は話しはじめた。

――この種の話はスペインだと悲劇になるし、フランスだとロマンティックなものになるし、イタリアではメロドラマ的なものになるが、イギリスだと何の変哲もない当たり前の事柄になってしまう。それも完全に誰かが仲立ちとしてあいだに入って事態の修復が試みられる範囲においてのことだがね。そう、もちろん親ということだよ。だって子供たちはどこでも我慢ならぬものだったわけだから。おまえの判断にゆだねよう。コンスタンスは従兄のヘンリーと恋におちたわけだ。いまイニゴーと電話で話している相手だよ。もちろん家族のなかの誰も、子供たちが恋におちるなど想像しなかった。彼らは毎年夏になると落ち合って一緒の時間を過ごしたが、これは双方の母親が姉と妹の関係で、アイルランドに相続した一軒の家があり、夏のあいだはそこで過ごすことにしていたからだ。冬にもまた彼女らはたがいに会ったが、これは両方ともロンドンに住んでいたからだ。子供らはリスのように何日も姿を見せないことがあったが、双方の母親はわずらわされずに静かにおしゃべりをすることができたし、双方の父親は毎週金曜日になるとここにやってきて、静かに釣りをすることができた。釣りの愛好家はアイルランドがとくに気に入っている。なぜだかわかるかね。

——……

——それにしても、おまえはじつにフランス的だ！　何にも興味がないんだね、フランスの娘よ、おまえはすぐに結末を知りたがる。残念だが、結論を急ぐとするか。コンスタンスは大学に入り、文学と宗教史の勉強をはじめた。彼女のような精神の持ち主にとってはこれはとんでもないことだというおまえの意見に賛成するよ。彼女は一年たつと研究対象を変えてカスティーリャ語と現代絵画史を勉強することにした。どうだ、はっきりしているだろう？　まさにヘンリーのプログラムと一緒なのだよ。ただ彼のほうは二年前からはじめていて、文学と宗教史の試験はすでにパスしている。要するにアイルランドである日の朝、母親のうちのひとりが息子の寝室のドアをあけると、何とコンスタンスの腕のなかで彼が眠り込んでいるではないか。裸同然の姿で、『トリスタンとイズー』とはちがって、ふたりのあいだをわけへだてる剣もなかったというわけだ。彼女はにわかには自分の目を信じることができず、コンスタンスの寝室に駆けつけると、思ったとおり、部屋はもぬけの空だった。七月半ばのことだったが、姉妹は双方とも相談の上でその夏を早目に切り上げることにして、翌日にはロンドンに戻った。四人が集まっての家族会議だ。コンスタンスの父はヘンリーを呼び出し、彼に向かって言った……いったい何と言ったと思う！

――何と言ったと思うね、ときかれても。何と言ったのですか？

――マダムはコーヒーは本物にしますか、それとも見かけだけのものにしますか？　とアンドリューがたずねる。

――何と言ったと思うね！

――ああ、ありがとう、いまは結構よ。

――それでは見かけだけのもののほうを？

――わかったわ、それでいいわ。

――おまえはわかったみたいだね。彼はヘンリーに言ったのだ。おまえはわたしの息子なのだ。

――コンスタンスの父親なんでしょう？

――まさにそのとおり。ほかならぬポールだよ。日本の小説によくあるように、ポールは姉妹の双方を愛していたのだ。時間的な前後はあるわけだがね。姉のほうを愛していると気づいたとき、妹との結婚話が浮上した。しかもまた妹のほうは妊娠していたのだ。彼女はだいぶ長いこと、ポールにするか、それともブレーバーなる男にするか迷っていた。ポールは、明敏な頭で、また本物の紳士として、ひとつの解決策を見出した。彼はブレーバーを探し出し、自分はフローと結婚するが、それはかなり醜悪な行動の後始末をするためだと宣言した。彼女にはまもなく子供が生まれるはずで、彼は姉のほうを愛している。ブレーバーは天の救いを見る思いだった。彼は肺結核を患ったあとで自分には子供をつくる能力がないと思っていたうえに、やはりフローに夢中だったからだ。だがケンブリッジの同級生であり、同じクラブのメンバーでもあるポールの息子が自分の子供になるなど、どんなにきちがいじみた夢のなかでも、想像すらしなかった。四人は秘密を封印し、ひょっとするとそれを忘れたのかもしれないが、とにかく同じ日に結婚した。二組の夫婦はしあわせだった。彼らは毎年夏を一緒に過ごしたわけだが、もうそのことはすでに話したはずだね。だからすべてはチャーミングで完璧だったが、いまから約二年程前に、子供部屋での恐るべき一件が発覚したというわけだ。そこでポールはヘンリーを呼び出し、彼に言ったのだ。「おまえはじつはわたしの息子なのだ。だからおまえには、わたしがこれまでそうしてきたのと同じように、紳士として行動してもらいたい。コンスタンスはおまえの妹だと思ってくれなければ困る。」

——彼女のお兄さんだったのですか？

——彼女は妹だった。ふたりの仲は引き裂かれた。妹はイタリアに送られ、そこで彼はインディオに出会った。ヘンリーは夏の残りの期間を伯父のイニゴーのもとで過ごした。

——二年前ですって？

——イニゴーとは英語でしゃべったから、言葉の点では、ヘンリーはまったく進歩はしなかったが、スペイン絵画を発見した。コンスタンスはデッサンを習うのをやめ、スペイン語の勉強に精を出した。ヘンリーは去年の夏に戻ってきた。コンスタンスが来ていなければ、やはり彼がいたはずだ。

――でもなぜ今年の夏コンスタンスがいるのですか？　イニゴーは彼女のことがあまり好きではないみたいだけど。

イニゴーが書斎のドアをあけ、戸口のところに立っていた。暑かったのだろう、シャツのボタンをひとつ外していた。首のところの肌は、顔よりもずっと白く、そこに汗が光っているのが見えた。彼のたくましい筋肉質の腕がドアの縁枠をおしひろげると、家全体がわれわれの頭上で揺れるように思えた。彼はパイプ煙草を吸っていた、というよりも歯のあいだでパイプの管の部分を嚙み砕いているかのようだった。ドアの陰で盗み聞きをする男の雰囲気ではまったくなかった。その様子からすると、われわれなど眼中にはなかった。彼はコンスタンスを探し、彼女に八つ当たりをしようとしているかのようだった。彼の飼い犬ですら、尻尾を垂らして、雷が落ちるのを恐がっているように見えた。

――彼女は寝に行ったよ、とドクトルは言った。

イニゴーの腕は降ろされた。あずまやは格好の避難場所のように見えたから、わたしも部屋に戻ろうと思って立ち上がった。ドクトルはほとんど愛情がこもっているといってもよいやりかたで、それがよいと合図をした。イニゴーは何も気づかなかった。ただのお休みの挨拶をしても、彼は答えなかった。その場を離れながら、ドクトルがわたしに話をしたのは、悲劇が個々の人間を襲うのを嫌ったからではなかったかという気になった。

わたしの部屋のドアの下に午前零時半の時刻が記されたメモを見つけた。「ずっとあなたを待っていたのですけれど。C」彼女はあいかわらずわたしを子守役だと思っているのだろうか。それともわたしを聴罪司祭にしたてあげたいのだろうか？　ドロテアの警告のせいもあって、わたしは警戒心を抱いていた。赤毛の女は何をやるにしても、かならず狙いがあるはずだ。彼女はわたしを標的と狙い定めたのだろうか?

休暇中でも日曜日は日曜日である。良き習慣にせよ、悪しき習慣にせよ、これは記憶のためにもうけられた安息日なのだ。人はそのことを忘れている。映画を見終わったあとでふと思うように、それでも日曜日には良いものと悪いものがある。土曜と月曜に挟まれたこの日、わたしは何も日記に書かなかった。わたしは日向に出て、水のなかに入り、いたるところで、うとうとしていたにちがいない。そうだ、まさにそうだったのだ、というのも夕方になると気分が害された。自分が「成熟《ミュール》した女」に似ていると言われたのを耳にしたように思ったが、ドクトルはそうではなくて「ムーア人《モール》」と言ったのだと言い張った。クリスティーナの結婚の話題から出発して、イニゴーは滑稽な表現で「温厚《デボネール》なクリスティーナ」へのあてこすりをした。これに応じて、良い出自《ドゥ・ボネール》、良い種族、とドクトルが応じる。巣《エール》は鷲《エーグル》を示す代わりの表現にもなるが、クリスティーナは鷲ではなく、つまり馬鹿ではなく、彼女が温厚だとも言い得ないのは、あれが不誠実な男と結婚しようとしているからだとまで。この結婚話は彼らに特有の女嫌いの感情に火をつけた。それに彼らの嫉妬心にも火がついたと、わたしはひとり寝の枕に頬を押しつけて泥のように眠り込む前にまたひとしきり考えた。彼らにとって、彼女は永久にインディオの「未亡人」であってほしいのだ。でも公認されていない未亡人ならば、ほかにもぞろぞろいるはずだった。

いきなりわたしは奇妙な夢におちこんでいった。わたしの母とクリスティーナは姉妹であり、わたしに注意深く隠していたことがあった……いったい何を？　わたしは夢をみる習慣をなくしてしまっていた。眼を開いたときには、寝床は完全に乱れた状態だった。太陽の光がひらかれた窓から入り込んできて、わたしのそばのシーツにその光が落ちていた。わたしは眠気におそわれて、カーテンをしめる余裕もなく眠り込んでしまったらしい。わたしはこの光があたる部分に体をずらして、眼をまた閉じた。誰が何だったのか？　わたしは手を体の中心においた。クリスティーナはブルネットで、ドロテアもまたそうだ。わたしは黒に結びついたあの高貴な輝きを思った。すると夢のなかでのインディオはいったい誰だったのだろう？　一週間前、パリにいたときは自分の周囲には何もなかったのに、いまではこれまでつねに逃げようとしてきた親戚関係の無数の絆に自分は完全にとりこまれている。うでもこんなに緩やかな結び目だったら、ほんの数ミリ動くだけで、それから逃れることができる。うしろを振り返るだけで、わたしは影の部分に移り、そこではもはやわたしは誰にも属していない。かすかな物音がして、わたしの眼がまたひらいた。本能的にわたしはシーツにくるまった。誰もいなかった。わたしは街の騒音にあんなに慣れてしまっていたから、イニゴーの屋敷の静けさは逆に驚きの原因となったのだ。わたしは白地にブルーの曲線模様が入ったユカタを羽織ったが、これはレオナールが東京でコンサートをやったときに持ち帰ってわたしにプレゼントしてくれたものだった。わたしは朝食をとろうと、勢いよく芝生をよこぎった。

裸足でみずみずしい草を踏む快楽を味わいながら、進んでゆくとき、シギリーヤが聞こえたような気がした。そのとき石工たちのことを思い出した。コーヒーを飲み終えたら彼らのところに挨拶にゆくとしよう。コーヒーを飲む前は、挨拶なんてできない！ 芝は砂地に根をおろした潅木の手前でぴったりとまっていた。海はそこにあった。昨日も明日も同じように、陽の光のなかに、夏とともに。なんという確かさなのか。テラスに立って、わたしはその葉がおりなす緑の壁に刺さった花々を手で撫でた。最初の晩、ジャスミンの匂いをかいだときに、シェ・フローリスの香水の匂いをかいだ気がしたのに、今朝はいつもの朝と同じように香りは静かだった。

ロス・エラルドスの朝食のテーブルはおとぎ話に出てくる空飛ぶじゅうたんのようにして、朝食を傑作の域にまで高める国へとわれわれを運ぶ。市場の果物、プラム、桃、アブリコットが、ジャムになった果物と隣り合って並んでいた。洋梨のジュース、薄く切ったスイカ、干しスモモ、それからウィルキン&サンズ商標のマーマレードのびんのそばにはインディオがとくに好んだ「無添加アルゼンチン蜂蜜」があった。コーヒーが温められて二個のプレートをもつコンロの上で待ち構えていたし、もうひとつのプレートにはティーポットが音を立て、メルトンの帽子の下で紅茶がすでにできあがっていた。ボタンを押せば、トーストがいくつでも飛び出してくる、と思うと、純然たる偶然だが、それと同時に、というのもアンドリューはますます耳が遠くなってきているので、こう言わざるをえないのだが、彼があらわれ、朝はとくに不機嫌そうな様子で、卵はどうするのがよいのかと、いつもながら同じことを繰り返し聞いてくる。

——今朝は、わたしが一番乗りなの？

彼はそれ以前の痕跡を周到に消し去ることにかけては異常なまでの情熱を燃やす男だった。時間がそうする以上にきびしく、彼はたえずその先に向かってわれわれを追い立てる。こうしてドクトルもイニゴーもすでに朝食はすませていたわけだが、何を食べたのかはまったくわからない。まもなくわたしが落としたパン屑もまたきれいにかたずけられ、わたしは最後のコーヒーのカップを手にしたまま、テラスに避難した。

草のラインの向こうには、砂のライン、水のライン。画家ならば、三種類の色彩が重なり合う風景を描いたはずだが、わたしはまもなくこれをまたいで海に飛び込みにゆくことになるだろう。わたしはこの場の配置に大きな安らぎを感じた。イニゴーは彼の家の側面を海に向け、正面は庭園に向け、これが森を思わせるように先につながっている。一九五〇年代に、彼は街道からの目隠しになるような大きな樹木の並木との関係を考えつつ、ロス・エラルドスを建てさせた。その時代には、この道を通るのはロバか自転車くらいのものでしかなく、道は領地のなかを通っていたが、村役場の決定によって舗装がなされてからは、車が通るようになっていた。車の音は聞こえなかったが、この変化を口実としてイニゴーはロス・エラルドスを財団に変えようと思い立ち、そこに日本の屏風やら中国のブロンズ像、スペイン絵画や彫刻のコレクションを運び込んで、彼自身はウェルバの郊外にひきこもろうとしている。アカシアとカサマツの背の高い木立のあいだに石工たちが建設中の小さな家は将来美術館の守衛兼キュレーターの住居となる予定のものだった。一瞬わたしは自分がこの役目にあたっている姿を想像してみた。もちろんそのために覚えなければならないすべてのことは棚に上げて。そうじゃない、わたしが愛していたのは、場所の配置だった。自分を要約し、ほんの何歩か歩くだけですべてを味わえるようになっているので、大西洋に向かってテラスに座り、じっとしているだけでよい。書斎のフランス窓からは話の断片が聞こえてきた。「警察の介入はないという確約は得てある……政府の代表者は誰もこない……葬式で一番むずかしいのは……それにことに大臣は駄目だ……未亡人にそれとなく示唆しておいたように……すべては確約済み……の名の力……というのも彼女の知名度からして……彼女は慣習に反して棺を……男たちのすばらしい低い声が……墓地に近づくにつれ……いたるところで湧き上がった……」

イニゴーの声が突如として叫び声に変わった。聴きなれぬ言葉による歓喜の声があがり、イニャーキが吠えはじめ、イニゴーの大きな笑い声、ドクトルの甲高い笑いがその上にかぶさる。イニャーキがわたしの姿を認めて満足そうに飛び出してくるのを見て、わたしも迎えに行った。いったいどうしたことなのか、ふだんならば動物と赤ん坊を相手にするとぎこちなくなってしまう自分だというのに。わたしは駆け出した。コーヒー茶碗の底に残った砂糖を舐めたいのかなと思ったが、そうではなかった、犬はじゃれたがっていたのだ。わたしに相手をさせようというのだ。わたしの周囲を駆け回って、よろこんで体が飛び跳ねるので、わたしは大きな家と小さな家の中ほどで立ち止まり、真剣な声でやめてくれと言わなければならなかったほどだ。「でもイニャーキ、まだほとんど知り合ってもいないのに、おまえはどうしてそんなことを？」、これはなおさらあの犬をよろこばせたようだった。

——あいつは水に入っても溺れずにいられるとわかるまでだいぶ時間がかかったみたい。最初はイニゴー伯父さんが海水浴に行くたびに、イニャーキが水に飛び込むので力づくで引き戻さなければならなかったそうよ。

コンスタンスの水着姿はなんだかおかしかった。女になり始めの頃で、子供時代が終わろうとしていた。杏色の大きなバスタオルをひろげてそのうえに身を落ち着け、ブラシやら日焼け止めクリームやら、あいだに挟んだ栞の位置からするとほとんど読み終える寸前のクーパー・ポウイスの本などをそばにおいていた。三つのヘアピンが彼女の髪をまげのようにして結わえており、大きな眼鏡のせいで、どんぐりまなこの驚いた様子が強まっていた。そしてすべてはエステポナのお針子さんたちのあのお馴染みの花柄の帽子の陰にあった。彼女はみごとな胸をしていた。そのまんまるい胸は水着でおさえられているにもかかわらず、胸のほうが水着のブラジャーをおさえているようだった。波で洗われ古びてしまった水着のブラジャーはそのせいですっかり別のものに姿が変わっていた。そこからは、映画の哀れなヒロインの胸を隠すぼろ布から生まれるような倒錯的な魅惑が発せられていた。だけどこのような印象はさほど長く持続はしなかった。というのもコンスタンスのまるくて可愛らしい腹はボール遊びをするか、オリーヴオイルは駄目と言いたくなるような種類のものだったのだ。水着の下の部分は何も強調しておらず、ゆるゆると動いていた。おそらくはゴムが古くなっていたのか、彼女が座っていたせいだったかもしれない。肉づきがよく神秘的な彼女の脚は大きく開かれて茶色の秘密を想像させるようなことはなかった。いや、足先までの流れがその自然な道であり、その辺にまだ子供らしさを思わせるような要素があった。彼女は念入りにクリームを体に塗り、これは泡を立てて、やがては肩や膝の上で白くなり、そこに正午の太陽が照りつけた。彼女が寝そべったとき、ようやくわたしは眼を閉じて、わたしを大地に釘づけにする太陽の支配に身をまかせた。要するに凶暴な外部の犠牲者となり、黙りこみ、無であるという快楽だけになっていた。

――闘牛のあった日に、逃げ出して、マラガ・パラシオであなたに言ったことを覚えていますか？

この娘をわたしは呪った。それまでの準備をすっかりやめにして、彼女はパラソルの影に避難した。そこから一方的に打ち明け話に転じようというわけなのか、日向におかれていたものを日陰に集めなおすそのやりかたを見ただけでこちらにはすぐさまピンときた。どうしたら嫌な思いをさせられるだろうかと考えて、わたしの父の話をするよりも、ご自分のお兄さんのことを考えたほうがよいのじゃなくって、という言葉が口をついて出そうになった。残念ながら、このような腹立たしい気分はなんとか押さえることができた。ここでもまた、わたしははっきりした行動に出られないでいる。

――飛び起きるほど驚いて目が覚めることがあるの。さいわいにして、毎晩というわけじゃないけれど。あなたがいらしてから、よく眠れるようになったし、夢もみなくなった。あなたがそばにいるのがわかっているからかしら？

おやまあ、神様、とわたしは祈った。どうにかしてちょうだいな。

――あなたはちゃんと目的があってここに来られたんでしょう。目的なしにこの回帰の旅（彼女は回帰という言葉をわざと強調した）を思いつかれたわけじゃないでしょう。たぶん秘密があるのね。いい娘《グッド・ガール》だこと！

──あなたもまた悔恨を感じていらっしゃるのではないかと思って。

こちらは素っ気なく、言いたいことがあれば単刀直入に言ってくれと求めた。彼女はびっくりした様子だった。

──ごめんなさい、と彼女は言った。でもあそこにいるのは、わたしに挨拶をしにきた人らしいから、ちょっと失礼。

それでこそ神は存在するというわけだ。

その祝福すべき男は、まるで歩道を歩くように、革靴と白い靴下を履いて、新聞があふれそうに詰まったサックを肩にかついで砂浜を通って近づいてきた。彼は砂のなかに埋もれはしなかったし、埋もれるなどと考えてもいなかった。しっかりとしたその足取りのもと、砂浜は舗道のように硬くなった。彼はわれわれがいるほうをじっと見つめていたが、われわれの前、要するにコンスタンスの前に立つと、彼の眼の虹彩がくるくると動くのが見えた。動かないという印象が生まれたとすれば、それは球状になったヤドリギもしくは握りこぶしを思わせるように丸い彼の大きな頭のせいだった。彼の眼のなかでは、これとは逆に、二つの茶色い円がたえず往復運動をくりかえし、瞳の部分の黒い中心をひっぱって動かしていた。彼の姿を見ていると疲れて、めまいがした。がっちりと体に植わっている頭に何とか焦点を合わせるのでこちらは精一杯だ。遠くから見ていると若く見えたが、近くから見ると四十歳は過ぎた男盛りだ。樹木のような姿で、顔は脂ぎっていて、小さな傷がたくさんあった。なかでもこめかみの部分にある傷がとくに目立った。顎の部分には若気のいたりの傷痕があった。見てくれはたしかに悪い男だけど、そこに背を伸ばして真直ぐ突っ立って、虹彩が羽ばたくみたいであっても、残りの部分は荒々しく、その場に、つまりコンスタンスの前にあった。

——今朝九時に電話をくれるはずだったろう、と彼は言った。外出しなければならなかったんだ。そこで、こっちから出向くことにしたよ。

——眠っていたのよ、とコンスタンスは言った。目を覚ましたら九時半になっていたの。

——夜遅く寝ると前に言っておいてくれたなら、頼みはしなかったけれど……

——寝るのはいつも「そんなに遅く」ないのだけど（このように引用符を用いる癖、つまりある種の言葉を台座の上に、引用として、切り離しておく癖は何なんだろう）、でも九時以降にあなたの出先に電話しちゃいけないのかしら？

——たしかにそうだな、と彼は説明抜きで結論を言った。

虹彩は球体の端から端まで勢いよく動いた。顔の下のほうに大きな笑顔が一瞬あらわれたが、眉をしかめたのでそれが消えた。この男は必ずしもペシミストではないかもしれないが、気がかりなことがあるのだ。コンスタンスは彼のファーストネームを言って紹介してくれた。ハコボがわたしに向かってお辞儀をしたとき、どうも彼がわたしの左右を見ているような気がした。彼は脚を組んで座り込み、靴先を見つめた。ポケットからハンカチを取り出し、額の汗をぬぐった。

――なんという気候だろう。山の空気を吸いたいところだよ……

たしかに海の空気などかなうわけはなかった。ここコスタ・デル・ソルには、そもそも海の空気なんかなかったからだ。

――アラセナの空気！　ここからたいして遠くはない。二、三時間というところかな……

その空気を吸いに行ったらどうかとコンスタンスが勧める前に、彼はまた話し出した。

――例の夕食の話についてよく考えてみたんだ。ラ・カーサ・ホルへのほうがいいっていうのは本当かな？

――そんなことはないわよ。だってその店は知らないんだもの。

――ああ、そうなのか。それも道理だ。

――あなたがしてくれた話から、想像してみたのよ。きっとドクトルの気に入りそうな場所じゃないかってね。リュシーも一緒に来るんでしょう？

彼はぎくっとした。

――誰だって？

――わたしよ、とあいだに入って声を出した。

――ごめんなさい。ほんとうにぼんやりしてしまって。

彼は脚は組んだそのままの姿で立ち上がった。

――それでは、明日の晩ということだね。早い時間、そう八時半くらいに迎えに来るよ。九時だと、ラ・カーサ・ホルへにはほとんど人がいないだろうから、きっと気分はいいだろう。少し経つと混んでやたらうるさくなるけどね。

わたしはサックから半分ほどはみ出している新聞のひとつを手元に引き寄せ、ニュースを読むふりをした。一、二分たってから、彼はこう言った。とても大きな声なのでとうてい秘密の話とは思えなかった。

——コンスタンス、とにかく一度は、こうした騒がしいところじゃなくって、静かに話ができたらって思うんだが。

われわれのほかに砂浜にはほとんど人の姿はなかった。波のざわめきしか聞こえなかった。沖合いでは水上スキーをしている男が倒れて、スキーを見失ってしまい、彼を引っ張っていたボート「リバ」から、男に向かってはじけるような笑いが贈られていた。わたしは立ち上がった。

——それじゃ行くから、と彼は言った。

そしてわたしは海に飛び込みに行った。

彼がまた座り込んだのが遠くから見えた。彼の丸い頭はじっと動かなかった。海から上がって戻ると、彼はまた立ち上がった。

——眉をしかめては駄目よ、とコンスタンスが言った。きっと心配事ができてしまうわ。

あれ、これはドロテアの口癖じゃないかしら。

彼はけっして眉をしかめたりしていないと言い張った。コンスタンスは彼女の網袋から鏡を取り出して、屈み込んで鏡を見るように言った。眉と眉のあいだに、手術の跡のようにはっきりとした皺の線が一本刻み込まれている。

腑に落ちない様子で鏡に映る自分の顔をじっと見つめながら、彼は彼女に言った。きみはアラセナに来なければいけない。それに続けてだらだらと、男たちはたがいに顔をあわせないのだから、毎日髭をそっても無駄だし、彼らには、女どうしのようには、たがいのことがわかっていないという話になった。それから突然、浜辺にいることに気づいた。わたしが頭をふったので、水滴が彼に飛んだのだ。彼はまず空を見た。雲はひとつもなかった。それから海を、そしてほとんど裸同然のコンスタンスを見た。彼の顔はいっそう膨れ上がったように見えた。彼はサックを乱暴に揺すって、さあ出かけるぞという動きをはっきりと見せた。それでも相変わらず動かずにいた。

――もしよければ、泳いでいけばどう、とコンスタンスは海を自由に支配している者みたいに彼に提案した。

この誘いは彼を驚かせた。小鳥のように慌てた様子だった。まるで彼は樹木というだけではなく、そのなかにいる鳥でもあったというかのようだ。

――いま何時頃だろう。

――二時よ。急いでいるの?

――いや、全然。

それからまた彼は満足そうな表情を浮かべた。彼は靴のなかに靴下をうまくおさめ、ポロシャツをズボンのなかに丸め込んだ。彼は水着をもっていた。見るからに嫌な感じの下着みたいなパンツで、女性の目を気にする男ならば、例の箇所についての仮借ない観察を受けるのは必至だから絶対に穿こうとはしない種類のものだった。その点に関しても、ほかのすべてと同じく、ハコボは張り切っていた。彼は手をくるぶしにおき、それからみごとな伸びをして、いきなり沖のほうへと泳ぎ出して行った。

——彼はあなたに夢中なのね、とわたしはコンスタンスに言った。

——よしてくださいな。

彼女は笑っていた。彼女が心から笑うのを聞くのは初めてだった。

——あなたが泳いでいたあいだに、彼が何を話していたかわかりますか。ユーカリの話だったんですよ。ユーカリはウェルバ地方を荒らしまくったんですって。

——アラセナはウェルバ地方にあるんでしょう？

——そうよ。あそこに伯父が所有している土地があり、そこにひきこもりたいと思っているようです。ハコボは伯父の土地測量の相談相手で農業事業の秘書なんです。

彼女はアラセナに行くのだろうか？　とわたしは考えた。インディオに対する彼女の恨みがましい思いをわたしに語るよりも、ハコボを相手に似たような体験をすればよいのに。

——彼の活動範囲のうちのひとつで、なんといっても色んなことをやっている人だから……

——それならばわたしに言おうとしていたことを彼の前で言ってみたらどうかしら？

わたしは女が狐にすばやく変わるのを目の当たりにした。

——あなたはわたしに恋をしているって、リュシーは言うのよ。

彼は動揺を見せなかった。彼の大きな頭の真中あたりから、水が流れ落ち、月桂樹のような髪の房が濡れて王冠のようになっていた。彼はこの世には三つのすばらしいことがあると言っただけだ。つまりそれは樹木を育てること、オートバイに乗ること、女に恋することだと。

——あなたには言っておかねばならないと思うけれど、と彼女はきっぱりとした様子で話しはじめた……

彼女に決心をうながしたのはわたしなのだ。はっきりと口に出して言ったのか、それとも頭のなかで考えただけだったのか、告白には第三者がいることが重要だ、それが打ち明け話であっても。その場にいなくても話を聞くような誰かが。彼は月桂樹の頭を手で抱え込み、またこう聞いた。

——でもほんとうに必要なのかい？

この場合の第三者とは誰になるだろうか？

——問題の男というのはこのひとの父親なの。

——あのひとは死んだわ、とわたしは説明を加えた。

この説明はひょっとすると必要不可欠というわけではなかったかもしれないが、彼らを奇妙なまでに対等な立場に追いやった。ハコボはこの娘がこれから何を語るにせよ、彼女を所有する妨げなどはないと考えたにちがいなかった。コンスタンスはまだ口を聞いてはいないというのに、自分が二重に興味の対象になっていると感じたにちがいない。そしてわたしはといえば……そうなのだ、必要不可欠な第三者というのはわたしのことだった。いわば夫のような存在、わたしの父親の役を演じる者なのだ。

アンドリュー——このような瞬間にこそ贅沢というものの存在理由がある——が芝と砂浜の境界線のあたりに姿をあらわした。バスケットと氷の入れ物を両手に抱えている。われわれは彼が砂浜をよこぎってくるのはかわいそうだと思い、こちらから迎えに行った。そしてピクニックの料理と、よく冷えたロゼ・ワインを飲みながら始まったのは、実際のところ試練だとしても、それはわたしにとっての試練というだけの話だった。

——子供時代のわたしはスパイだったの、とコンスタンスは言った。そこから話をはじめなくちゃいけないわね。はじまりはアイルランドで、そのあとはイタリア、最後はロンドン、あるいはここかもしれないけど、これは考え方しだいね。ふつうならば何かが終われば、わたしはそのことを考えなくなるけれど、わかるかしら？　でもこの場合はちがって……まるでわたしの体験だと……夏になって従兄とわたしの最大の楽しみは、わたしたちの母親がまわりに誰もいないと思い込んでいるときに話を盗み聞きすることだった。思っても見ないところで不意打ちをすれば、秘密のほうもすごいから。それである日ヘンリーが戻ってこないときがあった。ヘンリー二世という名の彼の飼い犬のコッカースパニエルと一緒に獣医のところに行ってたの。ママンとフロー叔母さんは二階のテラスの風の当らない場所で日光浴をしていた。彼女らが家の前に出て芝生の真中で日光浴をするときには手の打ちようもなかったけれど、テラスだったら浴室から全部聞こえてしまう。フロー叔母さんはたいへんな夢想家で、何時間も雑誌のページをめくり、しあわせそうな様子をしている女性を見つけるたびにいつもうらやましく思う人だった。ママンはふたつのことにかわるがわる答えていた。彼女らはそんなにしあわせじゃないのよ、あなた、とか、あなたは恋人をつくるべきよ、とか言ってね。とはいっても、フロー叔母さんには無理な相談で、恋人なんか見つけられはしなかった。あの日のことだけど、彼女はインディオ・アルファル・マルティネスを恋人にしなかったのは間違いだったと言った。彼女が憎からず思った男のうちで、彼こそがいちばん惜しいと思った男だったのね。ママンはイニゴー伯父さんを通じて彼のことを知り、ロンドン近郊にまだ伯父さんが家をもっていた頃だけど、そこでフロー叔母さんはインディオに会ったのね。その年の夏、イニゴー伯父さんがすべてを売り払ってアンダルシアに移ってきた。彼はこうしてイギリスで一大お別れパーティをやった。彼の友人はひとり残らずやってきたし、なかにはスコットランドやアイルランドからやってきた人たちもいた。彼らは示し合わせ全員が黒の礼装をしていて、スモーキングを着ていない人たちにしても、とにかく黒い服を着ていた。季節はずれだったけれど、女性たちもまた黒い格好をしていて、でも男たちのほうが数は多かった。真夜中になって、雨が降ってきたときの用心のために樫の木の木立の陰にしつらえた小さな壇の上にそれまでいたオーケストラが演奏をやめ、厩の使用人たちが馬の手綱を引いてそこにあらわれた。彼らは並足、停止、芝生の一周をさせ、厩務員の若者たちは、てんでんばらばらだったけれど、彼らもみんな黒い格好をしていた。イニゴー伯父さんがつらそうな顔をしたのはその瞬間だけだったみたい。あとになってヘンリーは、お母さんからこのパーティの話をもう二十回は聞いたよ、何度も繰り返し話を聞いたからうんざりなくらいだとわたしに言ったけれど、彼がそのとき、わたしと一緒に浴室にいて盗み聞きできなかったのをくやしがってそんな言いかたになったにちがいない。フロー叔母さんによれば、インディオはアンデス地方の本物のインディオに似ていたらしい。彼女はもちろんそこには行ったことがなかったし、もともとイギリスから一歩も外に出てことのない人だった。背は低く、暗く、肌の色はくすんでいる、コンドルが髪の毛の襞のなか、それとも唇の輪郭線のなかを飛んでいるとか、わたしは彼女がコンドルがどこに飛んでいると言ったのかは覚えていないけど、見捨てられたような雰囲気で、何か昔のことを思い出している様子、でもいったん微笑むとまったく別の男になる、自信家で、抵抗しがたい魅力があり、どこも輝くばかり、眼も、歯も、髪の毛も……でも残念ながら、彼は「売約済み」とフロー叔母さんは言った。彼はダンスもしたが、女と一緒に「頬に頬を寄せて」踊る数少ない男のひとりだった。「売約済み」という表現はいつも嫌だと思うけど、あとのほうの表現はすばらしい。相手の女性は彼と同じ色の髪をしていた。黒髪で艶があり、でもかぎりなく豊かで、ほんとうに川が腰のところまでひろがっているように見えた。彼はこの髪の下の裸の背中に手をおいた。彼はあの忘れがたい褐色の髪の女に顔を寄せて眼をとじていた。彼女はまるで下着を着るみたいに、肌の上にじかに未亡人の黒い服を着て、ストッキングなどはいていない彼女の長い脚はスモーキングの脚のあいだに滑り込んでいった。彼よりも背が高くて、踵の高いサンダルを履いていて、素足が彼女をさらに裸にして見せていたという。この部分の描写にはあまりにもびっくりしたので、話を聞いていたわたしはつかんでいたバスタオル掛けの棒を思わず放しそうになってしまった。わたしは浴槽のへりに乗って壁の上にある小窓に耳を寄せて話し声を聞こうとした。ほかの招待客に混じってフロー叔母さんが座っているテーブルに戻って座りなおす前に、彼女はインディオの唇に軽くキスをして言った。もし夫に見られていたらどうしよう。叔母さん以外の全員が笑った。眼鏡をかけた若い男がこの崇高な女性に腕をまわして彼女を自分のほうに引き寄せた。イニゴー伯父さんはフロー叔母さんが何も理解していないのに気づいた。いつもながらの繊細な気遣いをもって、彼は彼女の背中をたたくと、歌をくちずさむように大きな声で言ったのだ。馬鹿な娘《スチューピド・ガール》だね、あれは彼女の父親だよ、彼女は娘なんだ、そして眼鏡をかけた大男、あれは彼女の夫なんだよ……

——間違えていなければ、とハコボは説明を加えた。あの驚くべき女性はたしか妹のほうで、その姉の名は……

彼はまたしてもわたしの名前を忘れてしまったばかりではなく、わたしを驚くべきではない女だと思っていることを匂わせたのだ。そしてコンスタンス、この小娘は、アウロラの美しさについて余計なことを言った。彼らのあいだの愛、美しさ、愛……

——腹違いの妹のひとり、とわたしは答えた。父には何人もの奥さんがいたから。

——夢みたいな話だな、とハコボはため息をついた。

彼にはまったく似つかわしくない言葉であっても、この場合は場の雰囲気がなごんだ。ひょっとすると単なるへまだったり、そそっかしいだけのことだったかもしれない。彼はわれわれに結婚指輪を見せてくれた。

——ぼくは妻とは別れて暮らしているけど、息子のためを思って結婚指輪をしているんだ。彼と頬《チー》に頬寄せて《ク・トゥ・チーク》ダンスはしないがね。彼はグラスをボトルにかちんとぶつけて機関車のような物音を立てた。またしても気のいい男だと思った。

——それで？　でもそのせいで眠れないわけじゃないんだろう？

彼はコンスタンスに向かってその言葉を投げた。インディオのせいで眠れないと彼に打ち明けていると受け取ったのだ。彼はことの核心をつかんでいた。彼女は三年ばかり話を先に飛ばして進めた。


——三年ばかり話を飛ばすわね、とコンスタンスは言った。あの夏、両親はわたしをひとりでイタリアに行かせることに決めた。行き先はシエナ、両親が公証人《イル・ノタイオ》というあだ名で呼んでいた友人のところに厄介になることになった。この公証人はこの世でもっとも美しい事務所をもっていた。それは帆立貝の貝殻のかたちをしたピンク色の広場ピアッツァ・デル・カンポに面していた。数キロ離れた田舎にも家を一軒もっていて、これを修復して、家の裏手には糸杉の並木に沿って、プールを作らせていた。このプールでわたしが泳いでいると、まるで給仕頭が叫ぶようにして、遠くからアルファル・マルティネス！　と彼が呼んでいる声が聞こえた。彼が誰を迎えようとしているのかたしかめる前に、わたしはインディオ！　と叫んでいた。年齢不詳の紳士はいきなり眼鏡をはずし、プールのうえに屈み込んで、誰が彼の名を呼んだのか、目じゃなくてほかの方法でたしかめようとしているかのようだった。公証人はこの人独自の極端なうやうやしさをもって、ベンチに彼を腰掛けさせ、わたしが何者であるのかを静かに説明しようとしたが、インディオは立ったまま屈み込むばかり。そこでわたしはプールから出た。彼はすぐにバスタオルを探したが、彼の眼鏡がそのうえに乗ったままだったので、これが下に落ち、片方のレンズが割れた。彼は眼鏡を手探りでさがし、わたしはすぐさま破片をかき集めた。見ると彼の手はしみだらけで、日焼けした肌の下には白い顔があり、細かな皺が目のあたりにひろがっていた。驚きのようなものがわたしをおそった。時間が経つとはそんなことなのだ。何百日かが過ぎて、フロー叔母さんの意中の人だった輝きのあるあの男は年老いた青年になってしまっていた。わたしは陰険にも、記憶の片隅に、片手に握り締めるかのようにして、証拠写真を隠していたのだけれど、そのことにほとんど恥ずかしさをおぼえた。それから彼は糸杉の幹にもたれかかり、彼独自の色を取り戻した。睫毛が漆黒の瞳の上でまばたいた。黒と白の混じった彼の髪はもはやグレーではなかった。彼の肌の色は内側から黒っぽくなって、ノスタルジーは後景にしりぞき、彼は微笑んだ。コンドルが羽ばたき、彼の唇の隙間から雪のように白く、明るい歯が見えた。少しずつ彼は輝きはじめ……そしてわたしのそばには、わたしを質問攻めにする相手、つまりフロー叔母さんの意中の人がいたのだ。

イル・ノタイオは翌日秘書と一緒にローマに行くことになっていた。わたしもついて行った。何日間かローマに滞在し、そこからロンドンへ戻る予定だった。インディオは仕事の相談で来たのだが、その晩にはもうアバーノに向かって発った。そこにはマルティネス夫人がこの年もまた泥療法をうけに来ていたのだ。

——イタリアの連中はどうして忙しそうに動き回るんだろうね、とハコボはわたしのほうを向いて言った。これほど簡単に移動するのは、彼らが統一国家を形成したことがないからじゃないだろうか？

わたしの興味はむしろ「マルティネス夫人」に向かって行った。

——彼女については何がわかったの？

——たしかにあなたが知っている以上のことは何もないはずよ、とコンスタンスは礼儀正しく答えた。公証人は彼女の財産の管理をしていた。

——彼女はほんとうにそんなにお金持ちなの？

——そのとおりよ。あのひとはグアノを相続した人なの、知っているでしょう、十九世紀末にはペルーとボリビアがそのために戦争をしたというあの鳥糞石の話を。彼女はインディオに毎月の生活費のようなものを渡していたけれど、もっとお金が必要な場合、たとえば新しい車がほしいだとか、どこそこにもう少し長く、たとえばミラマール・ホテルとかデ・パルム・ホテルなどに滞在したいと思ったら、彼はイル・ノタイオのところに来なければならなかった。これは別口座のようなものになっていたわけね。公証人は要求を伝え、彼女のほうでは決してこれを拒否などしなかったけれど、彼女の前ではインディオは嘘がつけないと知っていたから、自分自身で、手渡しで言われた額をわたすことにしていて、ときに彼は一日のうちに往復しなければならないことがあった。夫人の気がかりはいつだって同じで、彼がペルーに戻るためにこのお金を使うのではないかと思っていた。いつかペルーに帰ってしまうのじゃないか、彼女のほうは年をとるにつれ体もひどく不自由になったから、インディオは彼女なしに暮らすということになるだろうし、戻ってしまえばもう帰ってくることはなく、二度と会えないのではないかという予感もはたらいて、怖れて暮らしていた。実際そのとおりになってしまったのだけれど。イル・ノタイオの考えでは、夫人はふたりのあいだにできた娘アウロラをまもろうとしていた部分もあり、インディオがお金にはまったく無頓着で、彼にとってお金は現実性をもっていなかったから、これは当然でもあった。スパイとしての資格をもとにお話しすれば、ほかにもわかったことがある。彼女は生まれつき片足が悪く、年をとるにつれ、これがもとでせむしになり、体も縮んでいった。彼女は段々と小さくなり、ピアノに向うのが段々とつらくなっていった。あのひとはすばらしい音楽家だったし、音楽家たちに援助を惜しまなかった。一種のメセナでもあったわけね。彼女はスポレートの両世界音楽祭の創立、パリのドメーヌ・ミュジカルの創設にも大きな貢献をしたひとだから。おわかりでしょう。ある日、彼女はカラカス出身のピアニストや亡命したヴァイオリニスト、ときには弦楽四重奏団の全員を家に泊めることがあった。そのひとりひとりに彼女は最後には独得の「きまぐれ」、独得の「きちがいじみた要求」をすることがあったが、これはインディオが訪ねてきたときに、彼に歌わせるというものだった。その場に世界的な歌手がいたとしてもそうだった。彼女の楽しみはインディオに、どんな世界的なギター奏者がその場にいたとしても、インディオにギターの弾き語りで歌わせることにあった。彼は「くだらないルフラン」、たいした意味などない曲、故郷の俗曲などを歌った。そもそもの馴れ初め、彼女と彼との出会いもまたそんなふうだったのだ。その頃の彼女はまもなく三十歳になろうとしていたが、容貌のこともあって結婚ができないでいた。ある晩、彼女の両親が当地にやってきた歌手をたたえて大がかりなパーティを催したとき、この歌手はそのお礼に、オペラのアリアを歌ってお返しをしようとした。伴奏者としてピアノを弾きはじめたのは彼女だった。演奏しながら彼女は客席にたいへん美しい若い男がいるのに気づいた。とても悲しそうな表情で、演奏し終わったとき、彼女はその男が誰とも面識がない様子なのに気がついた。誰も彼に話しかけようとはしないでいる。彼女が近づいてゆくと、彼は逃げ出そうとしたが、彼女はつかまえた。彼はすぐに招待客ではないと告白し、ギターを抱えてここを通りかかったとき、あかあかと照らし出される窓が開いた隙間から動かない人影を見て立ち止まり、すばらしい声、驚くべき高音の声を耳にしたことを説明した。彼は我慢できずに上まであがってしまったのだと弁解した。彼自身も演奏家なのかと彼女はたずねた。彼はギター伴奏をやっているのだと言って、彫像の背後におかれたギターをさししめし、それから「インディオの」曲を歌いはじめた。そのあいだに、このやりとりに興味をもった女歌手がそばに寄ってきて、このふたりの後見役の女性に挟まれて、自分が住む世界とはまったくちがうリマの上流社会の人々を相手に、彼はアタフアルパ・ユパンキの「エル・インディオ」を歌った。それからの彼はインディオというあだ名でしか呼ばれなくなってしまった。ふたりは恋に落ちたのだろうか？　いったいどうして？　どのようにして結婚したんだろうか？　それについては何にも知らない。実際のところは、親の要求でふたりのあいだに取決めが交わされ、結婚ということになったらしい。両親が死ぬと――数ヶ月の違いで相次いでこの世を去った――彼女は取決めを破棄しようと思った。そうすればインディオは実際に財産を自由にできる。ところが彼のほうがこれを断った。彼は死者たちの願いを尊重しようと思った。わかるかしら、彼らとの約束を裏切りたくはなかったのね。そういうわけで彼女は月々決まった額の金を渡すことにした。ふたりが一緒に暮らすときも含めてね。アウロラが生まれることになって彼らはヨーロッパに渡った。マルティネス夫人は自分の体が不自由だということもあって、出産がうまくゆかないことをとても心配し、ヨーロッパの医者しか信頼していなかった。それから彼女は娘には「フランス式の」教育を受けさせたいと強く主張した。要するに、いつからか、彼らはペルーには戻らなくなってしまったのだ。公証人によれば、ひと月に一度インディオに確実に会えるならば、妻のほうは彼が「向こうに」戻るという嫌な考えを頭から追い出すことができたのだ。それにまたインディオはひと月に一度といわずに彼女に会いにきた。とくに彼女がスカラ座のシーズンにあわせてミラノに住む冬のあいだはそうだった。そしてアウロラも夫と一緒にミラノに住んでいた。親子は二週間に一度、その夫は抜きで、一緒に夕食をとり、インディオはこれにあわせてどこからでも駆けつけるのだった。踏み越えがたい距離があるとすれば、それはペルーとの距離だった。ローマの彼のアパルトマンを見るだけでじゅうぶんわかるはず。わたしは二日前からローマにいて、そのとき朝早く彼が電話してきた……

——きみにとって、とハコボは話をさえぎって言った。朝早くとは正確には何時を意味しているのかな？

——電話した相手がまだ眠っているときよ、と彼女はいらいらして答えた。聞こえたのは長距《ロング・ディス》離《タンス》特有の電話音で、てっきり両親だと思ったけど、それは彼だった。受話器に向かって大声で叫んでいた。「ニーニャ・コンスタンス、あなたですか？　ニーニャ・コンスタンス、あなたですか？」「ニーニャ」という言葉がまるで「愛《ラヴ》」といっているみたいにひびき、そのうえ口調は親しい人に話しかけるときのものだった。この話しかたは苦手だった。彼はその日の夜、夕食を一緒にしようと言ってきた。彼はアバーノにいたんだと思うし、思うだけじゃなくて、実際彼はそこにいたのだ。わたしと一緒に夕食をとるためだけに何百キロも移動するのだということがわかったとき、わたしはしばらくパニック状態におちいり、電話を切ろうとさえ思ったほどだ。彼はわたしの顔つきを想像して大きな声で笑い出した。でもたいしたことじゃないよ、と彼は繰り返した。彼はローマで大切な約束があると言っていたけれど、わたしには話の半分も信じられなかった。彼は眼鏡のもうひとつのレンズも壊してしまったと言って、とても自慢そうだった。迎えに行くから八時には戻って待っていてくれと彼は叫び、電話を切った。

ハコボが言うに、彼はフェラーリを少なくとも一台持っていた。たしかにフェラーリだったと思う。ぼくがハーレー・ダヴィッドソンを持ってなければ、ほしいのはやっぱりフェラーリだよ。

――午後は、デル・コルソ街で革紐のついた踵の高いサンダルを買ったけど、これは全然わたしには似合わなかった。ストッキングなしでこれを履くにふさわしいほどに日焼けはしていなかったし、おまけに夏だったから、ストッキングを穿くなんておかしかった。背中が大きくあいたデコルテのドレスをもっていたけれど、これを着ると、中身のわたしのほうが変だった。あのアウロラの真似をするのはあきらめた。これからがほんとうの話になるわけよ。ベルが鳴り、わたしはドアをあけた。彼はわたしを腕のなかに抱き上げた。アバーノから走ってきたみたいに息を切らしていた。若い男のように自分の家にも立ち寄らずにまっすぐ走ってきた。服はしわだらけで、汗をかいていた。まるで二十歳の男のようにまっすぐやってきたのだ。よろこびをいっぱいに体であらわし、もうわたしは恐いとは思わなかった。わたしの代わりができるならばフロー叔母さんはこれほど嬉しいことはなかったにちがいないが、彼女のこともすっかり忘れてしまっていた。彼はわたしの顔を彼の首のほうへと引き寄せ、わたしを強く抱き締め、そのときはじめてあの匂いをかいだ。ほんとうにたしかだと思う、というのも最初は暑さのせい、少しばかりすっぱい汗のせいだと思ったからだ。最初の日にすでにそこはかとないこの匂いをかぎ、それ以来これが忘れられなくなってしまった。ロンドンでも彼はわたしに会い来たけれど、いつもこれをたしかめなおそうとすると、うまくゆかなかった。そして結局のところは、あの匂いのせいで彼と別れることになる、それが原因で…… わたしは体を引き離してキスをしようとした。彼の顔をうしろに押して、彼の髪のなかに手を入れると、手は横にすべった。手は、滑り台のうえに乗ったようにすべり、彼のシャツの襟のところに落ちた。彼は笑った。あれは「ゴミナ」のせいじゃなかったかと思う。例のあのラテン系の男たちが髪につけるポマードのようなものよ。そう、その瞬間わたしはあの匂いは枕についたゴミナのものだと気づいて、あとはそのことを考えるのをやめた。彼の故郷、それはペルーだった。ローマの中心部、アヴェンティーノの丘のすぐそばに小柄なペルーの男がいる。そばにはビクーニャの毛布、ポンチョ、ケチュア族の縞模様、コンドル、ラマ、二本のギター、馬に乗ったインディオ、まだ子供の頃、三角形の肩掛け《フィシュ》をかけたひとりの老女に手をひかれてマチュ・ピチュ遺跡に上るインディオ、山のなかの湖の数々、いたるところに、壁に、大地に。真夜中に目が覚めると、鎧戸はなかったから、月明かりのせいで、昼間のようにはっきりと周囲が見えた。彼の眼は大きく見開かれていて、眠ったのかとわたしが聞くと、彼はいや眠ってないよ、ニーニャ・コンスタンス、わたしは二十歳だから、と言った。とても暑かったけれど、彼の体はひどく冷たかった。ビクーニャの毛布が床にすべりおちていた。わたしは自分ひとりで寝ているみたいにシーツにくるまり、彼のほうはわたしを起こさないようにと思って、まったく身動きをしなかったのだ。わたしは彼にシーツと毛布をかけてやり、彼の体をあたためた。彼はようやく眠り込んだ。朝になると、わたしひとりになっていた。日曜日だということを思い出した。サン・ジウリアーノ教会の鐘の音がサンタ・マルガリータ教会の鐘の音よりももっと速く鳴って聞こえてきた。前の晩、彼は両方の鐘の音が合わさって部屋で聞こえると教えてくれた。アパルトマンは手狭で、半開きになったドアからささやき声が聞こえてきた。彼はスペイン語で親しげな話し方で誰かの相手をしている。彼に答えているのは女の声で、その内容はたとえば「もちろん旦那さま、彼女だって、きっとそれが好きになるでしょうよ」といった事柄だった。それから浴室で彼が歯を磨いているような物音がした。すでに彼が何歳くらいなのか気になってしかたがなくなっていた。というのもわかるかしら、彼のことを考えるとつらくなりはじめていたのね。夜の息を口のなかに残しておきたくないというかのように、そして朝のみせかけだけのキスの用意をしているというかのように……またしてもわたしは間違ったみたいだ。歯を全部きれいに磨くのは、ミントの味、あるいは何か知らないがそれに似た味がするキスをしてくれるというのではなくて、笛を吹くためだったのだ。彼はわたしの部屋に上半身裸の姿で入ってきた。農夫の穿くだぶだぶの白いズボンを腰のところで紐でとめ、履きなれたエスパドリーユを一本の紐だけでとめ、笛を吹く。それが彼の朝の挨拶だった。奇妙な笛で、彼の息がそのまま音楽に変わる。彼の息がそのまま歌になって聞こえてくるような気がした。かすれ声で、訴えるような響き、まるでいまにも消え入りそうで、それから透明な響きに変わり、とても陽気になって、歌になるのだが、それは体から切り離せず、また声以上にうまく感情を表現するように思われた。鐘の音のエネルギーは強まっていった。なんとやかましいんだろう、また笛の音が太陽に挨拶するのを嫉妬しているのだろうと彼は言って、窓をしめた。それから彼は笛をわたしの唇のあいだにすべりこませた。「吹いてごらん」と彼は言った。「ぼく以外の誰もこれを吹いたことはないのだけれど」。わたしが吹くと、彼は左手で笛の穴をおさえた。そこでまた別の驚きがあった。彼は部屋の外にでてゆき、大きなプレートを手にしてまたもどってくると、これをベッドのうえにおいた。コーヒーポットとふぞろいのカップのあいだに、ふたりで朝食をとる習慣などないというかのように、トーストもポリッジもなく、ただ一個の茶碗がおかれ、なかには赤茶色のどろどろした液体がなみなみと入っていた。フランやゼリーやぶよぶよしているものはすべて嫌いだ。とくにあの色、マルメロのゼリーのような金色に近い赤、リンゴのような赤黄色、紫でもミラベルでもフランボワーズの赤でもなく、赤茶色は駄目、まったくお手上げなのだ。

——わかった、とハコボは言った。西洋サンザシの実のゼリーだろう。

——全然ちがうわ。残念でした。

——……？

——あれはドゥルセ・デ・レーチェつまりカスタードクリームのようなものね。

——アルゼンチンのフランというわけか？　ぞっとするね！

——フランでもなければ、またとくにアルゼンチンのものというわけでもないわ。牛乳のジャムのようなものよ。

——またしても外地に追いやられたスペインの尼僧の発明というわけだな。なかにはきっと蜂蜜が入っているんだろう。

——いいえ、蜂蜜なんか入ってないわ。ただ砂糖と牛乳だけ。

ドゥルセ・デ・レーチェを描写しようとしてもどのみち無駄だ。これについて話をしようとするならば、インク壺の代わりにペンをそのなかに入れてみなければなるまい。

——最後はとってもおいしいと思うようになったけど、最初はとにかく嫌でたまらなかった。

——まあ、わたしの場合はまるで反対よ。

——スプーンでひとさじすくっては、がんばって食べてみろというわけ……　彼はほとんど十歳の詩人のように嬉しそうにしていた。とにかくそのお椀をすっかり空にしたわ。

――彼がそれを作ったのかい？

――いいえ、どこにでも彼についてまわる、アウロラの乳母アスンシオンが作ったのよ。

――そうすると、アウロラには乳姉妹がいるわけだ？

――この話には終りがないのね。

――この話はまだこれから先があるのよ、というのもじつはロンドンで……

――ドクトルの書いたお芝居に出てくる神を思い出すわ。世界中でいちばん短い『ドン・ファン』だけど。神はドン・ファンにたずねるの（エピローグでね）、けっして終わることのない物語の物語を話してあげようか、と。


――わたしが好きなのは始まりだけ……そう、始まりしかなければいいと思っているくらい。またもう一度同じことが始まるのは好きじゃないし、やりなおすのも好きじゃない。インディオはいつもロンドンにいたような気がする。彼はカーロス広場に家をもっていて、その三階に住んでいた。二階は家具が全部カバーの布でおおわれていて、そこにおいてある大きなスタインウェイのピアノも彼の奥さんが来ないので、カバーの布でおおわれたままになっていた。一階はアスンシオンの領土だった。わたしは両親に嘘をついて、彼と一緒に夜をすごすこともできたけど、そんな気にはならなかった。彼と一緒だと退屈すると思ったからで、またなんだかよくわからないあの匂いのせいもあったかもしれない。呼び鈴が彼に聞こえなかったときは、アスンシオンがドアをあけた。わたしの姿を見ると彼女はいい顔をしなかったけれど、そのまま階上にあがると、彼は新しい眼鏡をかけて、新聞の国際版で証券取引欄を夢中になって見ているところだった。自分名義の株なんてたかがしれていたはずだけど、それを売買してお金を稼ごうとしていたのね。これが唯一の仕事らしい仕事だった。というのも彼の人生には、ほかに仕事などなかったわけだから。あんなことは馬鹿げているとわたしは思った。彼はお金持ちだと、そう、思っていたのだけれど、馬鹿だったわね、じっさいは貧乏だなんて思ってもみなかったわ。でもヘンリーはわたしが間違っていると言うのね、わたしの……そう従兄だけど。ある日このふたりを引き合わせて、わたしのほうは関係を断とうと思ったのだけど、彼はヘンリーの気に入ってしまい、あれには驚いてしまった。彼らは旅行、馬の話をし、インディオはマチュ・ピチュの写真を彼に見せ、彼に馬に似ている男の話を語ってきかせたりした。最後はあのギターを取り出した。ヘンリーのことだからわかるけれど、すっかり彼の魅力にまいってしまったのね。そのあとで彼が言うには、インディオのような人間はいまは絶滅途上の希少価値というべき存在なのですって。それでわたしもまた数日間はまた彼に夢中になった。やはりあのかすかな匂いがする。わたしは匂いのことは忘れ、それからこれを忘れてしまっていたのに、また嗅ぐことになった。あれはどこからやってきるのだろう。匂いがつきまとって離れない。汗の匂いではなかったし、腋臭でも、ゴミナでも、下着でも洋服でもなく、手足の匂いでもなかった。彼の足は子供の足みたいにきれいで、乾いていて、足先から出発しても彼を愛せたかもしれない。匂いがまた戻ってきた。どこか刺激的、すえた匂いは、耳から発せられるのかとも思ったけど、彼の耳はあの山中の湖のようにきれいだったから、すると手相の線からだろうか。彼が死んで、やはり手のひらの線からだったのではないかと思い始めた。ある金曜日の晩、両親はぎりぎり最後の段になって、友人たちの家で終末を過ごそうときめたことがあった。わたしはその前日インディオがひどく不快に思うはずの態度を見せたりしたので、彼が一週間あるいは二週間、どこかは知らなかったけれど、出かけると言ったときには、本当のところは少し気分がほっとしたけれど、一種の不安のような感情をおぼえた。自分の不誠実さを悔いる気持ち。これと同じ感情がわいてきていまでも夜眠れなくなることがある。別の感情につきうごかされ、彼にしあわせな驚きをあたえようと考え直した。予告なしに彼のところへ行って、夜でも昼でもいつでも好きなときに来たらいいと言ってくれたあの言葉どおりにするとどうなるか。わたしはカーロス広場の家で夜を過ごすつもりだった。優しい気持ちとうんざりした記憶がまじりあった思いであのドゥルセ・デ・レーチェの椀、ギター、笛を思い出した。彼はもう子供のような足を見せ、眼を輝かせ、楽器に触るなんてことはしなくなっていた。わたしは呼び鈴を鳴らし家のなかに入ると、彼とアスンシオンは一緒に台所で夕食をとっているところだった。昔もいまも変わらないふたりのインディオのようにして、とうもろこしのオムレツとチリ・コン・カルネを食べていた。アスンシオンは席をゆずろうとしてきかず、彼女の食事が終わるまで一緒にいてくれるように言っても無駄だった。彼女は召使の女にまた戻ってしまっていた。とうもろこしのオムレツはひどくまずかったし、チリ・コン・カルネは辛くて口が曲がりそうだったけど、わたしはお世辞しか言わなかった。インディオはなんと楽しそうに見えたんだろう。わたしが彼をよろこばせるなんてずっとなかったことだったけれど、こうよろこぶのを見るとかえって心配になった。カーロス広場で夜を過ごしたのはこれが最後になった。彼と顔を合わせたのもこれが最後になった。とてもしあわせだったので、彼と一緒のベッドで眠るのはこれがほんとうに最後になるとわかったときも、そのことを口に出しては言えなかった。あとはこんななりゆきになった。真夜中に目が覚めたが、たぶん悪夢でも見たのだと思う。部屋には見覚えがなかった。自分がどこにいるかがわからず、隣に眠っているのが誰なのかもわからず、すごく怖かった。というのも唯一覚えがあったのは、あのかすかな恐ろしい匂いだけだったから。階段に結びついた匂いだ。わたしが通っていた学校の階段、ミス・レイノルズという名前の音楽の先生だったオールド・ミスが死んだあと階段に何週間ものあいだ残っていた匂い。彼女のあとについて階段をのぼっていたとき、彼女はいきなり硬直し、ほとんどわたしたちの上に倒れかかってきたといってもよかった。彼女は階段のところで死んでしまい、匂いが残った。それは死んだミス・レイノルズの匂いだったのか、それとも階段の清掃をしたときに使った薬品の匂いだったのか。これでお話はおしまい。

——なんだかよくわからないな、とハコボは言った。

——そのあと、インディオは死んだのよ、ペルーでね。

——そのとおり、とコンスタンスは言った。彼がわたしの手紙を受け取ったのかどうかはわからない。その手紙にはもう彼に会いたくないと書いたのだけど。

ハコボは疲れきった様子で、二度ほど立ち上がろうとした。やっとのことで起き上がると、とくに言うべきことも思いつかず、海のなかにおしっこをしにゆくと言っただけだった。

ひとりで家のほうに戻ってゆくと、イニャーキが迎えに飛び出してきた。彼はわたしの素足に体をこすりつけてきた。お利巧な犬だこと！ ドクトルとイニゴーは石工のなかのもっとも若い男と一緒にテラスで話をしていた。石膏まみれの髪の毛と白いシャツのせいで遠くから見ると侯爵のように見えた。わたしは手をさしだし、彼の手が温かみのある陶器の皿のようにしてわたしの手の下におかれた。彼は口の中でもぐもぐとなにごとかをつぶやいた。彼の一日の仕事が終わって、海水浴に行こうとしていることがわかった。

——彼女は眠っている。

——いいや、夢を見ているのだ。

——彼女は疲れきっている。いったいどうしてあんなに長い時間浜辺で過ごしたりしたのだろう？

——あの屏風についてのあなたの説明は？

——宗達の屏風ですか？

——そうじゃなくて、蔦の葉がなぜだか乗馬道に落ちているやつがあるだろう。

ニーニャ・コンスタンス、彼女はつきあった相手について何と多くのことを知ったのか。数年間のあいだにわたしより多くのことを知ってしまった。ふたりの関係なんかこっちにはどうでもよい。彼がつきあった女たちのすべてに嫉妬を感じてなんかいられるわけはない！　わたしはニーニャに嫉妬しているのだ。娘《ヒジャ》でも恋人《アモル》でもなく、もっと甘美だ。愛人《シェリ》と子供の中間にある状態。ニーニャ・コンスタンスは彼の娘どころか孫娘といってもよい年齢だ。彼には孫はできないだろう、彼にとってさいわいなことには。すると彼はわたしと踊ったみたいに、アウロラとも踊ったのだろうか。わたしは私生児であることに誇りをもっている。母はそのことに恥を感じているとしても。それは母の落ち度だった、母の落ち度だった……夏になって、わたしはインディオに質問しにゆこうとはしなかった。冬のあいだ彼女を苦しませていたことを。まず第一にわたしは何も求めなかった。いつも何も求めない主義だから。何も求めないのはすべてが欲しいとは思わないからだ。「すべて」というやつには虫唾がはしる。それでもなぜ、いつからインディオという名で呼ばれるようになったのかは聞いてみてもよかったかもしれない。わたしにとっての彼はそれほどインディオだったのだから。

わたしはリストを作ってみる。やはり何百キロも離れたところから彼は来てくれた。わたしを愛す《ミオ》る娘《アモル》と呼び、夏のあいだずっと彼と一緒に暮らしていたときは、ほかの女はみんながわたしを羨んだ。彼は太陽と月への愛をわたしに教えてくれた。一晩眠らずに過ごした夜は一回だけだが、あれも彼がくれたものだった。一瞬たりとも眠ることができなくなってしまった晩のことだ。そして唯一の瞬間に関する彼の理論をわたしはいまだに実践にうつす機会をえていない。彼はわたしにドクトルとスペインを授けてくれた。ペルーは別だったが、あそこにわたしはこれから先も行くことはないだろう。彼は愛用のパナマ帽をくれた。いったいどこにあのパナマ帽をかたづけてしまったのだろう？

ドクトルは笑い出す。

——ニーニャ、ニーニャ、でもパナマ帽なんて、あの男は一ダースはもっていたよ。

——それにフエルト帽も、イニゴーが輪をかけて言う。それにイギリスふうの鳥打帽、それにまた船の上においていたおかしな格好の小さな白い帽子！

彼らは次から次へと帽子の名をあげつづけ、わたしはそのあいだにリュクサンブール公園のすぐそばのどこかにあるはずのアパルトマンの家宅捜索をはじめる。

——エレガンスは極端と極端をもってはかられると信じ込んで、彼に〈北＝南〉というあだ名をつけたんだね。

——あなたはいったいどんな姿を覚えているのですか……

ドクトルの言葉は検閲の手で突然カットされた。わたしにはどうでもよかった。パナマ帽は見つかった。大きなダンボール箱に手紙類と一緒に入れられて、レオナールの手で地下室に運ばれていたのだ。やっぱりね。

ロス・エラルドスには地下室も屋根裏部屋もない。ガレージがその代わりをしている。アンドリューが涼みにゆく場所でもある。樹木の下で休むより、中と外とが入り混じったようなガレージにおかれた古ぼけたロッキングチェアが彼の好みに合った。彼は椅子を揺らし、ビールを飲む。

——それで、アンドリュー、これは何なの？

——ミス・コンスタンスも同じことをお聞きになりました。好奇心が旺盛なのがご婦人方の罪ですな。
——だったら殿方の罪は何なのかしら？
——それには手を触れちゃいけません。それはミスター・ヘンリーのウインドサーフィンのボードですよ。

わたしからはコメントを加えなかったので、コンスタンスは驚いたはずだ。彼女はおおげさなまでに冷淡な女だと思ったにちがいない。赤毛の女の罠にはまって、彼の娘を相手にしているようにしてインディオの話はしたくなかった。それでもカーサ・ホルへの夕食の機会にコンスタンスと男たちについて何かわかるのではないかと期待していた。

ハコボの予想どおり、九時ごろに着くと、まだ客はほとんどいなかった。ギャルソンはオリーヴの実を運びながら、仲間内で軽口をたたきあっていた。店主のホルへには客がいないのをさいわいに、彼のコレクションを見せてくれた。むきだしになったあの壁の一角、われわれがいるテーブルの正面にあたる部分は、ワイナーの作品だった。「移動中の作品」と呼ばれるもののひとつである。ドクトルは自分の眼を疑った。

——すると、いたるところに空虚があるわけだな。

彼の熱中ぶりをみて、ホルへは画家のパンフレットを探しに行った。彼はまるでどう読んだらよいのかわからないというかのように、悪態をつきながら、パンフレットをわれわれに見せてくれた。コンスタンスが

under and over　　over and under　　and under and over
down and out　　out and down　　and down and out
back and forth　　forth and back　　and...

を完璧なまでのオックスフォード訛りのスペイン語で翻訳した。ドクトルは質問攻めにした。わたしは十字架と護符をもって正体を隠した悪漢ともいうべき男ホルへがマン・レイのブルーのパンの弔辞を読んだり、生きたイセエビの入った水槽の上方にあるお気に入りのレディ・メイドの赤いバゲットをたたえたりするのを面白おかしく聞いていた。ハコボは我慢しきれずに、彼にとってのパリのたったひとつのよい思い出はバゲットだけだと言った。これと同じく相手に有無をいわせぬ口調で、ドクトルはフランスにあって我慢できないものとして、社会学とシャンペンとシュルレアリスムの三つをあげた。彼らがピレネ山脈のこちらでいつもきまって論争の主題になる「フランス女」には触れずにいてほしいとわたしは願っていた。ところがハコボの妻はなんとフランス女性だったのだ。おまけに彼女は息子たちにスペインへの憎悪を教え込んでいるらしい。ドクトルは熱心に勧める。父親が息子と一緒に休暇を過ごしてもよいとの許可を法廷があたえるならばすぐにガラス鉢と魚を二匹、それも一匹は赤で、一匹は灰色のやつを買ってロホとグリスと名づけ、子供がこれと遊びながら、というの

も子供は遊びを通じる以外に物事を覚えたりしないものだから、巻き舌のｒの発音ができてホタが歌えるようになればいいのだと。その後、彼が大きくなれば、スペイン共和国の赤《ロハ》の支持者になるだろうし、グリスはスペイン最大の画家だと納得するだろうから。調子に乗って、ドクトルはコンスタンスに朗誦させた。Erre con erre cigarros / erre con erre barril / rápido ruedan los carros / los carros del ferrocaril /〔巻き舌のｒを使う言葉を並べた言葉遊び〕そしてまたハコボにはフランス語の言葉遊び「大公妃の靴下」を朗誦させた。

三ヶ国語で発音の難しい言葉遊びの合戦がくりひろげられるにしたがい、また同時にワインのボトルが次々と空になってゆくにつれ、ハコボに対するわたしの共感は消えていった。月桂樹のような彼の髪型は頭の大きさを強調するもので、はっきり言って彼は前より醜くなっていた。彼が田舎者を演じていたのか、それともほんとうにそうだったのかは見きわめがつかなかった。彼は舌を鳴らしてガスパッチョを飲み、魚の骨をしゃぶり、歯のあいだに残っているパイナップルの繊維を指で取り出し、そのつど田舎者となった知識人という要素をこれみよがしに見せようとした。デザートに移ると、彼はこの地方のできごとについての話題を次々ともちだし、ドクトルは彼の農業的な文脈の描写を本来の政治的な文脈におきなおす操作をした。

オリーヴの木、樫の木をひっこぬき、それに代わりユーカリの木を植えてこの地方を破産にみちびき、ウェルバにある米国資本の製紙工場を支えようとする者たちのうち、最初に告発されたのが聖職者だった話をハコボが持ち出したときドクトルは、コミュニストの司祭め！　と叫んだ。

テヘロ中佐のクーデター計画の夜には、闘牛用の牡牛の飼育場から牡牛ではなく、軍用車輌が隊列をなして出て行ったが、それがどの飼育場なのかをすぐさま彼は言い当てた。アラハルでのイスラム教徒の共同体の設置について、ハコボはこの共同体の灌漑システムと野菜栽培の面からする革新的要素を褒めちぎったが、これを許可した社会主義者の市長の名だけではなく、さらにその三種類のファーストネームを口にしてみせた。イスラム教徒への反感を煽ったのみならず、最後は彼らがそこにいられなくなり出て行くようにしむけた張本人が誰だったのかも彼は知っていた。ハコボは自分でも残念がっていたが、その責任が誰にあるのかをはっきりと指摘することができなかった。まるで固有名詞がイニゴーお抱えの何でも屋の唇をめくりあげているかのようだった。自分でもじゅうぶんな確信がある固有名詞でないと、あるいはまたくだんのコンセプチュアル・アート収集家であるパトロンが実際的な情報に関しても事情通だったのと同じくらいに、自分でも、情報を知らないと、ドクトルの真実の口から固有名詞が出てくるたびに彼はぎくっと身震いして、彼にメロドラマみたいなぼうぜんとした眼を向けるのだった。この場合、ドクトルはいつもながらの彼らしく、無駄なリスクを背負った。あまねくアンダルシア関係の情報に通じていることをもって、いったいハコボは誰を驚かせようとしていたのか？　わたしではないだろう。わたしはザンベジ河とその周辺地帯の事情にしても彼にとってはお手のものだったと賭けてもよいという気になっていたくらいだ。

わたしは自分の不機嫌な気分をハコボに向けていたが、コンスタンスはドクトルとわたしを文字どおり別の場所に安置してしまっていた。彼女はわれわれを一対の聖遺物くらいにしか思っていなかった。たしかにわれわれが絶滅の途上にある黒豚の加工品を夢中になって味わっていたにせよ——なんといっても樫の木がなくなった山にはその餌になるどんぐりなどもう見つかりはしないのだ。ハコボは何でも屋としての面目をかけて、イノシシに近いこの黒豚の問題についてもあらゆる側面から検討はおこたらず、これが絶滅してしまえば、冬のあいだの長い時間をかけて農民たちの台所で、果物の木の枝とローズマリーを燃やして燻されるあのセラーノ・ハムもまた消滅するという嘆かわしい事態になるなど次から次へと話をしたのである。愚かにもわたしはハコボが熱くなってきたのをアルコールが入ったせいだと思う誤りをおかしていた。むしろあのイギリス娘が彼を熱くしていたのだ。赤毛の女が彼の顔を赤らめさせ、汗をかかせたのだ。いっぽう娘のほうはそんな姿を見て、彼には暑がるだけの秘密の理由が、たとえばしっかりとついた二個の睾丸があると推論するだけのゆとりがあった。彼はこの状態をアラセナまで保ちつづけてゆくのだろうか？

コンスタンスは車でわれわれを送ってきたあと、ハコボのオートバイに一緒に乗ってまた出かけて行った。アンドリューはわれわれが帰ってくるときに足元が不確かにならないようにテラスの照明をつけたままにしておいた。わたしはドクトルの腕をとった。

——わたしは以前ほどに夜が好きではなくなった、と彼はわたしに告白した。以前は夜がひとつの風景だと思えた。わたしはこれを一冊の書物のようにして横断していた。いまでは自分の部屋でこれを迎えたいという気になっている。つじつまが合わないが、いまはベッドで夢をみたりすることがある。マラガあるいはセビーリャのどちらかは忘れたが、白いシーツを使って『人生は夢』を上演しようとしている男に出会ったことがある。全部の役者をベッドに入れてしまおうという考えだった。わたしは賛成はしなかった。ベッドはわたしにとっては、あの頃は若かったから、夢を葬る墓だと思われた。

実際、明かりは、書斎の明かりであって、イニゴーがまだそこにいた。

――イニゴーにたずねてみることにしようか。わたしは夢が好きではない、それは眠りの文学だからだ、と言ったフランス人作家は誰だろうか、とね。

――誰だかまったく見当がつかないな。わたしの姪はどこにいるんだ？　管理人と一緒だって？　よろしい。

彼は手に表紙がオレンジ色の雑誌を抱えていた。

――この自由人の描写を読むから聞いていてほしい、そして誰かを想像しなかったどうかを教えてもらいたい。「こんにちは、大気よ、星々よ、大地よ！　わたしの手のなかにあるとあなたの手はなんて軽いんだ。なんてわれわれはたがいにわかりあえるのか、なんて楽しく笑えるのか。おお、驚異の数々よ！　わたしはあなたよりもずっと軽い……」

水の音、シュッシュッという音がしてわたしは飛び起きた。ブラウン製の時計の夜光塗料を塗った針を見てから月も見たが――星のほうが好きになってからは古ぼけたネオンのように見える――やはりそうなのだ。六時十五分じゃなくて、三時半だ。爪先立ちで歩いてドアのところまで近づいて、何を言ってるのか聞き耳をたてた。彼女の言葉は蛇みたいにシュッシュッと子音が目立つ。Bloody bastard! Son of a bitch! What a fucking pick! ヒッヒッヒッ、彼女は酔っ払っているにちがいない。I hate him I hate men. ヒッヒッヒッ、あの娘は誰も愛せない、女も男もどちらも駄目だ。誰も、というのは何にもというわけじゃない。彼女は誰かドアの陰で聞き耳をたてる人のことを思い出させた……そこでドクトル譲りの機械的な笑い声を押し殺してすぐにベッドに戻った。一瞬あとで、ほらすぐにまた目覚めてしまう。でも今度はかちりという音だ。たしかにもうだいぶ時間は過ぎていた。すでに昼間になっていたのだから。でも誰がわたしの部屋を明るくしたのだろう？　鎧戸は全部ひとりでにあいていた。それとも鎧戸を半開きの状態に保っておくイスパニア錠を外側から誰かがはずしたのだろうか？　そうだ、かちりという音はあれだったのだ。わたしが眠っているあいだ誰かがスパイしにきたのだろうか？　すると、bloody bastardとか何とか、その他もろもろの罵詈雑言をドアのところまで行って耳にしたときの自分の姿を、月はじゅうぶんすぎるほどはっきりと照らし出していたということになるのだろうか？

　わたしは浜辺で読むための本を取りに来たのだが、ほんのちょっとのあいだと思ったのが、イニゴーが所有するガラス戸のついた書棚に並べられている珍しい本を眺めていて思いがけない時間が過ぎた。手の届くところに『四角い地平線』と『卵形の天窓』、『自由か愛か！』、『現実と望み』、『コメルス』誌の最初の二十巻ほど、『ノール＝シュッド』誌の十六巻の揃い、発禁になった雑誌のゼロ号、そこにはドクトルがペンネームで彼の最初の政治的文書を発表している。一説によれば、ドクトルは滞在するたびにこれをくすねようとするのだが、その直前にイニゴーが現場をとらえて、「泥棒だ！」と叫ぶのだという。わたしはこの「泥棒だ！」という叫び声を聞き、いっぽうドクトルは自分は無実だと言い張っている……　わたしはすでに妙なる快楽とともに浜辺の午前とひとり静かに過ごす午前を交換していたが、外の騒動が急に大騒ぎになった。アンドリューが叫んでいる、ほかにも男の叫び声がする、イニャーキは猛り狂ったように吠えている。英語で命令をくだす声が聞こえた。イニゴーは彼特有の冷静さを失ってしまったみたいだ。わたしは外に出て、テラスを一歩、そしてまた一歩と用心して歩いていった。気づかれないように、すぐに戻って、初めてページをめくったあの『乳房』をまた読みつづけることができるようにと。残念ながらそんなにすぐに戻ることはできなくなりそうだ。芝生の上の光景を見て、わたしは文字どおり息を呑んだ。

むしろ正確にはその結末を見てというべきだったかもしれない。あるいはほんとうの終りじゃなくてみせかけだけだった。というのも、わたしは何も見ていないのに、そこでは前哨戦しか演じられていないものの、そのあとにくる本物の情景に潜在的に立ち会おうとしていたのである。ほんとうのところを言えば、芝生の上では何も動きはなかった。男たちの姿が不動のままというのも印象的なものだ。固定ショットの一シーンのようだった。その姿にわたしは動けなくなった。十五歳のときにみたあの夢みたいで、夢のなかでは男の手が、神の手が、というのはそれがタウール村の壁画画家の描く神の手の正確な複製であるからだが、わたしの顔の上におかれ、これをとどめ、不動のものに固め、自分はあの恐ろしい変貌に立ち会う証人でありながら、いかなる介入も果たせずにいる。この変貌というべきものはベッドの上で、部屋の片隅でつづくことになり、そこでは男と女が突き合い、たがいに相手を刺し貫き、変貌してさらに……

どこからあの予感はやってきたのだろうか。わたしには本能らしきものなどまったくないというのに。昔みた悪夢からではないとすれば、禁じられた情景からなのだろうか？　というのも、そこでおこっていたのはそれほど恐いものではなかった。でも、それはやはりひどいものだった。もしわたしがそのあとで裏の窓から飛び出して書斎から逃げ出し、わたしがそこにいるのを知らせるために窓ガラスを壊すことができたとしても、芝生の上のこの光景についてはやはり同じような不安をもちつづけていたことだろう。

まるで全員がわたしに背を向けている写真のようだった。奥にある小さな家のコンスタンスの部屋の鎧戸がしまっているのは何も知りたくなかったからだろう。わたしの部屋の鎧戸はあいていた。そしてわたしの部屋の窓——いったいあの男はわたしの部屋で何をしているのだろう——から、石工の青年（侯爵というあだ名の人）の上半身が覗いていた。彼はパティオの前に、反対の端に、カラマツのほうに体をむけたもうひとりの石工の姿を認めるために窓から外を眺めていた。あの木に立てかけるようなかたちで彼は自転車をおく習慣だった。ただし自転車はすでになくなっており、二番目の石工はこぶしを握りしめて、カラマツにむかってこぶしをふりあげ、膝を宙に浮かして、一瞬そのままの姿勢で静止し、でも次の瞬間には走り出そうとしているところだった。彼らが散歩道のほうを見やっているところからして、わたしはそこを通って自転車泥棒が逃げていったのだと思った。イニゴーは彼らに動かぬように命じた。彼はカーキ色のバミューダをはいていて、上半身は裸で、とにかく巨人に見えた。彼は怒りにまかせて犬をつなぐ綱か彼自身のベルトを鞭のように打った。イニャーキは恥ずかしそうに前足で鼻面を押さえて、これを叢のなかに隠していた。イニゴーはアンドリューと一緒に力ずくで無理やりイニャーキがくわえているものを引き離そうとしているようだった。アンドリユーは野菜の皮をむくためにブルーのエプロンを腰にまいた姿だった。彼らのあいだにひとりの少年がいて、隠れていたのでほとんど姿は見えなかったが、イニゴーの背後にまわって縮みあがり、平手打ちを恐れて腕で顔を隠していた。あるいは噛まれるか、傷つくのを恐れていたのかもしれないが、よくわからない。彼の黒髪の巻き毛はアンドリューのエプロンと同じくらいにブルーに見えた。それが唯一見えたものだった。折り曲げた腕の上で、巻き毛が揺れ、巻き毛が震えており、まるで彼は心のなかで泣いているようだった。

そのあとは、あまりにも早く事態が展開したので、わたしもほかに反応のしようがなかった。石工たちは箱のなかに消えるみたいに姿を消してしまった。アンドリューはイニャーキの首輪をおさえて台所へと戻っていった。イニゴーは突撃を試みるような勢いでわたしのほうに、いや要するに書斎に向かって、男の子の首根っこを押さえて歩いてきた。わたしは走って書斎から逃げ出すかわりに、思わずそこに隠れた。書斎の外に出て、何かを思わず見せてしまうよりは、自分を裏切ることになっても試練を引き受けたほうがよいと考えた。まさに試練だ！　あとになって試練だと考えている。試練だと解釈しているのだけれど、あの瞬間には怒り狂うイニゴーにつかまえられるのを恐れて衝立の陰に隠れたといったほうがよい。漆を塗った衝立が、本来の書きもの机とドクトルが手紙を書いたり原稿をタイプしたりするときのために用意されたキャビネットを分け隔てている。そしてまるで録音中の状態のようなテーブルの上のタイプライターをじっとわたしは見つめている。

「それでもうひとりは、いったい誰なんだ……自転車に乗って逃げていったやつだよ……事態をはっきりさせようじゃないか、このちんぴらめ……　すると人様の私有地に誰かと共謀して侵入してきたわけだな……猛犬に注意とやっておいても、何も恐がらないときている……このハンカチで鼻をかんで、もう泣きやんだらどうだ……自転車に乗って逃げていったあいつは誰なんだ……おまえと一緒にやって来たやつは、あれは未成年じゃないだろう、いったいやつは何歳なんだ……コブラみたいにとぐろを巻いていないでちゃんと答えなさい……時も場所もわきまえずにやるおまえらの手口は見え透いているよ……わたしが捕まえなかったら、おまえらはふたりともすぐ警察に突き出されていたはずだ……交番ということだよ、わかっているだろう……何を、でも何をおまえは……盗んだら、盗まれた人間は訴えるんだよ……高くつくぞ……わたしのベルトには触れるな、さもないとおまえを……そんなことを想像したのじゃないだろうと思うが……ふたりの小悪党が……しにきてしかも彼もまた未成年……ベルトを外してくれ……彼にはいったいなんと言ったんだほんとうに、そのうえで……正確には何歳……そうだ……　おまえはわたしの住所を暗記し、わたしのポケットをさぐって札入れを……　ゆすりにやってくる……おまえはこれをしっかりと頭に入れて、そのうえで……少し説明してくれないか、どうやって……まで……もち金は全部使ってしまっただと、まさか……ということはおまえがやってきたのは……こんなふうにやっているとおまえは……おまえはその代わりにいったい何を……　ナイフを使うなんて、おまえはわたしを……パンツもはかずにこんなふうにズボンのなかは裸で場合によってはすぐに……　もうひとりの小悪党にしても、賭けたってよいが……手を全部、手を全部、サイード、おまえのズボンに突っ込んで……あのいとこはなんという名だ……ふたりの小生意気な餓鬼はズボンをおろすことしか考えてない……叔父さんはひょっとするともうおまえたちを探しに警察へ行ってるかもしれない……交番に電話して、まえもって伝えておこうか……すぐに、すぐにまたおまえは別のものがほしくなる……もし間違ってなければ、あいつがポケットに詰め込んでいるあいだにおまえはおこぼれを手にして……ああそうじゃない、そうじゃないんだ、そうじゃなくて、そんなことを考えてひどく興奮しているな……もうやらないと誓え、さもないとわたしはおまえを……八月には行かないと説明してあっただろう……向こうを向いてごらん……八月にはわたしの友人らが来てるから……まもなく感じるだろうよ、おまえが……そこ……黒くてなんとすばらしい……小さな尻の黒い穴がいっぱいにひらいて……濡れて濡れてサイードそのためにおまえはやってきたんだから、そのほうびに……そっとそっともう待てないんだな……そのために来たんだこの淫売……おまえを天にのぼらせてやろう、あの一物を食らわしてやって……」

こんな場面に居合わせて一部始終を聞く、片隅に隠れて動けなくなってそこにいなければならない、それがまたイニゴー・ジョーンズだなんて、何て恥ずかしい。わたしはもっと小さな声で話してくれないかと祈るような気持ちだ。彼は大声でどなるようだったから、誰が聞きつけるともわからない。もっと静かな息をしてほしい。息遣いがあんなに激しくあんなにうるさくなればもう疑う余地などなくなる、音声を切って、切ってほしい、あらゆる種類の言葉をもって出す必要があったあの淫らな喉の音を。わたしは耳をふさぐ。アラブの少年がやられてしまうのはしょうがない、気持ちのよい思いをしたって、そんなふりをしたってかまいやしない、でもなんとあのイニゴーが！　てのひらでしっかりと耳をふさぐと、もう潮騒しか聞こえなくなっている。いま思い出すと、すべては絵のようにふたたびたちあらわれる。前よりももっと強く。わたしの心臓は胸郭にぶつかり、酔っ払いのしゃっくりみたいに痛みをもたらす。

身動きするだけの気力がまた出たときには、部屋にはもう誰もいないとわかっていた。灰皿には丸めたハンカチがあった。台所には誰もいなかった。いや、アンドリューの書いたメモがおいてあった。つまり、彼はぐあいが悪くて部屋で休んでいる。昼食は冷蔵庫のなかに入っている。ご主人は車で出かけ夕食時に戻っていると。ようやく部屋から出てきたドクトルに会う。わたしの顔に打ち明けたい、それは他人を裏切ることになる、という思いを読み取り、彼はすぐさま唇の上に指をおくしぐさで、黙っていたほうがよいとわたしに伝える。

——黙ってなさい、と彼は唇に指をあてて繰り返す。そのことに関して、われわれはコントロールなどできないのだ。

彼は書斎に入り、彼は長椅子に座る。わたしが想像するには、そのふちのところで、イニゴーがサイードを膝のあいだに押さえつけていたのだ。あの真実の瞬間のために眼と眼をみつめあっているうちに、それはまた別の真実に変わる。われわれはまるで壁の息苦しい厚みのなかに入れられるように熱気と沈黙のなかに閉じ込められる。わたしは動くのは諦めた。最初は座っていたが、起き上がり、新聞を手にとったが、ページをめくる気にもなれず、エルチェに、アンチーブに、あるいはどこにでもよいから電話をしたい、浜辺に行ってコンスタンスと一緒になりたいという誘惑にかられた。煙草をさがしたがみつからず、最後はやむをえず、ドクトルの言うとおり、黙って静かにして、自分自身を見つめてみるほかはなかった。

とはいっても、たいしたことは発見しなかったが、不安はその意地悪い爪をゆるめた。誰もわたしに意見を求めにはこないだろう。わたし以外の誰もが、わたしの夢と小部屋のなかで、なぜわたしがこれほど恐い思いをするのかたずねようとはしないだろう。わたしは態度を明らかにする必要もない。このように罰せられないでいるので、また自信がわいてくる。わたしは真実の問題をめぐって、一方からもう一方へと第三者のように自由に往復ができる。

——その対象は何を恐がっているのか?　人から見られずに見るのが恐いのか?

——いいえ、わたしの顔……その顔におかれたタウール村の壁画画家が描いた神の手が、恐怖の存在を何よりもはっきりと告げているのだから。

——ならば禁じられた何事かに立ち会っているのか?　だが当の対象はつね日頃は何事も禁じられてはいない、もちろんセックスの話だが、と主張している。男と女が一緒に、あるいはそのどちらかの性どうしで一緒にというのは当然の流れであり、お気に召すままというわけだ。こうして原理を宣言したあとで、それに関係する行為があったのかどうか？

——そのとおり、行為があった。

——その対象は自分を男性と思っているのか、それとも女性と思っているのか？

——最終的には女性だ。

——それが女性ならば、したがってそれは男を相手にする男ではありえない。それで絶望したのか？

——いいえ、それは男と女のあいだで夢のベッドの上で生じる事柄もまた我慢しがたいものと感じているからだ。

——その対象を恐がらせるのは、ふたつの背中をもった動物なのか？

——当の主体は自分がふたつの背中をもつものだとはけっして考えていない。それは自分が天使であり、もうひとり別な動物がいると考えている。

——いったい何の話だ？

——その対象は他者の欲望が満たされ、自分自身の欲望はけっして満たされないと思っている。

——その対象は欲望を感じないのか？

——もちろん感じる。だがそれはバートルビーのように、できればしないですませたいのですがと言いたがっているにちがいない。

——ならばそれはなぜ行為をするのか。

——欲望だけが他者に快楽をあたえるからだ。

——その対象はそれほどまでに人類のことを考えており、人類を喜ばせようとしか考えていないのか。

——いや、そんなことはない。

——それで？

——快楽の対象になりたくないのだ。

——主体が客体となることによって何が失われるのか？

——コントロールだ。

——何のコントロールか？

——……

——主体は何をコントロールしたいのか？

——自己を。

——ああなるほど、それは自己をコントロールして、あたかも……

——それはいかなる宇宙とも関係なく自己のコントロールをなそうとしている。それはただ単純に誰にも依拠したくない、誰も必要としないでいたい。

——何も、けっして、欠落と感じられないようにというのか？

——たぶんそうだ。

——ならば、愛は？

——その対象は愛が好きではない。
——ならばなぜ性的行為をなすのか？
——これが愛をおこなうというフランス語の表現だからだ。
——好い加減にしてくれ。
——純潔に敬意を払ってのことだ。

なぜそんなに純潔を高い位置におこうとするのだろうか？　キリスト教のせいなのか？　ドン・キホーテ主義のせいなのか？　想像への逃避《ボヴァリスム》のせいなのか？　いかなるものであれ、レッテルのはられた主義思想の枠を脱却する必要があるだろう。もう一歩踏み出さなければ、ドクトルは退屈してしまう。彼はうちわを揺らしている。彼は例のアイロニカルな様子で待っている。わたしが前に進むのかそれとも後ろに退くのかと。結局のところはっきりしている。サイードを前にしたイニゴーはイニゴー・ジョーンズではないのだ。そしてわたしにしたって、男と女が突き合い姿が崩れ別なものに変わるベッドという場にいれば、どんな様子になるかわかったものじゃない。そのあとでいったい誰がわたしをもう一度もとの自分にもどして、自分だと認めてくれるというのか。天上の警察署長だろうか？　わたしがすでに別のものに変わっていなければそうはならない。というのもわたしをさししめして神の手がわたしの顔を硬直させてしまったのだ。わたしの顔には細い溝がいくつもできていて、醜さが刻み込まれている。これほどまでわたしはカトリック的だというべきなのだろうか。どのようなわけで純潔のみが自己同一性の喪失に抗して戦いうると考えるようになったのか？　自己同一性の喪失とは神以外の別の存在とひとつになることにほかならない。

やがて自分の骨を入れる小さな生ける骨壺となり、それ以外の何ものでもない、それがあなたの運命なのだろうか？

沈黙はわたしに打ち勝った。感謝の念でわたしの師にむかって眼をあげた。彼は正しい、なんと嫌な運命だったのだろうか！　それは彼にとってほんとうに嫌なものに思われたからこそ、彼は手で顔を隠したのだ。彼の指先はとても強い力で額をささえ、わたしがあたえた新たな頭痛の種を追い払おうとした。彼はとくに冷やしてはいない水を入れた大きなグラスとアスピリンがほしいと言う。彼の表情はこわばっている。暑くてつらそうだ。アスピリンと一緒に彼はトレドの小箱をあけて別な錠剤を飲む。

ほんのわずかな風も起こすことができない。中庭に面した裏の窓と食堂のドアをあけたがどうしようもない。そもそもさわやかな空気などどこにもないのだ。

――暑さをしのぐように作られた町の暑さのほうがいい、とようやく彼は言った。セビーリャに帰ろうかと思うが、おまえも一緒に来るかい？

これほど心を動かされる言葉はほかに考えられない。やさしいしぐさで彼の手をとる。それは冷たい。わたしのしぐさは場違いなものに思われる。わたしは彼の足元にひざまずき、うちわで風を送る。

すっかり休んでいたアンドリューが姿をあらわし、冷蔵庫に入れた昼食が手つかずのままなのを見て驚いた。気候に関するやりとり。彼は冷たい紅茶とまだ生暖かいプラムのタルトレットを勧めてくれる。このときあの若い石工が姿をあらわす。彼らの仕事はほぼ完了した。明日の午前中にはパティオが完成するので、夕方にはその場で鰯を焼いて、われわれみんなを招待するという。もうひとりの男は自転車を見つけたのだろうか。午前中のあの嫌な事件の記憶を、領主のようにわれわれをパーティに招くことで、彼らはさっさと消し去る。

——あなたは婚約しているのかな、とドクトルは聞く。

若い男は彼のほうを見もせずにぶっきらぼうに、していないと答える。彼は別のところに移住したいと思っていると言葉をつけたす。

ラベンダーの香りをさせ、真新しいコインのように磨きたてて、ハコボがミス・コンスタンスを迎えにきたといってやってきた。アンドリューによれば、彼女はまだ支度ができていない、頭を洗っているところだという。彼は黄色いカナリア色のシャツを見せびらかしていた。

——とてもみごとだ、今晩は、とイニゴーはコメントを加える、みごとにして……

——まるで風呂場のようだ、とドクトルがそのあとを引き取った。

イニゴーはくすっと笑った。ハコボはきまり悪そうに足をもじもじさせていた。でもそんなことを言ったのは誰だっけ?とドクトルは意地悪さをごまかすため、実際そんな言い方があるようなふりをしてわたしにたずねた。風呂場の怒った声をまた思い出した。コンスタンスは首尾一貫していない《アンコンセカント》。あるいは淫乱《アンコンティナント》だ。

ハコボにシェリー酒を注ぎ、彼を元気づける話をしながら、イニゴーは翌朝早く八時半に会う約束をした。彼らにはやるべき仕事がある。アラセナに関して決めなければならないことがある。これほど早い時間に約束を設定して、彼は姪をしかるべき時間に連れ帰ってほしいとほのめかしているわけだ。ハコボは言われた通りにしなければならない。彼女がまだ姿をあらわさないので、イニゴーはシェリー酒をもう一杯つぐ。かわいそうにハコボはもうラベンダーの香りがしなくなるだろう。彼の頭はまたぼんやりとしはじめる。あまりぼんやりしたのでコンスタンスがあらわれたのに気づかないほどだった。髪はまだ濡れたままで、インドふうの長いドレスを着ている。ふたりが行ってしまうとすぐにイニゴーはわたしのほうを見る。彼が戻ってきてから、わたしに向かって言った最初の言葉だった。

——ハコボはベージュ色のシャツを買ったと思っているのじゃないかね。そしてコンスタンスのほうは彼女が着ている長いドレスがインド製のものだとね。

まったく変化はなく、まったくその跡も感じさせない。すでにある決心をした、あるいは何も起きなかったというように落ち着いている。われわれは夕食をとり、テラスに涼みに出た。

——涼しい風はなんて気持ちがいいんだ！

書斎のフランス窓は大きく開け放たれていた。暗い夜の闇が部屋のなかの暗い部分をすべて呑み込んでいた。暗い夜は喉のところまで暗い事柄を探しに来て、これを呑み込んで一体化しようとした。

あるいはこれを星に変えようとしたのか。そう、人間たちの放つ光が同じ数だけの星の光に変わって、空にあった。だとすれば、夜空の星を見つめるという、わたしの守護聖人の仕事はたぶん完全に休止状態にあるというわけではなかったのだ。それでも自分の体のなかから取り出したものが、あそこに暗い夜空に輝いているのを、心臓の鼓動となっていたものがまばたきするのを眺めると、そこには心を落ち着かせるものがある。

ドクトルがセビーリャに戻りたいという願望をもらすと、イニゴーはグァダルキビル河をさかのぼって船で彼をそこまで送るといってきかなかった。船長にそう言うだけでじゅうぶんだった。イニゴー三世号はすぐに錨をあげ、カディスからマラガへとわれわれを迎えにやってくるだろう。明後日には。完璧だ。コンスタンスをマドリッド経由のマラガ＝ロンドン便の飛行機に乗せてしまえば、あとは静かに三人だけでセビーリャに向けて船の旅だ。彼はわたしも数に入れてくれ、わたしの心配を打ち消してくれた。彼は何も気づいてはいなかったのだ。

——でもきちがいじみているよ、とドクトルは言った。これじゃ断ることもできない。少しあとで彼はまた言葉をついだ。この国でわたしはみごとなきちがいざたの数々に遭遇する機会があった。たとえばビヤロンだ。

——園芸家のことかい？　とイニゴーが聞く。

——いいや、フェルナンド、セビーリャにいた牡牛の飼育家だ。あなたが彼を知っているはずはない。わたし自身もほとんど彼のことは知らないんだ。でも彼の未亡人はよく知っていた。つまり彼の精神的な未亡人ということだがね。というのもふたりは結婚はしていなかったのだ。それで当時は大騒ぎになった。そして彼は死ぬときすべてを彼女にあげてしまったから、またしても大騒ぎになったんだ。彼が破産状態だったなど誰も知らなかったね。もし彼女がまだ生きているならば、彼女を訪ねにゆくのだけれど、何しろ彼女は人が訪ねてくるとよろこんだからね。生きていれば、もう百歳近くになっているはずだ。最後に彼女に会ったのは、冬のさなかだったし、これはとてもきびしい冬だったが、彼女はまだきれいで、頸のまわりに黒いリボンを巻いていたっけ。彼女は暖炉のそばを離れようとせず、でもそこには火は燃えておらず、湯気を立てているとても大きなファイアンス陶器のストーブがあった。彼女は経費節約のために居間にひきこもって暮らし、飼育場でも最高の牡牛を選びその頭を剝製にして周囲にならべ、そして彼女はじつに洗練されたやりかたでおしゃべりをするのだった。誰が誰と一緒にいたとか、叔父が甥を使って従兄弟をだまし、その妻は編集者の愛人で、この男はフェルナンドの本の再版を拒んだとか、そんな話が次から次へとくりだされる…… 彼女はいつもきまって最後は彼の話にたちもどり、彼の詩を朗読しはじめるのだった。彼はとてもすぐれた詩人だった。彼は、アテネオに自作の詩の朗読にやってきて、ルイス、フェデリコなどコンスタンスが言うようにいわゆる「一九二七年の世代」の全員を魅了したという。それはゴンゴラを記念する集まりだった。少しばかり頭のいかれた金持ちの坊ちゃん《セニョリート》として通っていたビヤロンの前にみんなは集まった。

——頭がいかれているって?

——結婚もせず、詩を書いている金持ちの飼育家だよ。

——だったらきちがいというわけではないじゃないですか。

——そこなんだ、まさに。彼は破産したんだ。で、どんなだったかがわかるかな?

もしもインディオがそこにいたら、彼は満足しなかったにちがいない。ドクトルがとんでもない質問をしたときに、彼はしかめ面をした。まるで答えが外部からやってくるみたいに、彼は窓から外を眺め、しかめ面をするのだった。

――ビヤロンは眼が緑色をした牡牛の品種をつくりだそうとして破産した。まさにそうなんだ。あなたはこう言いたいんだろう、ならば彼と一緒に暮らしていた哀れな若い女にいったい何を残してやれたのかってね？　それがまさに眼が完全に黒というわけではない牡牛の頭だったのだよ。ところで、いつだったかおまえにあげた『ガラスの学士』はもう読んだのかな？

これを急いで読むつもりではあるが、インディオと同じように、わたしは強く頭をふった。

――あそこにもみごとな狂気の例がある。学位を得た男はただ一点を除けばまったく普通の男だ。つまり、彼は自分がガラスだと思っているのだ。

インディオが面白い話にはっきりと背を向けていたとき、さすがにわたしもいらいらしたが、あのとき彼はわざとそうしていたのだと思う。まさに彼は何も言うべきことがなく、何も知らず、何も知ろうとはしなかったのだから。何かを習い覚えるよりも、愚にもつかぬことをして時間をつぶした。わたしは人の話を聞き、そして忘れてしまうから、こちらだってそれよりましだということでもない。彼はこれみよがしに行動した。トランプのカードをシャッフルし、ひとり占いに挑戦し、コーヒーがほしいと言い、でもたいていの場合は彼のお気に入りの場所、つまり窓際に避難するのだ。ドクトルが散文または詩にしがみつくのと同じように、彼は現実の取っ手を外に求めていたのではなかったかと思う。彼が居心地が悪いと感じたはずのときに、農民の言葉、もしくはことわざのような格言調の答え方がこちらの耳に聞こえてくるような気がした。それで思わず口にしていた。

——われわれの誰もが独自の狂気を養っている。一生かけてもそれが見つからない人間はかわいそうだ。

ドクトルは笑い出した。悪魔のような小さな笑いだ。彼が手にしているグラスのなかでコニャックが激しく揺れた。

——イニゴー、きみにはわかっているはずだが、このブルーの眼をした女性の場合は、彼女独自の狂気を最後には見つけることになるだろうか？　まず第一に緑の眼をした牡牛を想像するほどに狂ったことがあるだろうか？　ビヤロンは自分以外の誰も破産させたわけではない。それにまた自分がガラスだと信じるほどに狂ったことがあるだろうか？　ガラスは砂、水、息からできている。たしかに人間もまたそんなふうに作られている。泥、つまり土と水の合成物であり、そこに神が息を吹き込んだのだ。自分が人間だと信じるのは狂っているだろうか？

——形而上学だね、とイニゴーは反論した。

インディオとなったわたしは、自分が探していた語を言い当てて、彼を足場の悪い不確かな場から連れ出した人に向かって嬉しそうな顔を向けた。ドクトルは軽蔑の身振りをみせた。

——学士号を授けられた男は絶対に正常なんだ。その狂気の部分もふくめて考えてみてもね。かりに彼の肉体が壊れても、精神がまだ残っている。彼は精神として存在しつづける。だがわたしの精神はわたしの骨のなかにある。これで救われる。わたしは一本の葦ではなくて、考える骸骨だ。だからこそわたしはスペイン人なんだ。

ほぼこんなふうにして、ドクトルはいささか乱暴なやりかたでわたしの奥まで見透かしてから、安全装置のなかで自分の骸骨にまた戻っていった。彼の手首、足首はほんとうに華奢に見えて、少しばかり強く手で握ると壊れてしまうような気がした。

——誰が『乳房』を書斎の窓台のところにおいたんだね？

——わたしです。

恐かった。真夜中は過ぎていた。イニゴーは眠くならない様子だ。彼は葉巻に火をつけたところだ。とても長いやつ。ハコボのオートバイの連続的なエンジンの爆発音、芝生のほうで大きな声で「また明日」というのが聞こえた。ドクトルは自分の部屋に戻った。イニゴーはひきとめなかった。

——きみに質問があるんだ。

わたしは待っている。わたしの恐怖に、しかるべき理由があるのは承知だ。自分を勇気づけるために勇気があるふりをしてみる。ドクトルがさきほどまで座っていた肱掛椅子にわたしは腰をおろす。イニゴーの眼をできるだけまっすぐ見つめる。ブルーとブルーが出会う。混じりけのない苦痛の小さな滴を探してみたが、何も見えない。

——なぜきみはインディオをひとりきりで死なせたのか？　アウロラは母のもとを離れることがで

きなかった。でもドロテアは？　きみは？　ドロテアのほうはまだわからないわけじゃない。でもきみは？　知らなかったと言えば信じてくれると、まさか思っているんじゃないだろう？　なぜきみはインディオをひとりきりで死なせてしまったのか？

もう呼吸ができなくなる。わたしの喉をしめつける彼の質問をこれから手加減しようとするだろうか？

——彼はすべてがわかったうえで、ペルーに戻って死んだのだ。

まるで絵のなかに入ったみたいに血の気がわたしからなくなっていった。

イニゴーは手にしていた葉巻で宙を払い、それからハンカチの入っている灰皿にこれを押しつけて火を消した。まるでわたしを押しつぶしたところだというようだった。


わたしは自分の人生でいちばん大切な手紙をペルーから受け取ったが、これを読む術を知らなかった。涙が膝のうえに落ちる。自分で自分が、わたしのあやまちが、わたしに愛が欠けていることがおぞましく思える。自分のために泣いているのじゃない。痛恨の涙がながれる。ドロテアが笑うときのようにひくひくと体がふるえる。だったら、ローマの医者がコバルト線療法をやると決めたときに、あのひとはイニゴーに、彼にしか話していなかったのだ。イニゴーがあのひとを説得してロンドンに向かわせ、別の医者の手にゆだねようとしたのだ。あのひとが一週間、二週間、どこかわからないがたぶんコンスタンスのところに姿を消していたのじゃないかと思っていたとき、実際は病院にいた。

ロンドンの医者、ローマの医者、ジュネーヴから来た専門医に囲まれて、最後の診察を受けようという前日の彼は陽気な姿を見せることができた。イニゴーはあのひとと一緒に廊下で宣告がくだされるのを待っていた。医者たちは手術をしないことに決めた。手術をあきらめたというのは、まもなくあのひとが死ぬことを意味していた。彼はミラノに戻って、ペルーに行かせてくれるように妻に頼んだ。あのひとが彼女にどんなことを言ったのかは誰も知らない。はじめて彼女に嘘をついたのだろうか？そのあと彼女は急に老け込んでしまい、気が狂ってしまった。太い文字で書かれたあのひとの手紙はわたしに来てほしいと言っていた。わたしが来ればとても満足だ、わたしは来なければならないと書いてあった。それに彼のそばにいるイニゴー・ジョーンズも満足するはずだと。何日もかかって届いたこの手紙、ほとんど何も書いていないこの手紙を眺めて何日も過ぎていった。それからついに、行くけれど、もう少しあと、いまではなく、もう少し時間がたったら行くと返事を書いた。わたしはほかの人々の人生にかまけてひどく忙しかった。最期の数日間、あのひとはわたしの名前をほかのひとの名前よりも頻繁に、戦争前、ヨーロッパに発つ前日に彼が殺した馬の名と一緒に繰り返し呼んだという。あのひとはわれわれに呼びかけていたのだ。イニゴーは電報を打った。「緊急の通知」という知らせが入っていたが、緊急ではないと勝手に考えて、電報を受け取りにゆかなかった。彼は電話をしてきた。レオナールは電話を切って不滅の作品にとりかかろうとした。イニゴーの復讐は二重だった。もはやルールなどなかった。ほんの二分間ほどの真実の瞬間。

わたしの部屋のドアを誰かがノックしたのだろうか？　わたしは彼の腕のなかに飛び込んでゆく。彼はインディオの倍くらい体が大きくて強い。彼はそのあと何度もわたしの名を口にした。彼は言った、もう明日になったのだ、精神の苦しみは心の苦しみよりも性質《たち》が悪いが、無知ほどに悪いものはないと。見よう、聞こうと決心したものによって、人は試されるのだと。わたしは勇敢だと。父がわたしを愛したのは正しかったのだと。熱をもった石の唇がわたしの眼のうえにおかれ、これを乾かした。思いがけないことだったが、こうしてふたりの顔が近づいたのは許しを意味する。夜明けがわれわれを白くする。

ほんとうの死から父は生き返る。わたしは永遠に彼を愛する女となる。彼の魂の力、彼の喜び、愛は知であり、ほんとうのことをわたしに言うには及ばない、わたしはそのうちに本能的にこれを知るだろう……とする彼の間違った確信をみごとだと思う。わたしはついに彼の相続者となるのだ。彼を忘却からまもること。彼がわたしにあたえる、ついに父親的なものとなった影が、この日の夜明けから、つきまとう。

わたしにとってのおとなの人生はひとつの沈黙によってはじまった。亡霊は鎧戸をしめ、物音をたてないようにと命令をくだした。だからみんながまた眠っているとき、シエスタの時間にわたしは目覚めた。わたしは荘厳な瞬間を横断した。まさにこの体がわたしに痛みをあたえるような気がして体をほとんど動かせなかった。わたしはシャワーのあられのなかで手を伸ばし、それから足を伸ばし、あたかも浄化すべきオブジェのように、石鹸に、シャンプーに触れ、いちばん着慣れた浴衣を着た。それからドロテアをシエスタからひきずりだした。彼女の声は低く、落ち込んでいて、まだ目覚めきっていなかった。わたしは予感した、マドリッドでも、またほかのどこで彼女に会おうとも、ほんとうのことは彼女には言わないだろうと。あいかわらず彼女とは何もわかちあいたくはなかった。わたしはたしかに正しかったのだ。彼女はマルティネス夫人という名の管理人の女性のところにあった鍵の話をして、わたしを驚かせた。彼女はその名に気づきもしなかったのだ。この名は彼女にはどうでもよい名前に思われたのだろう。彼女には、ほかにたくさん気がかりがあったのだ。

誰もわたしに挨拶はしなかった。すでにわたしの姿を見かけていたようにふるまっていた。英語の新聞とスペイン語の新聞が散らばる書斎のワゴンのうえには「ハイ・ティー」の用意があった。扇風機がまわり、ラジオの音が流れていた。

――どうしたのですか？

ドクトルはすっかり興奮状態だった。

――ついにマラガ・パラシオのバーにいた陰謀家たちがくわだてていた謀略がどんなものかがわかったのだよ。イラン人の男がふたりいて、しばらくすると別のもうひとりと一緒になったのを覚えているかい。あの連中だったんだ。彼らはまさに反ホメイニ派の戦闘員グループに属していた。彼らは秘密工作員なのだ。彼らはイランのミサイル発射艦タバルジンをカディス港の手前で乗っ取ったところだ。指揮官と副官は艦に残っている。問題の船は一日から二日にかけての夜にシェルブール港を出航した。カディスの手前で秘密工作員たちは行動を起こした。彼らはカサブランカに向かっている。

彼は小さなカプセルを手にとり、ひどいしかめ面をして、これを紅茶と一緒に飲み込んだ。イニゴーはこれを観察していた。

——いったいなぜあなたは、嫌いでたまらない紅茶を飲もうとするのかな。

——英国ふうに見せるためだよ、と彼は小さな声で答えた。思うにそれはもっと……

彼は言葉を見つけるのに一瞬ためらった。イニゴーはますます真剣に彼を観察する。

——……ココアより、もっとシックだから。

——あなたは疲れているんだ、セバスチャン。今晩は浜辺に行っては駄目ですよ。休まなくてはいけない。九十二歳になって若者の生活などしないものですよ。グァダルキビル河をさかのぼるという例の考えにしたって愚かではないかと思うんだ。

——考えが愚かなわけじゃない、あなたこそ愚かなんだ、とドクトルは平手打ちをくわすようにやり返した。わたしの年齢を口にするのを禁止する、さもなければ、あなたの年齢を言ってしまうぞ。今晩は浜辺に行って鰯のグリル焼きを食べ、セビーリャには船で戻るんだ。

彼はふりむいてわたしを見た。魅力的だった。

——たしかに、我慢ならない。もう二十年前から、彼はわたしの年齢について勘違いをしていて、三歳ほど若く言うのだから。

イニャーキが斥候となって駆け出した。イニゴーは白ワインのボトルを何本か抱えて、アンドリューはワインクーラーを抱えて、あとにつづいた。コンスタンスはナプキンと食器のセットの入ったバスケットを運ぶ役目だった。わたしはスイカが入った網を手にし、何ももたないドクトルがつかまれるように腕を貸した。われわれはしんがりをつとめた。ほかのみんながずっとはやく歩いてゆくので、われわれだけになってしまった。

——おまえは正しい、と彼は言った。女性たちはわたしの弟子だ。わたしは彼女らを自分の生徒にしてしまう。でも一度だけだけれど、メルランに起きたことが、わたしの場合にも起きた。

彼はわたしにある秘密をまさに打ち明けようとするところだった。実際にそれを耳にするよりもしあわせな気がした。

——おまえがまだあの着古したドレスを着ているのはよいことだ。インディオがこれを買った日、わたしも彼と一緒にいた。彼はブルーのドレスと緑のドレスのどちらにしようかと迷っていた。おまえなら緑のほうが好きだというのはわたしにはわかっていたが、それで彼はブルーのやつを買ったというわけさ。彼は服をプレゼントとして贈るのが大好きだった。彼がサイズを絶対に間違えたりしないのに気づいたかね？　女たちはみんなちがっているというのに。おやおや、これは地獄だな、と彼はうっとりしていた、これでこそ来たかいがあるというものだ！

浜辺はひどく煙っていた。石工たちはこれを窓のない台所に変えてしまっていた。火がつくまでにだいぶ時間がかかった。というのも若いやつが、とは年寄りの言葉だが、ろくでもない薪を選んだうえに、夕方の風が吹きはじめてしまったのだ。「侯爵」はもう呼び名にふさわしい姿ではなくなっていた。髪はポマードで黒く光り、上半身裸で煙のなかから飛び出してきた。彼の筋肉質の体の動きは敏捷で、味わいがあり、その体の先には素足と手が別の部分を形成していた。四つの立体派的な面がフォーヴの体を支えている。彼は弟子みたいな注意をもってドクトルの体を抱きかかえた。火と鰯のほかに、彼はドクトルの面倒をみていたが、彼がおずおずと、でも執拗にこちらを見る視線に気がついた。

イニゴーはアンドリユーにもワインを飲ませたので、いつものすました態度は消えてしまっていた。娘のような彼の笑い方が誘い水となって、みんなが笑いこけた。彼は胃が弱いので鰯は苦手だと気取った発言をしていたのに、彼ひとりでバスケットの半分は空にした。たえず新たに鰯が火にくべられた。太陽は沈み、星が輝き始めていた。

スイカを食べたあと、年寄りの石工が歌いはじめた。伴奏もなく、彼の声だけだった。

カルモナには泉があり
この泉には十四もしくは十五の噴出口がある

カルモナの噴水の噴出口が十四個だったか十五個だったかはっきりしないと言われているのは、これまで驚くべき事柄であるような気がわたしにはしていたが、この晩の浜辺で、次につづいたいずれもフラメンコの歌、シギリーヤとそのあとにつづくファルーカの言葉の意味は消え去っていた。わたしの体と記憶を超え出る感情が、火の周りをかこむわれわれの輪を越えて永遠から解き放たれて、男の口へと戻される美の瞬間に結びつこうとするのだった。みんなに共通する感情だったにちがいない、というのも声の周囲にすべてはたちどまり、イニャーキですら、風ですらそうだった。生まれるはるか以前に歌が生まれるのを聞いた者の、どこにも破綻などない確実さをもって、声は歌の奥深いところから深い歌を呼び戻した。変化しようもない伝統が大陸間の戦争や葛藤に抵抗してきたのだ。アンダルシアの声は海の向こう側にアラブの声を見つけにでかけ、メロディのほんのわずかなちがいのうちに、まったくもってみごとなまでの自由の証拠をなしていた。真実の瞬間と同じくらいに美しかったが、これについての判断をくだせる唯一の人、そしてわたしが混乱した感情とともにわたしの熱狂をゆるしてくれるはずと願っていたその人は、まったく動じず身動きもしなかった。彼はパウラのベロニカを眺めるのと同じようなやりかたで感情をあらわにせず、耳を傾けていた。ただデモンストレーションの純粋さを壊すような飾りや誤りが生まれないかと神経をとぎすませ、注意だけが極度に強いものになっていた。待ち受けながら何もやってこないのを見るだけの人は楽しみはしない。というのもみごとになされた仕事、みごとになしとげられた技を前にするとき、楽しむ理由などないのだ。ベロニカ〔牡牛の顔をカポーテでなぞる闘牛士の技〕がベロニカであり、カンテ・ホンド〔深い歌を意味するアンダルシア民謡〕がカンテ・ホンドであること、それだけが、なければならないものごとの秩序をなす。よいものは本物であり、本物を作り出していた。ものごとがそうあるだけで、それ以上の桁はずれのものなど何も必要ないと知っている人間、ラファエル・デ・パウラとか年老いた石工のような人間が存在している。そして歌が終わるたびに、ドクトルはただただよかった《ビエン》とだけ言った。

若い男がギターを手にしてつづきをやった。ドクトルはひそかにあくびをしはじめた。

彼とイニゴーは最初に帰っていった。イニャーキはアンドリューが投げる石にじゃれてばかりいたが、石は水に落ちるまえに闇につつまれてその姿を消してしまうのだ。コンスタンスは翌日には出発する英国女性ならば誰だってやるはずの真夜中の海水浴に興じるのだった。年老いた石工は少し離れたところでルンボを吸っていた。若いほうはわたしと同じくらい火の近くにいた。彼はギターを空になったバスケットに立てかけ、シャツを着なおして、エスパドリーユを履きなおした。ほとんど手の届くくらいの近くにわれわれはいたが、突然彼は、おずおずとした調子だったが心を決めた様子で、わたしがいい体をしていると言った。あなたはいい体をしている、これだけが彼の言葉だった。前に何かを言うわけでも、あとに何かを言うわけでもなかった。

わたしはあいかわらず黙り込んでいて、沈黙から抜け出しはしなかった。この体を彼が欲している、わたしがそれを彼にあたえる、彼の腕のなかに飛び込んでこれを厄介払いするという考えにわたしはすぐに入り込んでいった。だが彼のお世辞は逆の結果を生んだ。それはわたしの口を閉ざし、わたしを凍らせ、わたしが肉の存在だとわたしを説得しようと望むような人間の誰からもわたしを取り上げた。ショックを感じたのは、言いかたがあまりにもぶっきらぼうだったからではなかったし、また男と女のちがいを平らに塗り直す左官の鏝《こて》のような彼の両手がつくりだす柵のせいでもなかった。そうではなく、わたし自身が空っぽだったからだ。わたしはもはやリアルな欲望を感じなくなっていた。わたしはイメージしか欲望しなくなっていた。大切なのは前の晩、そして今夜に起きたこと、スペインに足を踏み入れてからわたしに生じたすべてのことだった。外側からわたし自身の内側へとわたしを連れ戻すすべてのことだった。彼がやってくるのはあまりにも早すぎた。でも、ひとつのしるしとして、気まぐれと欲望の時間が戻ってくる兆しとして彼に感謝する気持ちがあった。

――明日になれば、あなたはいなくなる。

ああ、もしも魔法の矢が日々を、たぶんわたしをなおも氷のなかに閉じ込めていた時間をなくしてくれたならば！　あの年老いた石工、コンスタンスが、そしてただ彼がわたしのうえにおおいかぶさってくれれば、彼が星空を隠してくれれば、決心した若い男の息がわたしの息をあえがせてくれれば、彼がわたしの体のことを話さなければ、もしも……

――あなたはいい体をしている、と彼は繰り返し言った。見たんだよ、今朝。

わたしが見られたのを知っている、彼はそれを知っていて、彼のためにわたしが鎧戸をあけたままにしていたと彼は言いたかったのだろうか？

彼は突然近寄ってきた。彼の顔が火に照らされたわたしの顔のすぐそばにあった。彼の眼は輝いていた。ほとんど夢が現実になりそうだった。

――あなたに今晩会いたい。お願いだから。あなたはいなくなってしまう。今晩愛し合おう。

ごめんなさいと彼に言った。断ったのが恥ずかしくて、走って逃げた。

荷物をつくり終えたとき、コンスタンスが彼女の部屋に煙草を吸いに来ないかとわたしを誘った。彼女も荷物をつくりはじめていた。誰かが荷物をつくっているのを見るのは、その人につきしたがう行列行進に立ち会うような印象がある。引き出しや洋服箪笥からスーツケースへの移動において、すでに忘れたはずと思われていたものすべてが行列行進の最中だ。コンスタンスの往復運動はわたしの目の前に目次にあたるものを復活させ、いままさに、決定的に、閉ざされ、鍵がかかろうとしているコンスタンスの小さな美術館のあえない作品目録を作り出していた。マラガ・パラシオの最初の晩のブルージーンズ、ニンジン色のドレス、洗いざらしの水着、インド製のチュニック、眠っているリタ・ヘイワースの顔が描かれたTシャツ、赤毛の女のなかでもいちばん大きくて美しい女の髪の毛が小さな赤毛の娘が呼吸するにつれて動いていた。それからこれまで見たことも、触ったこともなかったものとして、コットンのパンティ、青リンゴ色のレースのパンティがひとつ、花柄の寝巻、パジャマの上着、紐のないブラジャー。それらすべてのあいだに、句読点のように、隙間を埋めるかたちでサンダル、クーパー・ポウイスの本、ていねいに紐をかけて丸めたデスクパッド、ルーズリーフのノートなど、また銀メッキのポシェットに彼女はがらくた、髪留め、小さな飾り、インク・カートリッジ、スペインのマッチ、革製の写真入れなどを詰め込んでいた、写真入れがひらいて、なかのものが見えそうになったので彼女はあわててこれを閉めた。ほかにも消しゴム、鴨のかたちをした鉛筆削りを切手と一緒に、ジッパーで開閉するふたがついた古いサックに入れた。何と筆箱だ！　筆箱だったのだ！　そうすると、わたしのそばにいたのは魅力的な人間だったのだろうか？

彼女は部屋着を手にして浴室から出てきた。最後の瞬間が近づいているという証拠だ。彼女はこれを最後に入れて、スーツケースを閉めた。それからベッドカバーが乱れたままのベッドに乗ってわたしのそばに座り、煙草が一本ほしいと言った。彼女が煙草を吸うのを見るのはこれが初めてだった。いったいなぜ、最初の瞬間からわたしは彼女にあれほど敵意をもっていたのだろうか？　ということは、彼女はそれほどわたしに似ていたのだろうか？　彼女はインディオを苦しめたわけじゃない。彼の愛には応えなかったが、でもそのふりはしてみせた。それ以上の何が求められるというのか？たしかに彼がまもなく死ぬということを理解していなかったかもしれない。このかわいらしい赤毛の女をくさすドロテアの言葉が利いていたのだ。

——ドロテアをよく知っているの？

——えっ、何ですって？　よくわからない。

それ以上問いただそうという気はなかった。いずれにしても、もう遅すぎる。


乗組員は船長と少年見習水夫のふたりだけだった。船長は食事のしたくもするし、見習い水夫は皿洗いもした。だがイニゴーは彼ひとりだけでもじゅうぶん船員全部の仕事がこなせた。彼は陸の上にいるときよりも船にいるときのほうがはるかに水をえた魚のように見えた。われわれが甲板に足を踏み入れるやいなや、彼はもっと長い旅ならよかったのにと残念がった。これは数時間で終わってしまう旅なのだ。ドクトルは北に向かってのクルージングならば本物の航海につきあってもよいと約束した。

——そうこなくっちゃいけない、とイニゴーは喜び勇んだ。ハッテラス船長の北の方へだね。

——それは誰なんですか？　とわたしは聞いた。

彼らはびっくりしたように顔を見合わせ、それでこちらにも闘争心《エネルギー》がわいてきた。彼らがあたえてくれたのは、ハッテラス船長に会いたいという欲望だ。彼らが口にする事柄すべてを知り、そのすべてをやってみたいという欲望だ。

イニゴー三世号は全長十八メートルの金色と白の船だった。船首にはイルカの彫像がついていた。前はイニゴー一世号にあったもので、これにはインディオも乗ったことがあった。船尾にはきらきら光る舵棒があって、ドクトルの話のつづきによれば、これもまた航行する美術館の名にふさわしい代物らしい。わたしはとくに昼間の光がこんなものだったかという発見を新たにした。わたしが頭をあげたときに見える建物の縁の部分にはりついている光ではないし、セザンヌが幾度も描いた山の上にあるみごとな光でもないし、上演が終わったあとに出演者に賞讃の言葉をかけるために舞台には何度ものぼったことはあったが、あんなふうに照明係が舞台の上につくりだす光でもない、そうじゃないのだ。自由なかたまりとしてそこにある光、物質の上にまっすぐ落っこちてきて、チーク材、帆布、手すり、ガラス窓、銅製品をほめたたえる光。すべてが光によってきらめき、磨きをかけられ、磨きあげられ、まるで光の結婚紹介所を介して、それぞれの部分が全世界へ、木材に、銅製品に、帆布へと結ばれたかのようだった。ただし結ばれるといっても、わたしたちはその相手ではなかった。その光線によって奇妙な扱いを受けたわたしたちは真珠色のボタン、サングラス、小さな靴によって存在するだけだった。微風で膨らんだ午後の亡霊に変わってしまっていた。超自然的な白さの甲板から船室に戻ると、ほとんどどこにいるかわからなくなるほどだった。マホガニー製の家具の暗い表面の色調のなかで、波の音が聞こえてこないのにわたしはほとんど驚いた。日が暮れて、天の星のリズムに対抗して夜遅くまで自分らの人生について語る男たちのおしゃべりの声がなければ、もう一度われわれ自身に戻れないのではないか。ランプの照明のもとで。だがドクトルの求めに応じて、夕食のあとで、イニゴーはランプの光も消して、みんなで星空のもとに出た。海の上で過ごす最初の夜からひとつの至福感が生まれ、そのあとに生じるすべての事柄にこの感覚が消えずに残った。空と陸のあいだに、ずっと宙高く帆装の分割線がたえずあって、これに向かって、わたしのうっとりした様子をからかうドクトルの小さな笑い声が響いた。星があまりにもたくさんあって、その名のひとつひとつの貴さをわたしはあらためて発見することになったが、星をひとつひとつ数え上げるイニゴーの顔の安らかさにその笑い声が響くのだった。正体のわからないこの大きな体を呼吸させる智恵の滴のしたたり

——詩、詩だ、とドクトルが叫んだ。

彼は若いときに知った別の夜の数々、スカンディナヴィアのフィヨルドでのクルージングのことを思い出して語った。彼が言うには、人生は南から北へ、熱気から凍りついたひろがりへ、肉体から精神へと移動するひとつの長い遡行なのだ。そして地理的にはこれとは逆の方向に動いてアンダルシア

地方に腰を落ち着けたイニゴーは印象深そうに彼の言うことを聞いていた。

——まっすぐ向かっているかどうかはセルバンテスをためしに読んでみればわかるよ。そうだね、彼は『ペルシレスとシヒスムンダの苦難』の最後を嵐と氷河の情景で結んでいる。

　足はすでに鐙にかけ
　死の不安が迫るなか
　主よ、この手紙を書き綴る……

忠実な庇護者であったレルモス伯に宛てた『ペルシレスとシヒスムンダの苦難』の献辞の手紙を暗誦した。

「昨日、拙者は終油の秘蹟を受け、今日はこの手紙を認めます。時は短く、不安は増し、希望は薄れ、それでもなお、わが生命は生きようとするわが欲望にかかっていると思い定めております。」

——死の鐙に足をかけ、とイニゴーは繰り返した。

——そのとおり。最初は各章がとても長い。後になると、どんどん短くなってゆき、まるで作者は先を急いでいるみたいだ。


いつもいつも時間を気にするばかり。夜光塗料を塗った分針がまた不透明になった。到着だ。すでにヒラルダの塔の高み、すでに銃眼によって飾られたもうひとつの番人、黄金の塔が過激なまでに青く空虚な空にその姿を描き出していた。われわれは到着した。それは永遠に向かって挨拶するにはふさわしくない時間だった。

Ⅲ　北へ向かって

というのも、わが永遠とひそかに呼べるようなものがそこで始まったのだ。死はすでに関係がなくなっていて、これからのわたしは、もはや死の存在を意識せず、もはやその境界線を尊重しないだろう。とても単純なことだ。死者たちを演じればよい。彼らの沈黙を尊重しなければよいのだ。この奇蹟はわれわれの手にゆだねられている。インディオ、ドクトルがそこにいる。わたしがもはや彼らなしには暮らせないのは、わたしなしには彼らが存在できなくなっているからだ。わたしはいささかもそんなことに注意を払わない。彼らがまさにこの世にいる、市街に暮らしているように思っている。何らかの口実をこしらえて彼らを呼ぶと、いつも彼らは家にいる。インディオは、わが愛よ《ミ・アモール》と大声で言い、わたしは貧しいながらも豊かになる。ドクトルはムッシュー＝ル＝プランス街には住んだことはなかったけれど、彼がこの通りを横断しようとするときは、わたしの腕につかまり、わたしひとりでは考えもしえなかったことを耳にささやきかけてくる。いまもまた、あのときのセビーリャへの到着をあまりにも芝居じみた大袈裟なものとしないでくれと言い、時刻と日付を知るのにラジオに頼ろうとするきちがいじみた癖をなおすようにと言うのは彼だった。だから、ことが起きたのは、グァダルキビル河の上、朝早くのことだったといまは言うにとどめよう。イニゴーはすでにセビーリャが見えるとわれわれに教えにきた。ドクトルはいたずらっぽくわたしのほうを指でしめし、

海にはオレンジはなく
セビーリャには愛はなく……

と口にして、愛がないと歌われたセビーリャの姿があらわれるのを見に行った。彼は甲板をまっすぐ舳先のほうへ向かってゆき、わたしはそのあとを追った。イルカの彫像から数メートル手前のところで彼はいきなり立ち止まった。手で心臓をさししめし、そこから一歩も、一ミリたりとも、手を心臓にあてたまま動かなかった。わたしは心配になり、近寄って横顔を覗き込んだ。そのあいだにイニゴーが駆け寄ってきて、腕をさしのべ倒れてくる体を受け止めた。

インディオの死を不在として解釈したときには、ことがうまくおさまった。不在とはうまくつきあえる。心臓をさししめすという乱暴なやりかたでドクトルがわたしにあたえた教えは、これとは別のものではなかったか。

──セバスチャン。セバスチャン。セーバースーチャーン！

イニゴーは彼に話しかけるのになぜあんなに大きな声で叫ぶのだろう？　そこにある彼の肉体に彼はもう宿ってはいない、その顔にもその服にも、もう彼はいない。だったら彼には静かな声で語るだけでじゅうぶんだ。死が折り曲げたことはごくわずかなものだ。わたしは秘密のなかに進み入る。「少しばかりの霊的な奇矯さ」、と彼の声が訴える。わたしは探す。ひそひそ声が聞こえる。そのとおり、わたしは失われた真実につかえることができる。たとえば復活だ。「でも、われわれ自身があそこで支配できるのに、おまえにつかえてもらいたいと思うとでも？」そして彼の声は聞こえなくなる。

彼に付き添って歩いてゆかねばならぬ道のり、つまり黄金の塔から、彼が甥のために借りていたサンタ・クルス地区にある二間の住居まで、われわれは思い思いのやりかたで行った。われわれは誰にも知らせなかった。というのは彼の願望は有無を言わせぬものだったのだ。すなわち誰にも知らせてはならない、と。例外として港湾監督局には通知を怠るわけにはゆかず、ほかにイエズス会のミゲル神父、彼が愛情をこめて馬鹿な甥と呼んでいた男にも知らせた。彼はすぐそばに住んでいた。ひそひそ声の話、ひそひそ声の話ばかり。とても悲しかったので、やるべき仕事は不可能に思われた。たとえば健気によろこびの卓越を認めるなどのことだ。「たしかにそうだ。ただし人が死ぬのを待ってわかるようじゃいけないね。」わたしが死者たちと親しくつきあっているといっても、それだけでは彼には物足りない。彼はわたしを生きている者たちと共謀させようとするのだろうか？

——あなたにはどのように聞こえたのですか？

——……ディオス。アディオスか、それともディオスでしょうか？

——神《ディオス》のほうだ、とイニゴーは断定した。

イニゴー・ジョーンズみずから頼んだので、フロント係はわたしのためにアルフォンソ十三世ホテルに部屋を見つけてくれた。容貌が似ていたから、ミラマールをほめちぎっていたタクシー運転手の息子で、コンシエルジュ副主任をやっている男はすぐにそれとわかった。いつもきまって現在が過去に優るというのではなくとも、セビーリャの堂々たるライバルはミラマールに優っていた。「無理をしなくてもいいよ。ミラマールのほうが好きだと思いたいなら、それはそれで……」彼は正しい。アルフォンソ十三世ホテルは霊廟のような建物だ。イニゴーとわたしはそのレストランで夕食をとったが、店にはわれわれのほかにはほとんど客がいなかった。食事の途中で給仕頭がテーブルにきた。彼に電話がかかってきているという。イニゴーは驚いた様子だった。船長もミゲル神父も彼をそこまで探しにくるはずはなかった。

電話ボックスから出てきたとき、彼の足元はふらついていた。顔色はもう一度焼き直したレンガのようだった。彼はナプキンで額をぬぐい、それまで手をつけていなかったグラスの水を一息で飲み干した。ヘンリーだ、と座りながらため息のような声が出た。「生きている者たちの効果がおまえに見えるかい？」わたしにはヘンリーの名が、その晩これほどの効果を生むなどとはまず想像できなかった。イニゴーの顔つきが変わるくらいに影響をあたえ、血管を膨張させて、午前中の心痛によって情念の地図が少しひろげられ、でも完全にはひろげられていないその地図を描き終えるほどに影響をあたえるとは。「ヘンリーの名じゃない、わたしに勝ったのは、ただのヘンリーだよ、あれは生きた肉体なのだから。」どうして彼を恨むことができよう。

——どれほどあの男を恨んでいるか、彼にわかるわけはない。彼はまず船に電話した。船長はわたしの言いつけをまもった。ヘンリーはそこから推理したのだ。どこに行くか言わずに街で夜を過ごすとなれば、どこでわたしがつかまえられるか、ふだんどおりの行動ならば彼にはわかっている。つまり何か普通じゃないことがおこっていると推理したのだ。彼はゆきあたりばったり、ここに電話をかけた。今晩、まさに今晩というわけだ。

彼はヘンリーを愛している。

そう、このため息を、この問もしくは答えを発したのはわたしのほうだ。自分には関係のない事柄に首を突っ込みはじめ、この男、この青年にとって親しい存在になったわたし。そして、もちろん彼がわたしに答えるときには、誠実に、怒りもまじえず、わたしの相手をする。あたかもわたしが義務を果たすだけでよいというかのように。

——こちらの頭がどうかしていた時期に、彼のために小さな家を建てさせたが、実際にやってきたのはコンスタンスだった。結構なことじゃないか。家族の禁止事項を彼は彼女と一緒になって破ったのだ。一度でじゅうぶんだ。絆は破らなければいけない。これに関するすべてをインディオに話したみたいに、いつかきみにも話してあげよう。

でもちがう、とわたしは言わなかった。ドクトルは唇に指をあてたではないか。彼はじつは知っていたからこそ、これについてわたしに黙っているように命じたのだ。

——彼には家族から出て行ってもらいたいと思っている。彼はこれまで家族しか知らないのだ。わたしは金を出して彼にパリで一年暮らしてもらおうと考えた。美術学校でも大学でも自由に行けばよい、授業に出るとか出ないとか、そんなことはどうでもよい。やりたいことをやらせて、おそらく絵は描くだろうが、わたしも含めたわれわれ家族からは遠いところで、この一年は過ごしてもらおうと思ったのだ。結局のところ、わたしから遠く離れた場所でということだ。もう決めたんだ。彼はロス・エラルドスにもアラセナにもこないだろう。来てほしくないんだ。今晩また頼んできた。それが電話の目的だった。駄目だ。駄目だ。

彼は頭を右に左に激しくふりながら強い力をこめてこの最後の言葉を発音した。あたかも外側から支えになるものを探しているというかのようだ。デザートがワゴンにのせられ急いで運ばれてくる。彼はいらないと言って、これを追い払う。ソムリエが急いでやってきたが、これもまたぶっきらぼうで強い口調のノンのひとことで追い返された。「ドン・イニゴー」が見知らぬ女を相手にすごい剣幕で荒れ狂っているテーブルからはできるだけ離れた場所で、給仕たちは給仕頭の周囲に集まり、身をすくめ、この女を助けにゆこうとする気配などどこにも認められない。イニゴーは押しつぶそうとするかのようにわたしの肩を押さえた。通りがかりにグラスをひっくりかえし、飛びちったワインがほとんど真っ白なわたしのドレスの上の部分にしみをつくった。

——自分自身の決心に耐えることができそうもない。すべてをきみの手にゆだねよう。きみに彼をあずける、わかったかい？　ヘンリーをパリできみにあずける。あとはきみのしたいようにすればよい。

プレゼントというならば、あまりのプレゼントだ。わたしは憤慨した。他人の情念とはなんと重い荷物なのだろう！　わたしは憤慨したが、いやだと言う代わりに、ノンと言うことで喉につまった丸い物体を引き出す代わりに、これを飲み込んでしまう。この青年を飲み込む理由なんてわたしにはまったくない。「いや、あるんだ、おまえの喉につかえてまだ残っていたんだから」との声。好い加減、黙っていてくれないかな！

——わたしの仕事上の部下が小さな貸アパルトマンを見つけたところなんだ。きみの家からも遠くなくて、リュクサンブール公園の反対側にあるアパルトマンだ。

「それでもおまえたちのあいだには公園があるじゃないか、ヒッヒッ。」

仕事上の部下だって？　ハコボだろうか？　彼はパリを知っている。今朝、ロス・エラルドスで緊急の仕事の打ち合わせと言っていたのは、そのことだったのだろうか？　そんなはずはない。イニゴーはいま思いつきで、その決心をしたところなのだ。彼はわたしを前にして、感情が抑えきれなくなって、そう決心したのだ。それともドクトルの命令のもとにというべきかもしれない。彼はわれわれ各自を彼なしには行かないような場所に送ろうとする。イニゴーの意志の強い一撃、そしてわたしにとっては、いったい何の一撃なのだろうか？

——わたしはこれからセバスチャンの家で夜を過ごすつもりだ。明日の入棺の際にはきみは来なくてもよい。そのあとで来なさい。ミサは遅い時間にはじまるだろう。夜七時頃、あるいは明後日の午前中かもしれないな。あとのことは甥がやる。マドリッドにはいつ行く？　月曜の午後の便に乗ったほうが安全かもしれないな。

立ったままで彼は勘定書にサインをした。いまはなんだかとても急いでいる様子だった。彼が急いで決心をヘンリーに告げにゆくのはまちがいない。決めたぞ、そうしよう、と。それからあとは、仕事上の部下の仕事になる。すぐさまその男にリュクサンブール公園の反対側の一角にあるアパルトマンを探させようというわけだ。給仕頭はわたしのためにコーヒーをもってきてくれて、しきりに同情の言葉をかける。わたしは放り出されてしまったのだ。

思いちがいだったのだろうか？　イニゴーはまた戻ってきた。彼はテーブルの上に身をかがめ、彼の白髪が垂れて、わたしの額にじつに軽くかすかに触れた。彼はブルーの眼の奥のほう、小さな斑紋の部分から、わたしをじっと見つめ、許してくれと言った。

誰を相手に許してくれと言っているのか？　何を許してもらおうというのだろうか？　それは無限で、話題の外にある。それにしても、いったい何について許してくれなどと言ったのだろう？　昨日のことか、それとも明日のことか？　彼の強引さについてか？　純粋さは強引になる。わたしは純粋じゃない。わたしが不純だというのか？　だったら、彼は！　明らかな強引さ、情念、心。でもひとりで自分の部屋に戻っても、不幸だとは思わなかった。何も感じなかった。飲みすぎたのだ。

場合によっては緑色だったかもしれないあの着慣れたブルーのドレスの袖に腕をとおし、セビーリャ市街に出て、昼間はホテルに戻らなかった。インディオとドクトルのおかげで、初めてだったというのにすべてが見慣れたものに思われた。何時間も歩いた。どこでも建物の内部には足を踏み入れなかった。外側に、大気のなかにあるものだけ、建物のファサード、石壁などを確認することができるだけだった。外側だけで、わたしは満足だった。散歩をしなかったのは、まだどうやったらよいかわからなかったのだ。いったい自分は何をやっていたのか？　人ごみのなかで不在を現前に変えようとして、わたしは歩いた。とても興奮していた。わたしはいまにも泣き出しそうだった。マゼランとその世界一周、また二十一歳の誕生日のときにインディオの誘いを断ったあの世界一周旅行を思い出して。この地でチヤパスの司祭として叙任されたラス・カサス神父のために——わたしはといえばこれまで誰も守ったことはなかった。ただひとりのインディオも、ただひとりのバスク人も。いまは銀行となっているセルバンテスを閉じ込めた牢獄のために——記念プレートには、ここで、全世界の人々のよろこびとなる絶妙なヒダルゴの着想が生まれたと記してあった。わたしがじゅうぶんに背が高かったら、その像にキスをしていただろう。黄金の塔の厚みを思えば、人間の腕で抱けるものなど何とちっぽけなのだろうか！　またしても高さに誘惑を感じたが、これによじのぼる子供たちの騒ぐ声に押し戻され、わたしはヒラルダの塔へと方向を転じ、地上でその周囲をぐるりと回った。それからアルカサル宮の扉がひらいていたので、その内部に入った。わたしは外から中に入ったと思ったのだが、みごとな錯覚だった。無数の部屋があり、屋根の代わりに空の寛大さを頭上に乗せたサロンの数々から不可解な部屋へ、パティオから噴水へ、わたしは庭に入り込んでいった。水と影に払いのけられ、盛暑は逃げていった。レンガを敷き詰めたように見える遊歩道を踏みしめるわたしの足元には、なおもまた噴水の水があふれていた。そのうちのあるものは、わたしの頭上でひっくり返ったゆりかごのかたちとなって、また下に落ちてきた。わたしはその動きに揺られて、あずまやまで進んでいったが、それはかつてはカルロス五世が大洋によってふたつに分割され、太陽によってまたひとつに合体する彼の帝国について思いをめぐらせたことがあった場所なのだ。わたしは装飾タイル《アズレホス》を使った小さなベンチで思いをめぐらせることもできたが、うまくゆかなかった。たぶんそのためにはひとつの帝国を所有しなければならないのだ。わたしは煙草を一本取り出して火をつけ、ドクトルならばヘンリーがパリにやってくる話を実際にどう思うかを考えてみた。これに対して彼は「クマシデの並木が植わった迷路の棕櫚の陰にあるスルタン王妃の浴槽はとくに見逃してはいけない」と答えた。彼に会ったジャスミンの匂いが流れる最初の晩と同じ香りがこの庭にはみちていたが、この香りはヒラルダの塔と同じくらいの高さまで時を遡りはじめる。わたしはその香りをスペインに行くずっと前にクリスマスのプレゼントの小包として受け取っていた。あのときママンは怒っていた。彼は自分の娘がまだ子供だってわからないのかしら。世界でいちばん高価な香水だなんて！　ジェルメーヌはいつもながら彼女をなだめようとしていた。「ジョイ」、そう、よろこびの水のなかにインディオはわたしを浸していたのだ。彼の愛のしるし。わたしはよろこびあふれる自分の顔を見たいと思った。「乙女の中庭」に戻ると、噴水受けの透明な水のなかに、とても古風な女性がほとんど現代風の格好をして自分を見つめているのが見えた。彼女の顔にはよろこびの涙がいっぱいにあふれていた。あたかも水に映った姿が醜くて嫌だというかのように、彼女は編んだ髪をほどいた。彼女はブロンドで、なおも若い自分の姿を見て、悲しみと悦びを同時に感じていた。わたしは急いでこの庭をあとにし、ふたたび河に向かった。わたしは橋を渡ったが、その端っこの部分には、見張りの塔のなかのマドンナ像の前に十本あまりの蠟燭がおかれ、その番をしている。トリアナ地区のファイアンス陶器製の聖母像が並ぶのを、その正面からわたしは見つめた。苦しみの女性像、そしてわたしがなろうとはしなかった子供を産む母の女性像が一緒になった姿だ。お守りをしなければならない子供みたいな父親があまりにもたくさんいすぎる、姉妹がたくさんいすぎる、知らない人がたくさんいすぎる。わたしは狼に向かって「わたしの叔父さん」と呼びかける赤頭巾のような人間の仲間ではないけれど、遺産継承者を作り出すには、あまりにも複雑な親族関係を見きわめなければならない。わたしは子守役としては心のない人間だった。言葉はたくさん知ってはいても、苦しみは理解しなかった。わたしは何にも出会わなかった。世界一周の航海も知ることはなかった。世界一周の旅から、サンタマリア号はぼろぼろの姿になって、わたしがいま歩くロバの河岸に戻ってきた。船に乗って出かけた人たちの姿はなく、船は軽くなっていた。わたしはさまよえる騎士たちを送り出す向こう側の世界の牢獄を知ることもなかった。天使のフラストレーションを知ることもなかった。ムリーリョが描くただひとりの幼児を愛する女のモデルとなったセビーリャの女たち、歩くときにすれちがうセビーリャの女たちの小さくてピンク色の口のなかに押さえ込まれたフラストレーションを知ることも。さんざん歩き回ったあげく、暑さと疲労でくたくたになって、わたしはビールに手を伸ばした。一本の手が出てきてわたしの手をつかんだ。

黒い格好をしたジプシーの娘だった。息をのむばかりの美しさで、人を寄せつけない威厳がそなわっていた。わたしの運命を占ってくれるというのだ。わたしはなすがままにまかせた。彼女はわたしの父が最近死んだと言った。でもそれはわたしの欲望を左右するものじゃないない、とも。彼女はわたしが遺産を相続し、その中身は美味であっても、人を愛せないままだと、これを味わうこともできないだろうと言った。あの呪われたスペイン語の動詞だと、欲するのか愛するのか、その区別がいつだってはっきりしない。彼女はその美貌をお化粧のようにしてつけていた。そしてこれを有無を言わせぬきっぱりしたやりかたで払い落とし、ただひとつの予言をわたしにくれようというのだ。それは場違いなものだった。すなわち汝の心にしたがえ、というのだ。

十七日月曜日、聖慈善病院の礼拝堂。ミゲル神父がミサをとりおこない、以下の奇妙な一節について解説をおこなった。「死者をして死者を葬らせよ。そしてわたしについてきなさい。」われわれは信者たちの奇妙な集まりをかたちづくっている。船長、見習水夫、甥、イニゴー、そしてわたし。奉拳の際に子供のときにおぼえた祈りの言葉がわたしの唇にのぼってきた。三度ほど胸に触れれば許されるという鷹揚さと結びついたものである。わが神がただのひとことを口にされれば、わが魂はたちまちのうちに癒される。でもそれはどんな言葉だろうか？

いつもわたしにはこのうえなく立派だと思われてきた「やすらかに休みたまえ」という言葉が聞こえたあとで、イニゴーはわたしのほうを振り向いた。すぐにまたもとのほうを向きなおした。彼は別の何かにしがみついている。わたしは外に出たとき、冒瀆の言葉のように繰り返していた。ハッテラス船長は北をめざして進む、と。わたしは意志を決めた。ほんとうにはっきりと決めたのだ。泡のようなものを涙のうちに溶かしてはならない。

飛行機がマドリッドに到着すると、我慢していたものがついに堰を切ったように流れはじめた。バラハス空港でのわれわれの様子といえば、ドロテアのほうはすっきりしていて、わたしはといえば、涙にくれていた。もう一年間以上おたがいに会ってはいなかったし、ドクトルにはもう二度と会えない。微笑んで、そのたびごとに彼女はいきおいよくまたしゃべりだした。バーで冷たいコーヒーを飲みながら、それでもたがいの姿をわたしたちは認め合った。荷物が出てくるのを待つあいだのことだ。バラハスのテラスにはぼんやりとした記憶があった。そこではひとりで旅行するブロンドの女を狙って、飢えた目をした若い男たちがうろついていたものだ。すっかり時代は変わってしまったわね！とドロテアは言った。昔話だ。いまのマドリッドはポルノ映画館があふれんばかりに立ち並んでいる。だがわれわれの再会がほんとうに見ものというべきものになったのは、彼女の家に着いてからのことだった。そこに到着するやいなや、彼女は大きく窓を開け放った。息がつまるほどの暑さ、そのせいで急に嵐になった。わたしは客間の窓際においたスーツケースをあけてなかを探った。パリで買った彼女へのプレゼントを急いで手渡した。われわれが再会するときは、旅をしてやってくるほうがもう一方にプレゼントを用意することになっている。いつものやりかただとドロテアはわたしのために家で使えるような品物を選び、わたしのほうが洋服を選んだ。今回は黒い水玉模様の入った白いブラウスを選んだのだが、これはシャルヴェの店で買ったそれとは模様が逆になった小さな蝶ネクタイとぴったりの組み合わせだ。蝶ネクタイも探り当てて、わたしは勝ち誇ったように立ち上がり、そのときわたしの頭は窓の鉄金具にいきおいよくぶつかってしまった。痛みもさることながら、おそらくわたしの叫びもそれにまさるものだったにちがいない。手を頭にやると血がべっとりとついた。ドロテアは気絶しそうになって、かろうじて浴室のドアをあけることができただけだった。いきおいよく血がふきだしたが、わたしの頭にあったのは、カーペットを汚しちゃいけないということだけだった。わたしは冷水を流して頭をそこにつけ、蛇口の下にかがみこんで、血が流れるのをずっと眺めながら、だいじょうぶ、だいじょうぶ、頭という場所はしょっちゅう血がなくなる場所だからと、自分に言い聞かせてみた。ドロテアはいなくなっていた。彼女は同じ階の住人といっしょに戻ってきた。幸運なことに、医学を勉強しはじめて三年になるという娘で、彼女がわたしの傷のぐあいを見て、これをきれいに洗ってくれ、ドロテアを彼女の部屋に湿布、ダカン水をとりにやらせた。手馴れた様子だったし、彼女の声を聞いていると心が落ち着いた。気がつくとわたしは氷をいっぱいにいれた氷嚢を頭に乗せた姿になっていた。居間の長椅子にねそべり、コニャックの入ったグラスを手にして、舌の上には角砂糖を一個のせていた。嵐は過ぎ去っていた。

まず手始めにドロテアにわたしのサックのなかに入れてあったシモネットの絵を見せたいと思った。

そうしてあの老人と同じくらいにわたしもまた血に汚れていないということを証明してやりたかったのだ！ 彼女はほんのちらっと一瞥をくれただけだった。動揺がおさまると、彼女は怒りはじめた。いつになったらこんな騒ぎがなくなるんだろうか？ 彼女がわたしに嫌な思いをさせなくなることはないのだろうか？

——二年前には手を切ったわよね、去年は飛行場のエスカレーターを駆け下りて背中だったかどこかの骨を折ったわね、その前には火傷をしたことだってあった。こんなことの連続はいつになったらおしまいになるのかしら？ 再会するたびに怪我するのはなぜなの、痛い思いをするのはなぜ？ ほんとうに怒るわよ、わかってるの、間抜けで馬鹿なんだから……

指にかなり長い傷跡を残した事件を除いては、そのすべての事故をわたしはもう忘れてしまっていた。彼女はたしかに何かを発見しているところだった。怒りによい側面があるとすれば、怒りが誇張することであり、この誇張から、真実の白熱するポイントが浮き上がってくる。暗闇のなかで煙草を吸うとき、その先端がぽっと赤くなるようなものだ。あのジプシー娘、そしてドロテアのように、わたしは少しばかりこの巨大な相手の裏をかくことができなかったのか！ 怒りの感情は彼女の頬を燃え上がらせていた。わたしの頭は氷枕の下で焼けるようだった。そしてわたしたちのあいだには医者の卵の娘がいて、面白そうにこれを見物していた。意地悪というのではないけれど、それでも、最後は彼女には関係のない話にまで笑いを浮かべるものだからいらいらしてきた。なんでさっさと帰らないのだろうか、屈み込んで巻き煙草を手で巻いたりせずに、自分の部屋に戻ったらどうなのか？ 彼女の様子は本物のトラック運転手のようだ。目のあたりまでたれかかる髪の毛、きたないブルージーンズ、足にはバスケットシューズ。

怒りがおさまっても、相変わらず機嫌は悪かった。ドロテアは頑固きわまりない。病院にゆくほどのことではないと彼女を説き伏せるには、ほとんど一時間近くかかってしまった。さいわいなことに、例の娘が決定的なことを言った。明日になって頭痛がするようだったら、頭のレントゲン写真を撮ってもらいましょうよ。わたしの意見だと、たいしたことはないわ、あとに残るようなこともないでしょう。打ち所がよかったのね。打ってよかったですって！ ドロテアは自分がへまをやったと思い込んだように、手を口のところにもっていった。

――わたしったら、紹介するのを忘れていたんだわ！ ピリ、わたしの姉よ。

そのうえに、彼女は間違えていた。わたしをピリと呼んで逆にとりちがえたのだ。ピリは吹き出して言った。ちがいはわからないと言わなきゃね！ ちがいがわからないですって！ 眼の色、髪の毛の色、肌の色はどうなのよ？ この同じ階の住人は妹に対してえらそうな口をきくので、わたしはいらいらしはじめた。ほらローストチキンは時間がかかるからパスタにしたほうがいいなんて、妹を説き伏せにかかっている。夕食に呼ばれようという魂胆が見え見えじゃないの！

タマネギはこっちの部屋にあって、トマトはあっちの部屋にあり、オリーヴオイルはここにあり、なくてはならないニンジンはあそこにありというぐあいに、彼女たちが忙しくたちふるまっているあいだ、ドロテアがわたしに再会してうれしいと思っているのかどうか疑う気持ちがわたしをかすめた。到着した晩に、あんなことがあったあとで、ふたりだけで一緒に食事をするのが嫌でこんなことをやっているのじゃないかしら。ふたりだけで向き合いたくないという気持なのじゃないか…… この表現はわたしを地上に引き戻した。あの間抜けな事故がなければ、ピリは自分の部屋から出てきたりはしなかっただろう。でもドロテアは彼女を呼びにいかずにすませることもできたはずだ。われわれに共通するこの血の恐怖はそれにしても奇妙なものだ。

食事のあいだ、わたしは膨れっ面をしていた。そのおかげもあって、ピリがフェミニストだと知った瞬間からわたしを襲ったアンチフェミニズムの発作をおさえることができた。彼女はありとあらゆる戦闘に加わっていたのだ。仲間の女性のおかげで、彼女はまたスペインで暮らし始めることができたのだという。女たちは結婚し、離婚し、また結婚し、子供ができ、もっと子供ができ、またしても子供ができ、要するに自分を自由だと感じることができたというわけだ。身柄と財産の両面で救われたのだ。それだけじゃなかった。ピリは自分でも認めるのだが、まず最初に医学の勉強をおえたいと思っていた。ドロテアの口から「女性のための戦い」という表現を聞くのは奇妙な感じがした。彼女はこの言葉をコンスタンスがやるように引用符でくくって発音した。

彼女の寝室で寝るのは嫌だとわたしは言った。いつも居間で寝るくせがついているのだ。でも書類がきれいに片づけられ、花がおかれていて、これが花柄のシーツに調和しており、ナイトテーブルの上には水の入ったボトルのそばにコップがおかれていて、またわたしたちがきちんとポーズをとって映っている写真があり、それがタラゴナの夏にインディオが撮った写真だったりするのを見ると、やはり彼女はわたしのことを待っていてくれたのだ……　そして彼女のベッドでわたしは、まったく不安もなく、いきなり眠りにおちた。

ドロテアとわたしは台所で、簡単な料理だったり、大がかりなご馳走だったりしたが、とにかく料理を作るあいだに話をするのが習慣だ。まず朝のコーヒーから始まる。それから自分の国にいるほうが買い物に出かける。サラダを十回も洗いながら、野菜の皮をむきながら、タマネギに涙しながら、わたしたちのおしゃべりがつづく。あとかたづけをする際は別で、どちらがこれをやるにしても、ただひとりだけで黙々とやるのだった。すぐにお茶の時間になる、時間はこれ以上ないほどに正確で、形而上学的だった。というのも、台所から居間に移動し、何もすることがなく、ただ相手の言うことを注意深く聞くだけで、そこにずっと座っている。夕方は芝居にも映画にもゆかない。わたしたちの新しい友人をたがいに紹介したり、昔の友人に再会したりする。あれは理想的な時代だった。愛人も、夫もその影だになく、呼び鈴を鳴らす男、いらいらして待つ男、あるいはまたひょっとするとドアの陰で聞き耳をたてるような男はいなかったのだ。彼女が強く言い張らなければ、外出はしなかった。だが、彼女は散歩していても話はできると言い、やっきになって散歩のよさを発見させようとする。わかったわ、いくわよ。

今朝は台所で、たがいの部屋着も見覚えがないくらいに忘れかけていたほどだった。ギヨームがシディ＝ブー＝サイドで買ったカンドゥーラも、レオナールが日本からわたしにもってきたユカタも……それらは結婚にまつわるある種の異国趣味を表現していた、あなたはそうは思わないこと？

――表面はどう見えるかわからないけど、結婚とはどんなものかがわかりはじめたのは、ギヨームよりもハリーのおかげなのよ。

——誰ですって？（わたしはびっくりした。）

——ハリーよ。かわいそうな男。告白すれば、簡単に忘れてしまうような男だわ。

それでもこの男のことで覚えていることがひとつあった。大きな声ではいえないことだから、彼にはごめんなさいといわなきゃいけないけれど。ハリーはみごとなスポーツマンだったけれど、ただそれだけ、妹にはたいした印象はあたえなかった。彼は細心の注意をこめて食事に気を使っていた。酒は飲まず、煙草はやらず、ビタミン剤の中毒で、ドロテアが彼とかなり陽気に別れたとき（彼女の結婚生活はそれでも二年間ほどつづいた、わたしの場合よりも二倍は長いのだ！）、彼女はわたしにひとつのことを打ち明けたが、この話はいまだに強い印象として残っている。彼の大便はすごい量のもので、しかも雌牛の糞のように匂いがない。このことはもちろんわれわれが彼を厄介払いしてしまったあとで、彼について書こうとしているシナリオのなかに入るものではない。ヒロインはニューメキシコにいれば、相手など選ばずに結婚するものだ。ただ父親を困らせようと思うだけなのだから。ヒロインが夢中で愛する父親らしくない父親。このメロドラマにわたしたちは笑った。死ぬほど笑った。若かったのだ。

——あなたには何がわかったの？

もちろんわたしはコンスタンスについての報告を待っていたし、話の勢いでヘンリーの名が出てくるのを待っていた。でもわたしたちには独自のしきたりがある。いきなり話の核心に入り込んだりはしない。誰々についての最近のちょっとした噂、ほかの人々についての噂、仕事、出会い、大事なことは脇においといて、そんな話から始まるのだ。たとえエドモン・ブロックがどこにいようが、彼からは一日おきに一ダースのバラがクリスティーナに送り届けられる。クリスティーナは先月に五十五歳の誕生日を祝ったところだった。クリスティーナはまた輝くばかりに美しくなった。ドクトルが死んだ話は結婚式の前にしてはならなかった。彼女はひとが思う以上にドクトルのことを愛していた。とくにドクトルの言うことを信じるならば、そうであるはずだった。彼の最愛の女性たちについて彼が口にしていて悪口は信じがたいものだった。でもあなたは愛するというとき、いったい何を考えているの?とわたしは聞いた。よけいなことは言わないで、と彼女は答えた。それならばいい。彼女らはペドリートも入れて三人で木曜日に出発したという。ペドリートは指折り日数を計算し、彼の話を聞こうとする相手に言い触らしてまわった。十日後にはパパとママが結婚する……一週間後には……あとは似たようなもの。このエドモン・ブロックはお得意のバラと逸話で話題の種になった。彼はバラをすでに贈ったのかどうかを忘れ、あるいはその逸話をすでにしたのかどうかを忘れてしまうので、一日に二ダースのバラが届くことがあったし、同じ話を二度することもあった。田舎の公証人独得の癖をもって、彼は誰かの話をするときには、必ず自分のという所有形にして話す。わたしの友人のラングスティエの別荘の持ち主、イェール市長であるわたしの顧客、わたしの友人であり、またわたしの顧客であるヴァール県の代議士。だがこの癖はまもなく消え去る運命にあるだろう。やがて彼には友人として使える名前がなくなってしまうだろうから。ところで、わたしのほうは何を選んだのか。こうしてギヨームはブーローニュの森の男と一緒に話題となった。

ほとんど偶然のようにバーである男の口からこの話を耳にしたと不平を言ったところ、彼女は激しく怒り出した。だったらこの話をどのようにして知ることができ、知るべきだったというのか？　電話で、まさか。たしかにそのとおりだ、わたしたちはもう手紙のやりとりはしなくなっていた。おたがいに一年半のあいだに一度しか会っていない。それも飛行機の待ち時間を使ってというわけだった。彼女はカーロス広場の家を閉めてロンドンから戻ってくるところだった。アウロラが一緒だった。ほかにも話題はあった。ロンドンの家で彼女はペルーから戻ってきたアウロラに出会ったのだ。わたしは一度もアウロラには会っていない。わたしもドロテア同様に、すでに死んだ人の閉じた眼をさらに閉ざすためにペルーに行こうとはしなかった。

ドロテアはわたしのスペインへの旅に先立って生じた「危機」の一部始終を知っている唯一の人間だった。一昔前の名医のように、彼女はわたしの顔を見てもいないのに、そればかりかわたしの話も聞かずに、どのような状態にわたしがあるのかを判断し、その状態との関連でどのような治療法がよいかを考え、これを実行に移したのである。漠然としたイメージをつかまえるだけ、春に何度か無口なわたしをつかまえ、あるいは取るに足らない決心をぐずぐず電話口で言うわたしをつかまえるだけで、彼女にはじゅうぶんだった。彼女の理解力が、もしくは彼女の善意があとのすべてを請け負った。こうして彼女はマラガにわたしを向かわせ、準備ができているかどうかを確めさせたのだ。ドクトルという、あの魂の病など信じない男に全権をゆだねて、彼女は危機の原因についてのわたしなりのたどたどしい説明など信じないと、はっきり態度で示すのだった。明らかにわたしよりはずっと賢いが、そうだと思ったのはこの夏がはじめてというわけじゃない。これについては言葉にできぬ不満などはない、それどころか、わたしの気分はそれで落ち着き、彼女には信頼を寄せているのだ。しばしば自分が地球の表面をかけめぐり、彼女に話の穂先をつかませて、彼女がそこからわたしの全体像を再構成すると想像してみたりした。でもほんとうに世界の上をわたしはかけめぐっていたのだろうか？いずれにせよ世界のイメージを彼女はわたしにさしだし、そしてわたしは自分を完全な姿で目にするのだった。彼女はわたしが否認しても腹を立てるわけではない。むしろ正確にいえば、たしかに腹を立てるのだが、ほとんど失いかけているわたしの作法についての非難はいっさいしなかった。それがたぶんわたしのやりかたであり、わたしのスタイルであり、彼女がわたしを医者ではないもうひとりのドクトルへと送り届けるなかで相手にしたものだったのだ。結論として、わたしのほうが経験はあるが、彼女はもっと詳しく知っている。

——相手が死んでいなくなったときに恋に落ちるなんで、いかにもあなたらしい！　わたしの意見を聞きたいの？　あなたは彼らがもうこの世にいないのに不満なわけでもない。それで彼らが行く先々のいたるところでまきちらす混乱は避けられるでしょうよ。インディオは愛を作り出し、ドクトルは矛盾をつくりだすというぐあいに、彼らなりのやりかたでまきちらす混乱、つまりあなたが嫌がっているすべてをね。

わたしはうまく事態を切り抜けることができたはずだし、わたし自身かなりの毒舌をもってそれをもちいるのだが……　この朝にかぎっては、じゅうぶんな言葉が出てこなかった。さいわいにしてドロテアの顔に疑惑の念をしめす表情が浮かんで、わたしに静粛を命じた。

——あなたがそう思ってるのだから、しょうがないわ、とわたしは自分に忠実に結論づけた。

――あなたは思ってもみないでしょうけど、あのひとたちは、たがいに妬ましく思っていたのよ。ドクトルがそんなに抽象的で、そんなに聖人君子だったと思っているの？　それにまたインディオが女にもてるだけで、頭がからっぽだったのに悩んでいなかったと？　それにまたレオナールが……

――レオナールにはかまわないで、彼の居場所に放っておいてちょうだい。彼にはばつ印をつけてあきらめたのだから。マラガ・パラシオのあと、ロス・エラルドスまで来て、話が途中で終わっていたところからまた再開した。芝生の上の情景と匂いの話は割愛したが。

――そうすると、コンスタンスはそのハコボという男と寝たのね？

彼女は天を仰いだ。わたしは用心深く少し後ろに引いた。少しばかり水の音がしたり、言葉の切れ端からは何もたしかなことは結論づけられないでしょうね。それからまたわたしは前進して攻めに出た。いったいなぜあなたはあの赤毛の女に気をつけろと言ったのかしら？　攻めはあまりにも遅すぎたか、あまりにも早すぎた。彼女は天井を見つめて顔を安全地帯においたが、天井は日時計に変貌していたにちがいない。というのも彼女はそのとき突然、もう行かなきゃいけない時間だと言って、それでわたしたちは服を着て、外に出て、病院に向かったのだ。こうしたやりかたは卑劣だと抗議したが、どうしようもない、彼女はカラスのように黒い髪をくしけずり、そうと決めてしまったのだ。あの呪わしいレントゲン撮影を受けて、わたしの頭には異常がないと彼女に納得させせなければならなかった。ピリの診断どおりに、打ちどころがとてもよかった。

五皿分の軽い料理、つまり全部で十口分が見返りだった。ラングスティーヌ、ナスの輪切り、ピーマンのオイル漬け、オムレツの切れ端、それに……　ままごと遊びの延長のようなこの種の食事は、インディオがわたしに教えてくれたものだった。パンは四角に切ってあって、三角形の紙は捨ててしまう。アルカラ門の近くのバルだった。仕事を変え、パリにタパスを出すバルをひらいたらどうかという考えが頭に浮かぶ。そこには翻訳不可能な言葉遊びがひそんでいる。というのもドロテアはこれに答えて「無知な女も一緒に《イ・コン・ムヘレス・タパダス》」、つまり別の言葉でいえば、部屋も一緒にというのだ。ちょっと立ち寄るショートタイムのための場所、小腹が空いたときに、夜遅くは駄目だが、いつ立ち寄ってもよいような場所。明らかにこれはノスタルジーであり、ノスタルジーは子供時代のものにかぎったことではない。わたしは昔のように心の動揺がほしかった。ドロテアはわたし以上に好みを知っている。彼女は体の重そうなひとりの男をわたしにさししめす。浅黒い肌をして、顔の特徴から放り出されたようなみごとな唇をしていて、その上には意気地なさの影がただよっている。すでに体験した、すでに知っているものだ。昔わたしには外国語をしゃべるこの種の愛人がいたが、ただしスペイン語はインディオのせいで、いわば母語ともいえるものになっている。

——まったくそのとおりよ、とドロテアは大きな声で言う。あなたはいい線を追っているようね。なぜ彼女はそんなによろこんでいるのだろう？　わたしはこの線を追いかけるつもりは毛頭なかった。彼女は言葉をつづける。

——あなたにはまったく言葉がわからない愛人が必要なのだわ。トルコ人とか、日本人とか、おまえには参るよとか、おまえはいいことをしてくれるとか、せいぜいのところイギリス人ね。あなたはもう英語などすっかり忘れてしまったにきまっている。

三面鏡の鏡のなかでクリスティーナは体を回転させせふりむいてわたしたちの姿を認めると叫んだ、「ルース、何てうれしいんだろう《ケ・グスト》！」

彼女は少しも変わっておらず、伝説と同じくらいに美しい姿をまた見るのは大きなよろこびだった。どことなく田舎風の白いスーツをためしに彼女が着てみると、これが召使のようになって優雅さが引き立った。マニキュアを塗った爪は唇に塗られた紅の色と同じ色だ。筆で黒く描くほくろのアステリスクにいたるまで、すべてが彼女の体に呼応していた。

——上着が胸をしめつけるのだけど、ドンナ・エウヘニアは緩めるのを嫌がるのよ。偉いマドモワセルの方式ね。

わたしはセニョーラがマドモワゼル・シャネル向きのタイプではなく、彼女には大きな胸があり、ドンナ・エウヘニアはこうした発言をとても嫌がるだろうと主張した。彼女はじつに嫌そうな顔をして、それでも呼吸はじゅうぶんにできるはずだと、クリスティーナを締めつけにかかった。ドロテアはわたしのしでかしたへまのせいで、少なくともあと一時間はかかると見込んで、スツールに腰をおろす。聖女ドロテアの奇蹟だ、というのもそこにはたくさんの針がさしてあるのに何も彼女は感じない。犯したあやまちの埋め合わせをしようとわたしはすぐに鏡からは遠ざかり、次の言葉をさがす。この結婚式用スーツのデザインは慎み深さの傑作、折り返して縫ったヘムの長さ、ボタンの位置などみごとだし、未来の妻の女としての魅力を控え目に見せる、最初見た瞬間にはピンとこなかった慎み深さと洗練がそこにあるなどと口にする。婦人服デザイナーは身をふるわせた。わたしのお世辞を通して、間違いが彼女に見えてきたのだ。彼女自身の独創性は、コピーにおちいることなく、裏切って模倣することにある。あとのことは男女の仲を取り持つ老婆セレスティーナの伝統が請け負う。エドモン・Bに売りつけるべきものは、年老いた愛人ではなくて、真新しい妻でなければならない。ドンナ・エウヘニアは鋏をつかみ、また針を手にとるためにドロテアをスツールから追い払った。妹はぶつぶつ不平を言いながら、わたしの適応能力の前に敬礼する。クリスティーナはその真似はしないが、彼女の美しい膝と胸をもう少し余分に見せる同意をえてうれしそうに見える。ほんのちょっとしたミス、ほんのちょっとした、とエウヘニアはつぶやき、上着の胸の切れ込み部分をもう少し深くして、蚤《のみ》の跳躍ほどにほんのわずかばかり折り返しの部分をつめる。結婚式は葬式とはちがう。それはドクトルの意見であり、彼はわたしを聖慈善病院の礼拝堂の外に追いやり、そこでわたしはぐずぐずするばかり、そしてわたしを自分の仕事に送り返す。

——それじゃわたしは、何を着ればいいのかな？

——一緒になる人たちがおめかしするなら、とドロテアは答える、証人のほうも裸というわけにはいかないわね。

——証人ですって？

——新郎のほうはわたしの友人ムッシュー・リシャール、あなたは新婦のほうよ。

——わたしがですって？

――馬鹿《エストゥピダ》ね！

憤慨のみぶりが、踵から腰をとおって指先にいたるまでクリスティーナの全身を走る。彼女の胸はドンナ・エウヘニアから逃れる。でも彼女はダンスのみぶりをしただけだ。彼女自身に代わって彼女の娘の口から、わたしが証人、支柱、来るべき幸福の番人となることが伝えられたのに対して、とくにほかに叱る言葉が出てくるわけではなかった。すると、わたしはうさんくさい義理の娘ではないのだ、すると彼女は愛してくれているのだ！　わたしは思い切り彼女にキスをして、すぐに思い返す。馬鹿なのはわたしのほうだ。彼女がそんなふうに決めたのは迷信からなのだ。彼女はインディオのもうひとりの娘をブロックの側の陣営に導き入れる。

女どうしのお茶の時間はとくにこの日にかぎっていつもよりもずっと長く感じられた。あまりにも長くて、ひょっとするといまだにつづいているのじゃないかと思うほどだ。つづいている印象があるかぎり、ドロテアと一緒にお茶を飲もうという気にはもはやなれない。太陽光を浴び、冷やしたコーヒーを飲み、飛行機や船に乗り、生じる出来事に対応する、そんなことならば、これからもあるだろうが、新たな命令がくだされるまでは、彼女にわたしのこれからの生活の時間をゆだねようとは思わない。小さなしるしにはちがいないが、色々とわたしの周囲に徘徊するものがあり、ひそかにわたしを冒険に向けて準備させているのであり、それは彼女が知り尽くしている過去のわたしとはまったく無関係のものなのだ。こういうわけで彼女の心理学的な説明はわたしをうんざりさせる。ほかならぬアネクドートによってわたしの過去にさかのぼり、彼女の物語をわたしの物語のなかに投げ入れるそのやりかたほどに、うんざりさせるものはない。こちらはいま甦りつつあるというのに、なんとしてでも死んだ女を呼び出そうとするようなやりかただ。まさにその晩のことだが、わたしの日記に投げ入れられたメモを書き写しながら、彼女はいわゆる失楽園にみんなを召集して、わたしに毒蛇を飲み込ませようとしたのではなかったかと気づく。インディオとわたしに対する無意識のうちの、もしくは必然的な裏切り。彼女の声というノイズに背を向けるといってもインディオとわたしでは理由は異なっていたかもしれないが、彼女がしゃべっているあいだ、わたしは何度も自分の怪我のもとになったあの窓のほうにゆき、静けさを相手にしようと試みた。静けさは外のほうへと逃れていってしまっていた。夕方の小鳥たちのざわめきがやってくるまでの束の間の時間とはいえ。

彼女の声は告げていた。あなたを騙したりはしなかった。あなたの真似をしていたのよ。あなたは真似できるようなひとじゃないから、必然的にあなたを騙したようなかたちになってしまった。わたしの流儀にしたがって、ものごとをその流れのままに動くようにさせておきたいと思っただけよ。あなたのようにそれを自分から進んでやろうとする意志なんかなかったわ。厳密には、こんなふうに言ってもよいかもしれない、つまりあなたの背中に隠れて動いて……最初、彼女は中断し、あなたの背中に隠れて動いたのはいまのあなたの様子を見ないでいるためとコメントを加えた。あるいは、彼女が執拗に彼女は女たちの宗教に入ったわけじゃないとか（もう好い加減に厄介払いをするためのわたしなりの要約だと）、彼女はただ単にそのうちのひとりと恋に落ちただけだと言ったとき（それは嘘だった、少なくともふたりはいたはずだ）、彼女の息がつまりそうで、いつも繰り返される決り文句が支えとなった。たとえば、眉をしかめると、ほんとうに心配事がうまれてしまう、など。それから彼女は遠まわしにわたしへの攻撃を開始して言う、彼女の願いの対象、あのトラック運転手のような女は、もちろんあの美しい女友達には似ていないかもしれない。誰もが例外なく美しく、背が高く、極端にこうだったりああだったりするあの女友達の数々を紹介して、わたしは彼女の青春を毒してしまっていたのだ。わたしはいらだちとともに見覚えのある昔の癖があらわれるのに気づいた。そのときだ、彼女がわたしを脅迫したのは。彼女はむしろ脅迫の背後に避難した。もしわたしがあまりにも文字にからめとられるならば……　待ってくれ、わたしのお気に入りの典拠ならばよくわかっている。「文字にからめとられると精神は十字架の刑に処せられる」というやつだ。わたしは彼女に、他人の言いかたの真似は止めて、話すか黙るかどちらかにしてくれと言った。わたしは彼女の危険や危機につながる動きには出なかったが、頭のなかで可能性としては考えてもいた。わたしはおそらく最悪の敵を前にするときにするように、あの穏やかで親切で注意深い雰囲気のなかに身を隠した。でもドロテアは、けっしてわたしの敵なんかじゃない。それにまた彼女は罠にははまらなかった。わたしが二番目の恋人の話を待っていたとき、彼女は最初の恋人の話をまだつづけていたのだ。

――あなたがトラック運転手と言っていくら軽蔑しても、それはどうとも思わない。それにまたすぐにはっきりさせておきたいけど、ブーローニュの森の一件はアメリカでの結婚と似たり寄ったりの話だった。あなたがすべてをできるだけ早くやって、できるだけ早く戻ってくるべきだとわたしにしつこく言ったりしなければ、わたしはあんなことはしなかったはずだ。ブーローニュの森の冒険にあえて飛び込んでいったのは、ギヨームだってそれに執着していたわけではなく、彼の気に入るように思ってというよりも、顔色ひとつ変えずに大胆にふるまうという考えに決着をつけようとした部分のほうが大きい。ギヨームについては、わたしはあなたと完全にちがった考えかたをしている。あのひとは純潔で純粋だからこそ、ほかのひとならば夢想にとどまるような倒錯をやってしまう。あのひとと結婚して、毎晩シェエラザードのようにお話を語り聞かせて、とても幸せにしてあげられたかもしれない。でも、もう彼を愛してはいなかった。彼は酒びたりになり、酒は彼の夢をあふれさせ、それからわたしはピリに出会った。あなたは姉妹の親密さの庭に通じるドアの鍵をわたしてはくれなかったけど、ピリはこれをくれた。この鍵をわたしが求めているのがあなたにはわからなかったのね。わたしを信じるの？　それとも理解するのと信じるのは別だというの？　タラゴナのクァトレカセス兄弟の家のテラスであなたの姿を見たときから、わたしはそのことをあなたに聞いていたのよ。もしもインディオの写真が、あの晩に彼のフラッシュで撮った——あなたは覚えているのかしら、彼はあのフラッシュをたいへん自慢にしていたわね——写真がわたしのナイトテーブルの上に乗っているのは、引出しのなかから引っ張り出してきたからじゃないのよ。あなたがそんなことをしているのを目にした記憶があるけれど。そうじゃなくて、あれが定位置で、一度も動かしたことはない。予期に反して、わたしはすぐにあなたのことが好きになった。というのも天からひとりでに舞い降りてきた長女の話なんて、まったくわたしの気に入るものではなかったから。インディオとクリスティーナはとうていほんとうとは思われないようなシナリオをわたしに話してくれた。わたしは男の兄弟がほしかった。それは赤ちゃんで、わたしの母の赤ん坊であってほしいと思っていた。でも実際のあなたは彼らの話とはまったくちがった姿だった。あなたは好奇心をそそる陽気な青年といった雰囲気で、わたしの前で丁寧なお辞儀をしてみせて、言葉遣いもよそよそしかった。わたしが十歳の少女だったということも頭に入れておいてよ！　あなたはわたしとのあいだに数多くの契約をかわした。あなたのスペイン語のまちがいをなおすかわりに、あなたからはフランス語を教えてもらう。あなたがトイレにいっているあいだはわたしが見張っているのとひきかえに、わたしが吸殻を拾い集めているあいだはあなたが見張っている。クァトレカセス兄弟のめいめいの妻がどのひとにあたるのかをわたしは説明し、その代わりにあなたは秘密を打ち明ける、そんなぐあいにあとからあとへ次々と。わたしは翌年の冬、クリスマスの頃にクリスティーナが休暇をパリで過ごすというので一緒について行ったけれど、そのときから、がっかりしてしまった。パリなのに！　二週間のあいだ、あなたは二回ほど会ってくれただけ。全部で二回、それでおしまい。それにわたしにとってのパリはエッフェル塔でもシルク・ディヴェールでもない、そのあとで見つけることになるインディオでもなく、パリはあなたになっていた。毎朝、ホテルの部屋で電話のそばにずっとすわっていた。きっと電話がまもなくかかってきて、どこかへ連れてってくれるにちがいないと確信していた。あなたはいけすかない感じだった。何年ものあいだ、いつもあなたに同じことを求めながら得られなかった、持続、わたしたちが一緒に過ごす瞬間を長続きのする時間に変えること。一種の永遠、それ以外のなにものでもない。あなたと親しくなって、朝顔を合わせ、午後にまた会っても特別な事柄ではなくて、次の日も前の日と同じように、たがいに体験を話すのではなくて、一緒にこれを体験すること、手紙を書いて、返事を出し、姉妹らしくはないふたりの姉妹のように。おたがいの年のひらきは段々と縮まると同時に、マドリッドとパリのあいだの距離以上に大きなもうひとつ別のへだたりができていった。わたしがいつも同じなのに対して、あなたは不誠実、わたしがあなたを必要としたのに対して、あなたはわたしを必要としない、というぐあいに。そして、何も不可欠なものはないというあの原理をあなたは激しくわたしに押しつけようとしていた……わたしはあなたに心を寄せることしか考えていなかったというのに。わたしは隠していた。たぶんうまくは隠せなかったけれど、まさにあなたは気づかなかった。情事では相手は男でも女でも一緒という、平等の原則を前にしたときのわたしの非難の気持を隠していた。それは慣習的な何か、旧体制《アンシャン・レジーム》みたいに思われていつも衝撃を受けた。つまり自由恋愛《リベルティナージュ》みたいなものであっても、とくに対等の関係、ライヴァルの関係を意味するものではなく、そしてまたあなたが主張する自由などまったく意味しない。間違っているかしら？　ただし衝撃とはいっても、美しい女友達に対しては、わたしは攻撃的になり嫉妬した。あなたはそれまではもっぱらわたしにふりあてられていた特権を彼女たちの上に移した。つまりあなたと親しい関係にあるのはわたしだけじゃなくなった。快楽がわたしを嫉妬深くしたのではない。あなたは快楽にたいした余地はあたえない。あなたはこれをほかのものからはっきりと切り離してしまう。あなたはそれをひどく滑稽にしてしまった。いまになって、なぜなのかわかるけど……

なぜなのかという彼女の説明を聞きたくてたまらなかったけれど、そのような質問をするくらいなら、自分で舌を抜いてしまっただろう。

——……いいえ、快楽ではなくて、あなたが彼女らにあたえたのは生活のすべて、細々としたできごと、会う約束、プレゼント、くだらない事柄で、これは男が相手でも同じだったはずだけど、インディオがいなくなりぽっかり穴ができて、あなたもわたしも、わたしたちの母親どうしは別にしても、女どうしの深いつながりができた。こんなふうにしてわたしはゆっくりと、重く、あなたを通して、あなたに対して疑いを心に抱き、わたしが不運であり、間違っていると確信しながらいまの状態になった。ピリと一緒にいると安らぎを感じるとさっき言ったけれど、これはすぐにわたしには罪深いものと思われた。彼女はわたしにそれ以前の戦いを明らかにしてくれた。女性への欲望、あまりにも真正で長いこと抑圧されてきた欲望。それがもとでわたしはドクトルと絶交したけど、彼のほうでは、わたしと会うときはいつだって機械があいだに介入するのが嫌だという理由にした。彼は自分が知っている女の背後に、もうひとりの見知らぬ女がいて、この女には会いたくないと感じていた。わたしの体があのデリケートで不規則な機械になってしまい、機械であるというこの病を治してくれるのは女性でしかないことを誰にも悟られないように、わたしは自分の姿をカムフラージュした。あなたがたふたりに共通する軽さ、これはわたしの得意な分野じゃない。あなたの軽さは美学的で、彼の軽さは倫理的といったらよいのかな？　いまは彼が亡くなったんだから、あなたはそのふたつを合体させるのね、そうにちがいないわ、あなたは相続し、あなたは勝ち誇り、あなたはこれからもさらに勝ち誇るのは確実だと思うけれど、おねがいだから、愛の情熱を軽蔑するのはやめなさいよ、彼自身も同じことを言ったはずだけど。わたしに重さをとっておいてちょうだい。重さにも配慮してちょうだい。

高みに引き寄せられると、その代わりにかならず罰せられる。あなたは影のない空間にあまりにも引き寄せられすぎている。そのことについてわたしの判断は間違ってはいなかった。夏前には、あなたからなんとか聞き出した言葉をまったく信じてはいなかった。あなたが不幸で、ほかのみんなと同じように苦しんでいて、自分のことなど何ひとつ知りたくはないのに、追い込まれてそうせざるをえなくなっているという話だけど、わたしには信じられなかった。あなたが追い込まれているですって！それにまたあなたが答えを出すのは、問いかけてもいないということね。あなたはただ問いかけているふりをしていただけ。嘘でもいいから自分を納得させようとしているだけ。さあ言ってごらんなさいよ。心のなかではその逆を確信していたと、あなたはほかのみんなとはちがっていると、そしてまたそうはなりたくないと思っていると。わたしを信頼してちょうだい。苦しむのはあなたには向いていない。それでもあなたは苦しんでいた……　だけど、どう言ったらよいのか、現実的じゃないのよね。あなたがほんとうだと思っていることがすり減っていただけなのよ。あなたは自分に疲れてしまっていた。夏前には、無理して長いこと努力したあとで、レオナールとの結婚は、あなたにとってはどん底ともいってよいような、いちばんぎりぎりの点にさしかかっていた。どこまでも平凡な人間だけど、なおも愛情をもって結ばれていると無理に自分に言い聞かせるだけの裏返しの苦行の嘘の時期だったのね。でも、あなたはそんな女じゃない、そうはできない、退屈してしまうし、退屈はあなたが知っている唯一手に負えないものなの。それはあなたの弱さでも強さでもある。それだからドクトルはあなたをつかまえることができなかった。ほんとうの意味で手に負えない怪物を知っていたあのひとでも駄目だった。それから彼は、あなたが大天使のようだと言うようになる。しかもまったく新たな要素など加わってはいないのに、彼はあなたと和解した。もしも見せかけこそがほんとうの存在だというならば、あなたが泣くときはほんとうには不幸ではなく、あなたが笑うときはほんとうには幸福ではないと言えるのかしら。もちろん言えないでしょう。それはあなたがふだんそればかり口にしているあの理論らしきものをないがしろにしているからなのよ。わたしならばレオナールと一緒になって、あなたはほとんど幸福で、ほとんど不幸で、ほとんど愛していて、ほとんど別れたように見えるけど、ほんとうはそうじゃないと言うところよ。そしてそのことを感じたとき、ひとは逃げるの。あなたの中心部に空き地があって、そこにあなたと一緒に住むことができる何かが建てられると多少なりともみんな信じたのだけど、やはり駄目だとわかり、空き地に放り出される前に逃げる。錯覚だったのね。空き地が錯覚だったのではなく、それが非現実のものだと信じることが。あなたはわたしたちには情熱は感じてなくて、わたしたちはあなたにふさわしい存在ではないと思いつづけていなさい。その情熱はあなたの中心にあって大洪水を待ち受けている。あなたという存在のほんの一部も手放さないようになさい。建築が禁止されている空き地のようにしておきなさい、すばらしい小さな部分じゃないの！　そのあとで、もっとすばらしくなるでしょうよ、もう周囲に何もなくなってしまうときがくれば……

疑う余地はなかった。彼女はもっとも痛いところを突いてきた。さすがにすぐれたレポーターの素養があった。空き地のイメージはわたしを驚かせた。もしもこれが空っぽなまま中心部にあるならば、それにひとつの名詞などあたえることはできないだろうが、心に、セックスに、魂に関係しているのかもしれない。いかなる現実の究極の先端部分に電源をとって、このようなイメージを浮かばせる照明をあてればよいのか。明るい昼の光のなかで見るのと同じくらいにはっきりと見えるようにするにはどうすればよいのか。さらにドロテアはわたしが忘れてしまっていた数多くの事柄を覚えていた。だがわたしが忘れたのは、それが何の役にも立たなかったからだ。現在に通じる過去の記憶をなぜもういちど自分にあたえねばならないのか。それに何の意味もないと思っているわけではなく、わたしは逆方向に行こうとしているのであり、未来のほうに後ずさりしようとする、そう、まさにそうなのだ、結局のところ思い出ではなくて、生きた過去によって未来へとまた送り返されようと思っている。インディオが思うままに複雑化しようとしたこの家族関係からドロテアは抜け出してはいない。彼女はほんとうには外には出ていない、わたしがたぶんほんとうには入り込んでいないのと同じだ。

多かれ少なかれこのような事柄を説明し、とくに彼女のおかげで、それにまたスペインへの旅のおかげで「そのあとで」を（そこから彼女の表現「大洪水」が生まれたのだけど）いまとここに確実に転換できると思っていたと彼女に向かって口にしたとき、わたしは確実な証拠を捏造しえたわけではなかった。溜め込むよりもむしろ思いきり浪費したかったのだ。そうだ、これ以後は思い切って浪費して、手に入れることにしよう。

疑い深そうだが、陽気な雰囲気の驚きが彼女の顔には描き出されていた。彼女のほうは腹をすかした雌犬で、わたしのほうは骨となってしゃぶられるばかりになっている。彼女はなぜ、どうしてと聞き直し、雌犬のきらめく眼は、わたし自身の欲望の欠乏にわたしを向き合わせた。わたしにとってみれば、イニゴーだって同性愛なのだからわたしの同性愛、あるいはわれわれの同性愛、あるいは彼女の同性愛も問題じゃなくなるとは言えなかったし、妹はこれを胸のうちにしまっておくべきであり、どんなことがあっても彼女もまたこれをもらしたりすべきではない、それはたいしたことじゃないのだから、とも言えなかった。

――あとで、説明してあげるから、とわたしは言った。あなたが刑の執行をすませてからね。

この言葉をわたしは選んだわけではなかったけれど、怒りに火がつきはじめ、でも空模様と同じで、場所が定まらず、どこから急に始まるかがはっきりしていない。わたしへの怒りというよりもむしろ彼女自身への怒り、とわたしは考えた、わたしを傷つけたことで自分を有罪だと思い、わたしを憎むことで自分に嫌悪感をおぼえる。奇妙な愛だ。わたしはすぐに修正を試みた。一枚の肖像画の制作についての話をもちだした。オリジナルとは似ていないから不満なのではなく、色がちがうと言ってみたのだ。画家の言葉がわたしの頭のなかで響いていた。ドクトルと同じように、できれば引用の権威にすがりつきたいと思ったのだ。そこで探してみたが――それもむなしい気がして、あきらめた。心に抱いているものを重たげに振り落とした。あなた、わたし、すべて、あなたはコンスタンスの話を避けるために色々な話を次から次へしようとしている。

これまでに二度か三度か、そのうちの一回は今晩マドリッドでというわけだが、ドロテアの顔の上にわたし自身の顔の上にはけっしてあらわれない何かがあらわれるのをたしかに見届けたと思う瞬間があった。涙とは反対のものである。涙はわたしの文明世界の果てをしるし、いっぽうドロテアはインディオすら超えてずっと遠くまで遡っていった。インディオたちが動物および山々と家族の絆を結んでいたとしても、インディオ本人は優雅さによってすべての痕跡を消し去っていた。それでも、この親近性はわたしの妹の顔の上にまれではあったが戻ってくることがあった。最善の場合だと、先祖とハチドリとのあいだの交配、最悪の場合だと、先祖とコヨーテもしくは荒々しい岩とのあいだの交配のアルカイックな痕跡である。光、知性は、彼女にあっては、善意と組み合わさり、奥のほうに容赦なくひきさがり、時間の始源の闇、氷河に閉ざされた山脈、このうえなく残酷な肉食に向かう衝動の名残の部分が彼女の口の周囲に瞬間的にあらわれることがあった。彼女の唇がコヨーテを、ジャッカルの頭を呼び寄せるのだ。彼女は吼え、人肉に噛みつこうとしている。

――そうよ、コンスタンスと寝たのよ。その話を聞きたくてたまらないのでしょうから、言ってあげるわ。

それから彼女はまたわたしの妹の姿に戻った。

彼女の臆病さ、野蛮なまでの臆病さの突然のあらわれを忘れないようにしないといけない。「一緒に寝た」という表現もそのひとつのあらわれだ。わたしは軽い口調でもって、というのは危険も一緒に引き受けるわけだが、むしろ事柄について俗悪さを強調する。

――きっと彼女は一族の誰とも寝ていたんでしょうね。たしかにこの言いかたはよくない。認めざるをえない。だけど、いったい何を盾にすれば間違わずにいられるというのか？　狂暴さが空き地から首を出しかけたが、すぐさまその取り返しのつかない敵、すなわちやさしい感情がこれを押しとどめた。というのもドロテアの顔は恐ろしいほどに、またわたしが血を流すのを見たときよりもずっと激しくかたちが崩れたのだ。ひとこと余計だった言葉、一族の誰ともという言葉をわたしは撤回する。わたしはコンスタンスには髪の毛の一本たりとも手を触れてはいないと断言し、それと同時に理解したのだが、わたしが警戒しなければならなかったのは赤毛の女ではなかったのだ。彼女が言った用心しなさいよという言葉のなかには、わたしに気をつけろという意味が含まれていたのだ。頭のなかでは、急にしょんぼりとした彼女の肩にわたしは腕をまわしたが、これはあくまでも頭のなかでの想像であり、彼女の体に触れるなんて不可能だった。やさしさは愛ではないが、それよりもっと強い欲望ではないもの。そこで、誓ってもよいけれど、とわたしは繰り返し言葉を口にする。

——でも、あの言葉、あの言葉、と彼女が繰り返す番だ。

——インディオのことを考えていたのよ。

いつもは理性の銅像のまえにお辞儀をするのに馴れているわたしではあるが、この銅像を打ち壊すような想像不可能な何かがそのとき生じた。人間の深さなど信じるのは無駄だという強烈きわまりない証拠だ——それにまたわたしが証拠など捜し求めていないのは明白だった。霜だとか霧だけでこれを打ち壊すに足りる。いわゆる雪とか焔の感情はつねに限界に達する。ドロテアの鋭い目は盲目に近くなるまでに弱まった。こういうふうに言うのはさびしいことだが、周囲の人間を盲目にする男はいつまでも見知らぬものでありつづける。これにまたもうひとりの見知らぬ男を付け加えることができる。それにふさわしく幾何学者もしくはインテリア・デザイナーの呼び名にふさわしい人である。ドロテアは息を詰まらせる代わりに呼吸した。自分の内部に疑念をみちびきいれる代わりに、彼女はその頭を切り落とした。とても優雅な動きをもって、彼女はわたしに恐怖を説明した。肩のあいだにうずめていたアオサギの首を伸ばし、もう恐怖で身をふるわせてはいない。知的理解というものを超えた無邪気さをもって……

「……記憶と意志にならぶ魂の三番目の能力。おまえたち三者でもって最後にはひとつの魂をつくりあげることができる。これまではアウロラこそが三人のうちでただひとり理性的な存在だと思ってきた。おまえはけっして理性のまえに身をかがめようとはしない。そのつど意志の銅像がおまえに襲いかかる。おまえが向かうのが……」

どこへ向かってなのか、ドクトルが言う前に、声はもちろん曖昧に消えてゆく。もしも三人のうちでわたしがいちばん悲壮だとほのめかして満足ならば、ドクトルひとりでよろこんでいればよい。知的理解に挑戦する無邪気さをもって、ドロテアはため息をついた。彼女はとても大きな、やすらかで解放された様子のため息をつき、わたしに微笑みかけた。ありふれた考えからわたしを引き出すというかのように、ほんの少しばかりへりくだった様子で、また悪戯っぽさも少しばかりこめて、彼女はわたしに、問題になっていたのは、まったく別の事柄であり、それはまったく関係なかったと説明した。

わたしは少しばかりうろたえた。

――でもコンスタンスは彼のことをよく知っていると言っていたじゃないの?

重病人に話しかけ、あまり強制はせぬようにして、患者の妄想に立ち入らぬようにするときの看護婦のような気遣いをもって、お茶の時間ではもはやなかったから、彼女はわたしが手にしていたグラスにウイスキーを注ぎながら、わたしに答えて言った。

——さあさあ、相変わらずあなたが得意な聖書解釈ね。でも、それはまったく無関係だわ。彼の病気がすでに重かったときに、彼女はローマでインディオに会い、ロンドンでもまた何回か会ったのは知っているんでしょう、彼の命はもうあと残り少なく、彼女は彼の世話をした。彼女は彼にはとてもやさしかった。


妹の愛の一部をなすコンスタンスの言葉が彼女を支配しつづけるかぎり、もはや妹を相手にもっとも形而上学的な「お茶の時間」を一緒に過ごすことはできないという理由がここにある。わたしは黙ったままでいつづけるだろう。わたしは唇にでかかった疑問を口にはしないだろう。インディオがまもなく死ぬと知っていたのは、妹なのか、それともコンスタンスのどちらだったのか？　コンスタンスはインディオが死んだあと、妹と出会って、それ以来ずっと妹にとりついていた。彼女の周囲でドロテアは夢をみていたのだし、わたし宛の手紙はもう書かなくなっていても、コンスタンス宛にはせっせと手紙を書いたのだった。彼女はドロテアの願望の対象となった。「彼女の思いの北の国！」

わたしはたしかに騙されていた。本能の欠如はあざむかない。まさにこの夏、ロンドンからロス・エラルドスにゆく途中、コンスタンスはマドリッドに滞在していたのだ。それもわたしが今晩いるこのアパルトマンに。彼女はわたしの怪我のもとになったあの窓の下にスーツケースをおき、わたしが眠りたくないといったあのベッドで寝たのだ。いたるところでそうだったように、また彼女の本質がそうだったから、わたし自身の妹を近親相姦の世界へと引き込むだけの時間的余裕もあった。それでもわたし自身の妹は何も気づかなかった。はっきり行動にして示す性格のみごとな効果。「もしくはもの覚えの悪さ」という声が聞こえてくる。

いくら腕時計があっても、彼女の母親はいつもそれを壊したり、無くしたり、ねじを巻くのを忘れたりした。時間は彼女の手首から飛び立って、彼女からはずっと離れた遠いところに向かいつづけた。彼女の名前が刻印された指輪をつけた人間も一緒に飛んでいったのだ。でもとにかく強力なのは飛んでいってしまったものを彼女のもとにもう一度もって帰る誰かがいたということだ。たとえばわたしがドアのところで、でも、もう二時よ！　と叫んだとき、この場合のわたしがそうだった。ああ、そうなんだ、もう二時だったのだ。でもクリスティーナは用意もしていなければ、まだ服もちゃんと着ていなかった。外出する準備がちゃんとできていない人々の湿っぽくて熱い顔だった。すぐになぜなのかがわかった。というのも、彼女はわたしを彼女のアパルトマンの周囲をぐるりとまわってはりめぐらされたテラスに連れ出したのだ。彼女はもうすでに外に出ているのだ。彼女は日光浴をしていた。そして彼女が横になるため部屋着の前を少しはだけると、その下は裸だった。完全に裸だった。

みんな裸になって、その肉体のいったい何をわたしに見せようとしていたのか。人が欲しがる体だと思っていたのか、それとも見せたくてわざとそうしていたのか？　最後には呼吸をするのも困難になり、窒息しそうになった。ドクトルの純粋で白い空気を後生だから吸わせてほしい。しかしドロテアがわたしに、クリスティーナには彼のことを話題にしては駄目だと言ってからというもの、彼らを、つまり彼と彼女を、奇妙なやりかたで見るようになった。つまりなんとふたりは抱き合ってキスをしているのだ！　わたしは騙されたりはしない。家庭の女たちがひそかにわたしに見せようとするあの肉体を前にして、ガラス張りの陳列室に入った泥棒のような気持ちになる。

——言ってほしいのは真実よ、あなたはわたしの証人なのだから。どこに老衰の影が見えるというの？

はっきり言って、男ならばあえてそうはしなかっただろう。彼女らはわたしを笑わせる。彼女らは時間を追い払い、勢いよく体のどこに時間が宿るかをこちらに聞いてくる。見たいという欲望はないし、知りたいという欲望もない、それにはさまざまな理由がある。

——どこに老衰の影があるの？　と彼女は繰り返して言う。

真剣な面持ちだった。彼女はほんとうに知りたかったのだ。こちらに見るつもりはあっても、見つかりはしないだろう。それからいやそうじゃない、わたしはいらいらしはじめる。わたしはぶしつけにじろじろ眺めてみるだろう。見つけなきゃいけないから。彼女はほんとうのことが知りたいのだ、それなればほんとうのことを言ってやろう。簡単ではない、というのも彼女の裸の姿は一度しか見たことがなかったからだ。ランプの弱い光のもとだったし、彼女もだいぶ遠いところにいた。昼間の光のもとでの比較は残酷であるにきまっている。いやそんなことはない、それに類したことは何もわたしの眼には見えない。わたしは何も覚えていないということも言っておかねばならない。わたしはこの裸の体のラインを目で追う。完全なかたちで残っているライン。さてこんどはこれを横ぎってゆく。

そしてついに、ああ、老化を見つけるが馬鹿げた場所だ。エドモン・ブロックがたとえ目を閉じなくとも、眼鏡をかけたままでいても、まさしく見ることのできない場所の周囲にまるで注意深くとぐろ巻きになり、ゆるやかに、渦巻きになった状態で。彼がそこに入るときは絶対に見えないその場所に。それにクリスティーナもそのことは知っており、彼女の手は腿の上のあたり、腹の下のあたりというぐあいに、彼女の年老いた部分の周囲をゆっくりと撫でるのだ。手による描写の動きは皺をわきへ押しやり、まさに時間を相手にする彼女のやりかたどおりにこれをどこかに追いやる。でもわたしはそんなことを報告しはしない！

ママン！と鋭い声が叫んだ。二時半だよ、ぼくはお腹がすいた！　バッタのような男の子が彼女に飛びつき、わたしの前で彼女をわざと食べてみせるふりをする。彼の存在は完全に頭から抜け落ちていた。


――そうだ、これがあの娘……。

――これがじゃない、彼女でしょ、ペドリート、こんにちは、はどうしたの。

――で、これがあのフランス人なの？

彼のがっかりしたような様子を前に、わたしもまた嫌な顔をしてみせた。

――で、これがあのペドリートなの。なんて変わった子なの、ほんとうに痩せていること。

――ぼくは九歳だ。あなたは？

──八歳よ、その五倍してみて。

彼は肩をすくめた。わたしはあまりにも偉そうに見えてしまうのだ。でもかりにわたしが馬鹿だとしても、こちらが怖がるにはおよばない。彼はおとなしくなり、われわれは握手する。

クリスティーナが支度をしているあいだ、わたしはペドリートが食器をおいたり、偉そうにしている彼の背ほどの高い位置におかれたグラスを取り出すのを手伝ってやった。食事はいまテーブルに並べられようとしていた。彼はパン粉をつけて焼いたカツレツの冷たくなったのは、薄く切ったパンのあいだに挟んで食べたほうがピクニックみたいで美味いとか、彼はてんとう虫を飼っているが、飛行機での旅行に耐えられるかどうか心配しているとか、フランスではどんな帽子が見つけられるのかとか、冷たい飲み物の面では必ずしもパッとしないのはアメリカ合衆国でもスペインでも同じだとか、それこそ勝手気ままなことを次々とわたしに語ってきかせた。女たちの話に比べると、ペドリートの話には具体的な細部がいっぱいあって、逐一そこにこだわることができる。議論ができるのだ。デザートは出なかったので、彼は階下に降りて遊び仲間、遅番の夜警の息子と一緒にてんとう虫を放す場所を探しに行った。

写真はもっているの、とわたしはクリスティーナにたずねた。弁護士と結婚したときのあなたの写真、それからインディオと出会った頃のあなたの写真、それからドロテアが小さかったころの写真、わたしたちが知り合った夏の写真。「おまえの写真だって？　もう全部見たんじゃないかね。だったら、こんどは過去を予言しようというわけか！」もちろんよ、とクリスティーナは答える。写真ならたくさんあるわ。あなたがそれに興味をもっているとは思ってもみなかった。ドロテアは引き出しに入れた写真を眺めて時間をつぶしている。わたしは質問をつづけた。それにクァトレカセス兄弟はどうしている？　いちばん年上の人は何ていう名前だったかしら？　アントーニはぺぺは？　クリスティーナはためらいを見せる。このような質問をしたのはまちがいじゃなかった。答えは期待していた以上のものがあった。

——いちばん年上の人は外見は若返ったわ。もう一度子供時代に戻ったみたいよ。アントーニはバルセロナでカタルーニャの詩の教授になっている。ぺぺ、ぺぺ……でもドロテアから通知を貰わなかったの？

わたしは思わず怒りの叫びをあげる。彼女は苦痛の叫びだと思ったらしい。彼女はそのことでひどく驚いて写真の入っている引出しを手から落とす。わたしは跪いてこれを拾い集めようとして、たまたま一枚の写真を偶然にひろいあげた。彼女は輝くばかりで、黒と白の装いでどこまでも輝いている。唇も髪の毛も金色の指輪も、わたしの母よりもずっと美しく、しあわせに見える。そうたしかに彼女は変わったのだ。

——わたしたちはまったく同い年だったの。とても悲しかった。わかるかいルース、彼はとても繊細にわたしのことを見守ってくれたのよ。困難な時期に、彼は公然とわたしに言い寄ってくれた。お金を貸してもらったことすらある。だけどあなたは、彼のことはほとんど知らなかった！

——そうね、でも彼には約束をしたことがある。

——あらまあ。わたしがインディオと会ったときと同じね。

彼女は相変わらずまたインディオへの約束の話を蒸し返す。彼女はこの話をわれわれに二十回はしているだろう。彼女は約束を守る女だから。わたしのほうは約束を守らなかった。ボールペンで彼が丁寧に書いた文字がまだ瞼にありありと浮かぶ。ぺぺはわたしがこれまで受け取ったもののうちでただひとつともいえるような真剣な愛の手紙をくれた。気取ったところも引用もない手紙だった。最後の手紙は別として、インディオの手紙と同じように歌うような調子だった。この手紙をわたしは四度受け取った。ほとんどいつも同じ手紙で、同じ日付だった。それから五年目になって手紙はもうこなかった。


——タラゴナのテラス、それは兄弟のうちで一番年上のひとの家だったの？

——いいえ、そうじゃない、第三軍管区の指揮官だったいとこの家よ。このいとこを通じてわたしたちは遠い親戚ということになるの。

わたしがもうひとつの別の家族、もうひとりの別の女、もうひとりの別の娘を発見する夜、そして同時にそれぞれわたしに言い寄ってきたクァトレカセスの三人兄弟のペルソナのうちにすべての男たちを発見する夜。暑いときにはどんな娘でもすでに女になったような雰囲気があるものだ。わたしは処女だったが、第三軍管区の指揮官の家のテラスにいたわたしはそんなふうには見えなかった。ドロテアはわたしのことを若い男だと思い込んだという話だったけれど、三人兄弟のほうはわたしのことを一人前の女だと思い込んだ。彼らの体から、そして花火のあいだ彼らがじっと座っていた居間からは本物のオーデコロンの抵抗しがたい香りが発散されていた。彼らはもう長いこと会っていなかったかのように、あたかも彼らの妻がたがいに憎み合っているので、祭のときとか事故のときとか、人がいる前でしか彼らが秘密の話ができないかのように話していた。それにまた妻といえば、三人の妻のうちのひとりしかこなかった。いちばん年上のひとだ。招待客はほとんど全員テラスにいた。花火職人は夜空めがけて花火を打ち上げた。戦闘音のような物音が海に襲いかかるなかで、いちばん年上の男がわたしのところにやってきて、彼らの土地でつくられるあのカタルーニャのシャンペンを一緒に飲もうと誘いにきたとき、彼のシャツに縫いつけられた小さな環飾りが揺れていた。こんなふうにして花火に代わって、彼らが登場し、忘れがたい彼らの挨拶の言葉のつぶやきがわたしを取り囲んだのだ。彼らはわたしが誰なのかわかっていなかった。彼らはわたしをフランスの女だと思い、フランスと女というふたつの項目の結合が彼らには自由で甘美な戦慄をあたえていたにちがいない。それで花火の音は弱まり、彼らにとって夜を過ごすひとつの可能性となったわたしにむかって言葉の花束が打ち上げられはじめたのだ。彼らはわたしをブルーの眼の女とか金髪の女ではなくて、共有財産に変えた。というのも、わたしの名という衣を脱がして、通りがかりの女に投げつけるような形容詞、ののしりの言葉のように投げかけられたやさしい言葉、みだらな花がひらく雨でわたしをくるんだ。彼らのものとなったわたしのペルソナについて彼らが何を口にしていたのかはわからなかったが、上機嫌でおしゃべりで同じ家族に属しているわけだから、彼らのあいだに何の競争関係もないのは感じられた。家族の欲望のすべてはかなえられたと判断している家族なのだ。こうして他愛もないやりとりの雰囲気がしばらくつづいたが、やがてわたしはいちばんつまらない男に見え、またいちばん若い男だったぺぺの唇が小さな口髭のかげでふるえるのを見た。彼の顔はどこにでもあるような、軍人の顔、市長の顔——いまでは国王だって自分の顔がある——ただちがうのは糸でひっぱったようにピンと張った小さな特別な口髭があることだけ。彼は自分の世界、シャツの上の環飾りの動き、シャンペン、ハバナ産の葉巻に自信をもっているように見えた。よく磨きあげられた靴の下で、大地は震えるはずなどなかったし、禿げた頭にまで自信はみなぎっていた。アントーニのように濃い髪の中央がぽっかり禿げているのではなくて、額の生え際が左右対称におごそかに後退し独創的な考えのつまった澄み切った額と静かにふたつに分かれた褐色の眼があらわれていた。額と眼のあいだには、気苦労など何ひとつなく、皺ひとつない。そして生え際が後退して賢く見えるようになるいっぽう、髪の毛はうなじのあたりでまとめるのが都合がよいと思ったのかもしれないが、彼はこれを小さなクッション代わりにして、近くにあるもの、この場合はわたしということだが、を遠くから眺めていた。だがその眼はまったく役に立っておらず、なかばひらいた唇のあいだから彼は眺めていたのだ。物憂げな唇は柔らかくて、しかもくっきりした輪郭をもち、そこにあるのを見ていると、こちらは何だか変な気分になってくるのだが、その唇を叱りつけるみたいに、短く刈られた口髭が褐色の鞭となってじつに活発に動き、ドクトルならば寸鉄人を刺すような事柄を口にする前にその眼に逆説の影が走るのだが、この褐色の鞭もまたそれに劣らず辛辣だった。ぺぺが微笑むと、かすかに口髭が——この語はこの毛の苗のようなものを表現するにはあまりにも重過ぎるのだが——上のほうに動いた。いわば思考の経済学を可能にする自然なユーモアのしるし。だがこうした自信のすべてがあの鞭のもとでふるえはじめ、構成が壊れたのは、インディオがわたしの肩を腕で抱きかかえ、いとしい娘を抱くようにして、楽しんでいるかと聞いたときだった。ペペはわたしがインディオのものだということを発見した。わたしが彼の娘であり、ひとりの女ではないことを発見した。あまりにも突然だったし、強烈だったし、逆説的だった。彼は激しい性格ではなかったから、本物の欲望のなかに叩き込まれた。わたしが現実離れしている点は彼をふるわせた。わたしは彼にとっては禁じられた対象であり、彼がわたしに禁じられていたのと同じだった。市長と軍人の顔の背後に熱に浮かされた青年、好色で絶望している者の姿がちらついた。インディオ以外の男への強烈な興味をわたしに植えつけるいっぽう、彼もまた陶然と酔いしれたのだ。

悲しい顔をしちゃ駄目よ、と突然クリスティーナは言った。彼にいったい何を約束したの？　でもわたしは彼女について抱いた変貌してしまった女という悪い印象から抜け出せなかった。そしてわたしは答える代わりに、エドモンのバラを水につけにゆこうと考えた。彼女はわたしをおしとどめた。翌日は出発なのだから、それには及ばない。バラは捨てればよい。彼女は荷物をつくりはじめていた。それがすめば、レティロ公園をよこぎってドンナ・エウヘニアの店にスーツを受け取りに歩いていくことになるだろう。

あのとき彼らは三人ともそろっていた。それに彼らの妻もひとりいた。みんなプールサイドに座っていて、麦わら帽子をとって立ち上がった。

——なぜインディオは、あなたとわたしが彼らの家に行き、所有地に入ったときわたしたちについてこなかったのかしら？

——誰の家？

「彼女は人の話を聞くことができない」とドクトルの声がする。「聞くとは、過ぎ去る時間に関係する行為だ。神のみが際限なく聞く力をもっていて、けっして物語りの流れを中断したりはしない。彼女は電話での話しか聞くことができない。おまえはこの話を彼女に電話でしてやってもよい。」

インディオはイタリアに行ってマルティネス夫人と合流する予定だった。それでこの日われわれを迎えに、ペペは車をよこしたのだ。独身だったからでもある。彼はいくつかのサロンを通り過ぎ、数々の肖像画、暗い色の大箱がある部屋を通り過ぎて、わたしを適当な場所まで案内してくれ、そこでわたしは服を脱いで、水着に着替えた。これは彼の寝室だった。彼の子供たちの写真があった。子供たちはわたしと同じくらいの年だった。ペペはわたしの父といってもいいような年齢だったのだ。インディオの部屋にはライムとジターヌ煙草の匂いがしみついていたけれど、ペペの場合の匂いはハバナ産の葉巻とオーデコロンだった。プールで泳いだあと、わたしひとりではきっと部屋に戻れないと彼は言い張った。わたしたちは先祖の肖像画の前をまた通った。陽射しのきつい外とはまったく対照的に敷石を踏む感触、廊下の冷たさはみぶるいがするほどだった。彼はドアをあけ、今度はわたしと一緒になかに入った。

——ふたつのことをよく覚えている、とわたしは大きな声で言った。彼の口髭とペニスと。わたしがこう言ったので、ものに動じないクリスティーナも驚いて飛び上がった。彼女は激怒していた。

——あなたは外にいたから、家の内側がどれくらい寒かったか想像はできないはず。彼はわたしのために熱い湯を湯船にためてくれて、もうお湯の流れる音がしなくなったときに、わたしを呼ぶ声がした。彼は裸だった。勃起していた。いまだかつて見たことがなかったものだった。勃起した男を見るのは初めてだった。彼はわたしに言った。きみを欲しがっている男とはどんなものかを見てもらいたい。彼はわたしが女になったら一緒に寝るとわたしに約束させた。そしてわたしは約束をまもらなかった。

——ああ！　と、聞いていたクリスティーナは言った。インディオはわたしにほとんど似たような話をしたよ……わたしも彼には強い欲望を感じていた……通路の奥の牝鹿の頭の剥製の下のドアをあければ彼の部屋だと知っていた……でも……わかるだろうけど、わたしは結婚していたし、たとえ……家のなかでただわたしひとりが起きていたはず、というのもみんなは朝早く狩に出ることになっていたから……わたしの部屋のドアをノックする音が聞こえたときは夢かと思ったけど……で彼だった……彼もまた眠ることができずに、同じことだけれど、わたしはおまえみたいに、でも彼が知っていたはずはない……と、彼に言ったときには、彼はわたしが嘘を言ってると思った……なんという夜、なんという夜をわたしたちは過ごしたの。

この夜のことは彼女の唇に断片的にのぼり、ドロテアとわたしがもう暗記するほど繰り返し聞かされてきたものだった。彼女はあまりにも繰り返しその話をしてきたので、もし彼女がある細かな部分を言い忘れたりしたら、わたしたちふたりを夢みがちの気分に誘った例の表現、つまり「わたしたちになしえたことを、わたしたちはしたの」という表現を言い忘れたりしたら、まるで真実のすべてがどこかに行ってしまうというかのようだった。最初の夫で唯一の夫からエドモンまで、ローマでの結婚の破棄、彼女が処女であることの確認などの話の順序が少々入れ替わってもたいした問題じゃなかった。ただし彼女が牝鹿の頭を語るのを忘れたら、わたしたちになしえたことを、わたしたちはしたの、を忘れたら、彼女が地獄と天国を比較しなかったら、それから彼がオーバーも着ずに冬のさなかにやってきたことを言い忘れたら、電話で彼女がついに自由の身になったことを知ったあとでいちばん早い飛行機に飛び乗って、ミラノから彼が駆けつけ、泳ぎ、飛んできたかのように、若い男のように息を切らしていたことを語るのを忘れてしまったら、われわれは彼女を恨み、そして彼女とその夜を馬鹿にしただろう。あの夜はわれわれの生涯でもっとも美しいものだった。というのも、彼女は不純でなおかつ純潔で、われわれは彼女から生まれたわけではなかったから、

わたしたちは公園の鉄柵を通り抜けレティロ公園をよこぎってドンナ・エウヘニアの家に向かった。五時を少しまわったくらいの時間で、散歩する人影は暑気のせいでまばらだった。小さな男の子が顔を上下逆さまにして噴水の水を飲もうとしていた。水筒の水を勢いよく飲むみたいだった。彼の妹が何回にわけて飲んだかをおごそかに数えていた。ムーア人の彫像が意中の麗人をうかがい、わたしが

ふりむいたとき、遠くのほうに、彼は噴水にかがみこむようにして彼女のほうにかがみこんでいた。帰りは、スーツを半分にたたみ、薄葉紙に包んで腕に抱えて帰ってきた。何度も回り道をしたあとで、われわれはさっきの噴水の前をまたとおりすぎた。恋人のカップルが噴水の水のはねかえりを受けていた。夜になるのを待つスペインの結婚前の男女の紋切型的表現だ。わたしたちは急いではいなかった。スーツケースのいちばん上にスーツを入れれば、それでおしまいだ。

——なんと素敵な散歩だこと、とクリスティーナは観察の結果を述べた。

散歩に出かけようというのが、長いあいだ、人類がわたしに対してなしうるもっとも陰気な提案だった。さらにろくでもないのは、美術館に出かけるというやつだ。ドロテアは美術館にいると相手がよくわかると言う。わたしはといえば、そんなふうにしてわたしを厄介払いするのだという思い、もっと生き生きした計画、もっと親密な計画がほかにあるはずだという思いを断ち切ることができない。ドクトルにはこっそりとわたしを呼び出す独得のやりかたがあった。十五時にあずまやの先の最初のアカシアの木のところで会おうとか、『心臓のところに手をおいた男』の前の広場のところで会おうとか。彼は予想していた。彼はその下はインゲン豆のさやで一杯だとか、もういっぽうの手は手袋をつかんでいるとか。「彼は手袋をひとつしかもっていない。」手と手袋で陰謀が成立する。アカシアの木が光沢のある時計盤となって十五時が輝き出す。一度、ヴェネツィアでレオナールが部屋から出ようとしなかったことがあったが、わたしはドクトルのやりかた（そしてその細部）を借りて、そっと彼の耳にささやいたのだ。嵐の空と閃光が絵の主題となったのはそれがはじめてだと言えばよかった。彼はやってきた。アカデミア美術館で、それにまた行ったことのある美術館のどこでも、すでに自分が知っている作品しか好きにはなれない。人生、出会いとはちょうど逆だ。言い換えれば、わたしには危険だという印象がある。後ろからわたしをじっと見つめていて、わたしの背後で馬鹿にした態度をとる知られざる傑作があり、これに襲撃されるのではないかという危険を感じるのだ。美術館では、田舎、山岳地帯にいるのと同じで、いくら頭をめぐらせて周りを見ても、何も目に入ってこない。誰が歌っているのかがわからない。動物には恐怖感をおぼえるし、わたしは動物たちを恐がらせる。レオナールがリスを見つけた場所には、わたしの推論だとハシバミの木が植わっている。クリスティーナがシジュウカラを見つけた場所で、ドクトルはわたしにささやく。「翼のある花束、羽毛のヴァイオリン」と。わたしはもはや自分の癖を誇らしくは思ってないし、おそろしく急いでいるみたいに、ある地点から別の地点へとできるだけ早く行けることを誇らしくは思っていない。そのことを考えるとき、ブレーキをかけようとするのだ、ああ残念ながら、わたしはまっすぐに先を見つめて歩きつづけ、行こうとしている地点に、右も左も見ずに進んで、もっと早く着こうとする。その後で、何にも誰にも出会わないのを恨めしく思う。好きな小説を読むときのように、ブレーキをかけてみるが、まずそれを読み終えていたいというみたいで、なおも早すぎるのだ。早く進んだほうがよいというように。クリスティーナはすぐにドロテアと同じ問をわたしに向けてきた。なぜそんなに急いで歩こうとするのかと。わたしは返答につまる。わたしは速度をゆるめる。歩調を崩し、自分がワルツを踊ろうとする馬にでもなったような気がしてくる。一、二、三。何メートルか進んだあとで、彼女のリズムがつかめた。

彼女の脚を眺めてみた。彼女の踊るような足取りの秘密をつかむために少し離れてみた。そして彼女からは離れたくなかったから、また新たに彼女の魅力がわたしに押し寄せるのを感じた。彼女のそばをインディオが歩いていると想像してみた。わたしのように、しょっちゅう立ち止まりながら。見てごらん、見てごらん…… 彼らはたがいに見つめていたはずだ。立ったまま、庭のなかで立ち止まって、澄んだ心をもっていることをよろこびながら。

自分のための特別な誰かと一緒に散歩に出かけることもある。こうして一緒に歩かなければ考えもしなかったようなことを考える。そしてこだまが返ってくるのを期待して目の前の山の姿に向かって呼びかけるように自由に横から眺めて考えるのだ。クリスティーナは考え抜いたあげくなのか、それとも何も考えずになのか、こんなふうにわたしの言葉の最後の部分を送り返してきた。

――いつもあのひとの心にしたがう用意ができている。

――あのひとの心に……

壁の外で小さな奇蹟が生じる。閉ざされた場所、つまり部屋、コーヒーもしくはお茶の時間からは遠く離れて、静かに、はっきりとした声とはいっても、自分のためだけに言い聞かせる声で、真実の名において――その真実はじつに辛いものだが、他者に向き合ってその場にいる自分の半分にしか関係しないのだからむなしいと言わざるをえない――閉域からは遠く離れて。散歩は垂直になったベッド、戸外にもちだされた長椅子であり、正確にはどこからかはわからないが、ものごとは逃げていってしまう。やぶのなかから逃げ出し、その褐色の顔と、その小さな白い尻を見せるのだ。長いこと地中にもぐったあとで黒くて湿ってふるえている貴重なトリュフを探し出す。何年もの時間がたったあとで、一本の棘が血をまた滴らせる。わたしがただ一度だけ着た白いドレスを汚した血のしずくが。教会もないのに、鐘が鳴っている。わたしに欲望を感じていると言った彼の言葉がわたしの唇にのぼってくる。あなたが欲しい。それをクリスティーナに言うか、ツグミが同じことをさえずるか、そのどちらでも同じことだ。

相手へのこのような無関心がわれわれを自由にした。レティロ公園をたまたま散歩していて、たがいにひとりごとを言っているような、自由な結びつきのカップルへと変えた。ドゥニの十枚、もしくは二十枚の写真。そしていまのわたしは、彼がカメラなしに肖像を描き、特別な言い回しに凝りはしなくとも、書く必要があるのだったらなおも書くはずのページをイメージとして、過去のわれわれの姿がわかるようになっているはずだ。われわれは言葉をひとつも完結させはしなかった。細部の表現が豊かで、秘密などどこにもなく、もはや話題がインディオなのかエドモン・ブロックなのか、ペドリートなのか、どの兄弟か、どの娘かとくにことわりもしなかった。実際ドゥニにとってみれば、やめてしまっても後悔はない。フィクションのカップルはもはや彼の興味の対象ではなく、われわれは虚構であり、正当な関係ではなかった。彼女はわたしの母でもありえたはずだが、実際の母ではなかった。夫が別の女の床に入って、その結果生まれた娘を嫌うようにわたしを嫌っているとしても、別の床などというブルジョワ的表現を聞けば彼女は笑い出しただろう。インディオもまた彼女の夫ではなかった。ならば、わたしはいったい何に似ていたのか？　わたしは彼女によって動揺させられてもよいはずだった。黄色い水玉模様の入った彼女の黒い服、肩からかかる細い吊り紐、彼女の膝の上でうごく衣服の襞。彼女の肩と膝のあいだ、そこでわたしは彼女の脚についても、彼女の顔についても語らない、さきほどペドリートがからみついていたあの場所そのもの、あの褐色にして金色の四辺形は、インディオがこの世でもっとも愛した彼の居場所だったのだ。

――で、あなたは縮小辞に我慢できたの？

――最初はわたしが彼よりも背が高かったから、わたしを彼の背丈まで小さくするためにやっているのだと思い込んでいた。だけど、そうじゃない。ラテン・アメリカの人々はみんなそうしている。セニートス、クリート、パピータ。それじたいは嫌な感じがするものだけど、自分を離れて使われれば魔術的だ。女性の大きな部分を小さく可愛らしくする呼び名はサイズを合わせ、それを恐がらず、それを手に入れるためのものだ。小さな男たちはこうして無限とつりあいをはかる。これをみずからの背丈にあわせて歌いつつ、これを飼いならすのだ。セニートス、クリート、パピータ。彼は本質的な語からその本質を奪い、みずからこれにとってかわり、おのれの愛によってこれを貫こうとした。そのあとには何も名づけるべきものはなくなる。詩の対極だ。こうして縮小辞の優しいうなり声のなかで彼は彼女におおいかぶさり、言いえぬものを熱い大地に引き降ろし、クリスティーナの重たく膨らんだ乳房を彼自身の手の大きさにぴったり合うものに変え、深い淵を小さな充実した場に変え、悦楽をもって彼は光らせる。ドロテアがこの輝きにきらめく夜の闇からほとばしり出るのが見える。

暑かったので、スーツを持つ手を替えた。一組のカップルが眼をみひらいたままキスをしていた。わたしは頭をあげた。高いところで楡の木の葉、プラタナスの葉、栗の木の葉がたがいにはっきりと分かれている、地面の上ではその影がひとつになっていた。

――眼鏡をとったとき、彼の眼はほんとうに黒かったでしょう？

――いいえ、そんな、と彼女は驚いて言った。わたしと一緒のときは彼は眼鏡なんかかけてなかった。若かったんだもの！

それでも、わたしは心のなかで思ってみた。彼女はわたしの母でもありえたはずだ。わたしの愛人でも、でも何でもない。欲望とは無縁なところで散歩をしたわれわれのあいだにあったのは空虚の仕切りだ。以前ならば、わたしの体の一定の部分、つまりわたしの手、腕、口は、この空虚を越え出てクリスティーナの実体に触れようとする誘惑には勝てなかったはずだ。でもこの日の午後はこの空虚は手すりのようにわたしを守ってくれた。表面のあらわれほどには空虚ではないとわかれば、それは散歩についてのわたしの考え方をあらためるのに効果があるだろう。

――あのひとが乗っている馬に嫉妬しなければならなければいけなかったかもしれない。

――枕に、雨水に、彼は雨にさえも顔をさしだしたのだから。

――あの娘たちに、あの母親たちに、あの妻に……

――いたるところで、いつでも、こんなふうだったわ。

これほどまでに父親あるいは夫らしくないのは、人間を超えた神業だともいえる。彼はアウロラの夜は別にしても、マルティネス夫人にとっても男だったのだろうか？　わたしの母にとってみれば、災いというべき存在じゃなかったのか！　ジェルメーヌはひそかにインディオのことをわたしに聞いた。彼女は最後にはいつもため息をつくのだった。あなたのお母さんの気持ちがわからないわ！　だったら、彼女はインディオの気持ちがわかっているのかなと、わたしは考えたものだ。ドクトルの診断を信じるならば、根本的な女として、ほかのどの女と同じく繊細なところがある、いってみればそれがクリスティーナの場合だ。だが、彼のほうが彼女に夢中になっていたという可能性が見えはじめたいまとなっては、もはやドクトルが口にする「美女と野獣」説は信じられない。ドクトルによれば、彼女はインディオが知ったもっとも美しい女であり、わたしの母はもっとも退屈な女、つまりもっとも理性的な女だった。彼女が苦しんだ事柄には、それなりの理由がいつもあったのだ。イニゴーが彼の英語なまりをわざと強調して「温厚《デボネール》なクリスティーナ」という言葉をつぶやくのを聞いたことがあった。ドクトルとイニゴーのどちらも、彼女があれほど愛され、彼女が彼らに代わってあれほど愛したことが我慢できなかった。彼女の成熟した美しさ、もしくは老いの美しさといってもどちらでもかまわないが、それは彼らを平然と無視する。彼女は骸骨をあざわらう肉体だ。ドロテアは間違ってない。ドクトルは彼女の再婚に我慢できないのだ。

彼女の結婚相手となろうとする男、あのエドモン・ブロックなる人物に彼女は何を期待しているのだろうか。せいぜいのところが、すでに終わってしまった愛をもう一度彼女のためにやりなおす男がいるという話ではないか。つまり彼がクリスティーナという名で呼び、また夜の語彙をもって彼女のところにやってくるのをただ単純に官能的な女、それゆえに恥じらい深い女として待つという話ではないか。でも彼女は無伴奏チェロ組曲を演奏するカザルスのため息をレオナールと同じくらいに熱心に待ちわびているのかもしれない。それで、婚約相手の彼のほうはどうなのか。何をもって彼女の侍臣になろうというのか。やはり彼もまた、男たちが独楽をもって遊んだ昔のように、わたしたち女に向かって身をかがめ、乳房をこねくりまわして子供時代を再発見しようとする性癖をもっているのだろうか。もちろん、インディオだけだ、彼が相手だと官能《ヴォリュプテ》ということの滑稽な語がすばらしい何かに変わる。

——でもどうして彼は離婚しなかったのかしら？　彼女が金持ちだったからなの？

——彼は彼女が恐かったのだと思う。

——彼女が醜かったから？

——彼女にはこぶがあった。ちょっと魔女みたいだとも言われていた……

木立の葉と遊歩道の屈折に導かれて、わたしたちの問には光があたらなかった。中途半端な言いかたでやめたのは、最後までつきつめずに途中でやめようとするためでもあった。相手の過去がまるで自分の過去でもあるようにしてどちらも残りの道を最後まで進んだ。

——彼女がそうと決めたら彼はその場所に行かなければならなかった。アバーノへは湯治のため、ミラノへはスカラ座のため、バイロイトへは……

クリスティーナのあとで、彼は誰を愛したのだろうか？　ささやく声の代わりに、コンスタンスにたどりつく前に、いったいどのような名前に向かって彼は駆けつけたのか？　夏の盛りに、なぜあんなふうに彼は雪のように白い手をわたしに向かってさしだしたのか？　そのときドクトルは彼に合流したのだ。でもとくにクリスティーナには言ってはならないことだった。

——ひとりきりのときもそんなに深刻じゃなかった。だってペドリートがいたからね。大事なことだよ。もはやお金の心配もしなくてよかったし、名前があれば学校の心配もしなくてよかったし、あれやこれやの心配はいらなかった。

少し先まで行って、彼女は別な理由を明かした。

――わたしはもう人から愛されたくない。

彼女が言いたかったのは、エドモンのほかの男にはという意味にちがいなかった。

――彼は嫉妬深いの？

――とても。（彼女はうれしそうに強調したのだ。）恐ろしく嫉妬深い。

バーでギヨームはわれわれが嫉妬に関しては能力を欠いていると怒っていた。ドロテアに関しては完全に間違っているが、インディオ、そしてわたしに関してはどうだろうか？ 彼に関してはもっと複雑だ。というのも彼は愛していたからだ。少なくとも彼にとっては花よりも歌が大切だというちがいはあるけれど。花がしおれてしまっても、彼は歌を別な女のためにとっておけたのだ。もっと散文的な言い方だと、いつだって変わりない夫の地位からして、将来夫になる可能性のある男たちへ嫉妬心が生まれる可能性は少なくともなかった。彼の場合、女たちへの愛の始まりをわたしは知っていたけれど、その終りについては何も知らなかった。

鉄柵の近くまでもう来ていたが、その背後には青みを帯びた大気が重みをまし、とても暑い日々の終りに夕暮れを宙づりにするあの白さのうちに沈み込んでいった。「クリスティーナ相手に愁嘆場はありえない。彼女には情の厚さがあるから。彼女の情の厚さはその美貌のおかげだよ。彼女は借りを天に返す。インディオは思うぞんぶんに宝を浪費していた。」でも彼と世界のあいだにもしもあの魔法のこぶがなかったとすれば、ペドリートはわたしの弟でもありえたはずだし、ブロックでなくて、インディオが狂ったように嫉妬深いことだってありえた。「もちろんそうだとも。終りのない物語をおまえに話してあげようか？」ドクトルは正しい。終りなのだ。別の場であれば風景の主役であるはずの大きな木々は、ここでは影を投げかけるというひとつの役割の慎ましさに引き戻され、主役にはもう見えなかった。太陽の残りの光が数々の星のように葉陰をすかして見える。スペイン滞在の最後の日がここに終わろうとしている。家に帰らねばならない。

ポルクロル島での結婚式には立ち寄らずに、まっすぐ家に戻ってもよかった。ただし労を惜しんで結婚式に出ないとなると、あとの出費がひどいものになったはずだ。穏やかな不眠におちいり、帰国が近づいているのが感じられた。わたしは充実して、卵のように豊かで軽やかな状態でわが家に戻る旅にあったのだ。他人の財産をあたかもわたし自身が所有する財産であるかのように考えてきた状態が終わり、その一切を後にした。海に臨んだわたし自身が所有する領地、わたし自身が所有する二百の浴室をもつ二百の部屋、自分専用の月と太陽、わたし自身の公園とその木々のみずみずしい巨大な影、わたしの小礼拝室、わたし自身の書斎、わたし自身が所有する絵……蚤《のみ》が飛び跳ねるみたいにセビーリャからマドリッドへ、マドリッドからマルセイユへ、そこからひとまたぎで島にわたり、そのあとはパリだ。あの船長の大いなる北ではなかったが、わたしの羅針盤がますます熱に浮かされたようにふるえる方角は、わたし自身の小さな北だった。女の居場所は自分の家にある、太陽や月や星のように、とわたしは繰り返し自分に言い聞かせた。それがわたし自身の態度をはっきりさせるやりかただった。

わたしは大空のもとにあって、舷窓からはわたしの家が見えた。

アヤ　アヤ　あの駕籠を見てるとほらもう陸地だ
あの扉を見てるとほらもう月だ　アヤ
わたしの頭上のあの窓を見てるとほらもう太陽だ
アヤ　アヤ

――何を口ずさんでるの？　とドロテアが聞く。

わたしはすっかり満足して黙り込んだ。わたしの言葉の最後の発作はこれで終わっていた。舷窓をとおして雲のようにそれがひろがりだすのをわたしは見ていた。ドロテアの小さな手をわたしの手にとった。わたしは彼女の苦しみに同情した。愛を告白するという取り返しのつかないあやまちを少なくとも彼女が犯さないようにと願った。そうすれば、彼女にはかわいそうだが、一巻の終りになってしまう。彼女はコンスタンスに対して彼女を左右する権利があると想像していた。愛はいつだって愛自身に味方する態度をとる。そしてあの娘は永遠に思いのままにはならずに逃げてゆくだろう。

だから、わたしは回帰の旅に出発するような気がしていたのだ。突然、夏とはお別れだと思った。人を裸にさせるすばやい手つき、色々なことはあるにせよ、その幸福な側面、太陽とともにやってくる同一物の反復などとはこれでお別れなのだ。わたしは後悔の念もなしに、これを一種の冬のようなものと交換するヒロイズムを自分のうちに見出していた。わたしの同時代人と一緒になって、わたしは天体の、季節の影響をおおげさに強調する。地中海の島ではなぜアンダルシアと同じくらいよい天気にならなかったのだろうか？　それでもパリでもあいかわらず、これと同じくらい天気がよく、秋がもっと赤くなった別の姿で夏のつづきとなり、光がずっとわたしのもとにありつづけるとは予想できなかった。スペインのトルソの中心部で輝いていた夏、そこからわたしは飛び立ってしまったにせよ、その夏は島から都市へと、わたしの部屋の夜の真只中にまで光を送りつづけるだろう。でもそのことについて、まだいかなる予感もなかった。出発ということに関してわたしが満足したとするならば、それはクリスティーナから、ドロテアから離れたということだ。わたしは彼女らとはもう一歩たりとも一緒に並んで歩きはしないだろう。あとはエドモンの話が残っていた。

人は自分がましになったと思い込むにつれて、どれだけの努力が必要だったかを忘れるようになる。わたしの粗暴さをしかるべき作法に変化させる努力はわたしの本来の性質とまったく逆の顔をわたしにあたえる。意地悪であるほうがたやすいというのではなく、そのほうがずっと複雑だという考えすら自分にはあるのだ。だがそんなふうに見えたくはないと思うにつれて、わたしは慎ましさの境界線を乗り越えてしまう。エドモンに対しては慎みを欠いていた。わたしは模範的ともいえる態度の背後に避難したが、この態度は彼の後悔の念をかきたてたはずであり、彼自身これほどまでに心を奪われたのに驚いていたとしても、わたしのほうはいとも簡単に彼の狂おしい愛をかわしてしまった。わたしはこの後悔の念をすぐにさぐりあてたし、どうしようもなく老人ぶった注意を彼が払っても無駄なことだった。腹が出てるとか、金歯だとか、鼻のところにピンク色の突起があればわたしだって躊躇したが、年齢は関係ない。「さあさあ」とこちらは何も聞いてはいないのに、語りはじめる例の声が言うのだが、「余計なことは言うなよ、おまえは誰も相手にはできないし、人生というドラマに身を投げ入れることができない。何のメリットもない。それにクリスティーナから夫をとりあげようとしているのじゃないかね? おまえの父がそうはなりえなかった夫だよ。たとえ彼がゼウスそのひとであっても、おまえは、なびいちゃいけない。」結構だこと。こんなふうにわたしが意地悪であろうとすると、すぐに妨害されるというわけだ。

長いこと待ち望んできた出来事の前日にみんながパニックにおちいるということがありうるのではないか。エドモンはクリスティーナに対して、それはもうみごとな執着をしめした。エドモンは彼女がまだインディオを愛していたときに彼女を選び、どこかのつまらぬ領事を相手に自分を慰めていたときに彼女を愛した。この男は離婚する前に彼女に子供を産ませた。エドモンはペドリートのほんとうの父親となり、クリスティーナのただひとりの愛人となるために奇蹟を成就した。彼はついにポルクロル島での結婚を承諾させるにいたったのだ。彼女はカトリックだったのに、結婚式は教会抜きのもので、これは将来よるべない場所に彼女が暮らすことになり、故郷も、友人も、もともとの母語までもとりあげられてしまい、妻としてミモザにかこまれて彼と一緒に老いるほかないことを意味していた。こうして長い歳月をへて望んできたものにたどりつくあと一歩というところで、彼は一瞬のあいだ錯乱におちいり、その一歩を踏み越えるのをやめる可能性をかいま見て、わたしにすばやくウィと言わせて彼の幸福をみずから壊してしまおうという気になったのだ。

空港に着くと、息をきらして走りながら彼だと教えてくれたのはペドリートだ。服装のせいで、海辺でよく見かける派手な老人だと最初は思った。近づいて見ると、さんざん身に浴びてきた太陽と風のせいで彼の顔は肌が荒れていた。突飛な化粧がうまくゆかずに皺が強調され、大きな眼鏡によってこれが切断されていたが、眼鏡がなければ彼には何も見えないのだった。彼は痩せていて、服が風にひるがえっていた。髪の毛はもうあとは一センチも短くできないほどに刈り上げていた。だから髪をひっぱって捕まえるわけにもいかなかった。彼は自慢げに立ちすくみ、骨と皮ばかりになって、打ち負かすことができなくなるほど痩せていることに満足していた。真っ白なジャケットを着て、大きな笑みを浮かべ、もはや時間はいかなるかたちでも彼には手が下せないのを確信しているかのようだった。彼はめかしこんでいたのだ。

ペドリートのあとは、クリスティーナが骨と皮ばかりの避難場所となる相手に抱きついて、彼だと紹介する番だった。彼は彼女を腕に抱きとめた。ブドウの房のように美しいクリスティーナの豊かな肉体が老いたブドウの木からあふれだしていた。どのようにすれば彼女の人生はそのなかにおさまるのだろうか？　エドモンの体はすでに彼自身の棺のかたちをしていた。わたしは生きた肉体がその棺を抱き締めるのを見た。だけど彼がペドリートを抱き上げ、クリスティーナの唇にキスをするやりかたを見たわたしは、彼がよりよい世界に属しているのを見たのだった。ドロテアが彼のバラの話をして彼を茶化していたのは間違っていたのだ。彼が同じしぐさをくりかえし、同じことをくりかえして言うのは、破壊を払いのけようとするからだ。彼は約束のキャンセル、突発的な事故、時間の変更を嫌がっていたにちがいない。わたしには彼の準備の周到さがよくわかったが、これはまもなく崩れようとしているのだ。わたしがエドモンに好感をもちはじめたのをドロテアは感じ取った。彼は彼女の両頬にキスをし、時計を見たあとで、時間どおりだと確認すると、わたしのほうをふりむいた。エドモン、これがリュシー、とクリスティーナが言った。彼はわたしの手の上に身をかがめた。わたしの指には安物の指輪がはめられていた。福袋に入っているようなやつだ。それが彼の注意を惹きつけたのだろうか？　彼はゆっくり身をおこし、しばらくわたしをじっと見つめ、その一瞬のあいだに彼の顔からは快活さがすべて消え去った。わたしが思うに、その瞬間に彼は恋したのだ。二十四時間。というのも彼はクリスティーナを愛していたのだし、彼の生涯においてクリスティーナ以外の女に出会う最後のチャンスがこのわたしというわけだったのだ。

マルセイユからイェールへ。クリスティーナは新妻の座席、ドロテアとわたしは後部座席で、わたしたちのあいだ挟まれてペドリートが座った。鼈甲の枠の眼鏡にまもられている彼の眼がバックミラーに映っていた。ジヤン半島の先端で彼は車のキーをサロペット姿の男に預け、この男はムッシュー・エドモンとしきりに繰り返しながら、車はガレージにちゃんと保管しておくから大丈夫だと請け負うのだった。島への往復にあたる船はまさに出発しようとしているところだった。完璧なまでの準備のよさだ。

ペドリートはよろこび勇んであらゆる情報を集めてきた。なぜ要塞が「溶けた塔」と呼ばれているのかとか、島ではどうやって移動すればよいのかとか、徒歩で歩き回れるのか、泳いでゆけばよいのか、自転車でなのか、といった事柄すべてについてだ。彼は甲板の上を走りまわり、手すりにそって身をすべらせ、こちらに戻ってきて父親の体に手を触れ、夢ではないと確認するのだった。わたしはレオナールの腕に抱かれてラグーナをわたったときの記憶をはらいのけようとし、クリスティーナは、それからドロテアは、写真をとってはらいのけようとしていた。誰もが空と陸のあいだの洋上にあって一時の幸福を乱すものを追い払おうとしていた。エドモンだけが何も追いかけてはいなかった。

桟橋には赤のダッジが一台われわれを待ち受けていた。石ころだらけの道を揺れながら進み、埃を舞い上げ、この車はわれわれをラングスティエの別荘へと運んだ。黄土色の壁はブーゲンビリアの花の陰で崩れかかっていた。すべてがなつかしく、祖父の時代の匂いがした。反対側の松林の木の下にはデッキチェアがブルーの輪をなして放り出されたままになっていた。テラスに落ちた松の細い葉を誰かが掃いているところで、テラスにはまだとても若いカップルがいて、彼女の髪は濡れて縮れ、体もなお濡れたまま、結婚指輪をくるくるまわしながら、もうその時間としては遅いはずだが、お茶を飲んでいた。ドロテアはわたしの編んだ髪をひっぱった。彼女はみんなで海に行って飛び込もうと誘った。

泳ぐ人たち、船、ヨットから放たれる熱い海の言葉なき声、でもすでに海は暗くなりはじめている。調和から解き放たれて、さまざまな色が弱まりながらもひろがっていた。見捨てられたような要塞が浜辺を監視し、その先のほうには、水に入って要塞を眺めている男がいた。ドロテアは抜き手で沖のほうへと泳いでいった。わたしは岸にそって泳いだ。要塞を眺めていた男はまるで詩を朗誦するかのように唇を動かし体を動かしていた。インディオはこんなふうにして脚を水につけてじっとしていることがあった。それから手早くほんのちょっとだけ水につかるのだが、まったく水に入らないこともあった。周囲の状況は動きつつあっても、ここだけは平和だと思えるのだが、それが想像にすぎないのは、いつまでも美だけを相手にすることはできず、過去の記憶が呼び出されるのだ。そこで、わたしもまた孤独のすべてを海に沈めるために沖に向かって泳ぎ出した。

わたしたちはセミの鳴き声を聞きながらもとの道をのぼっていった。照明で明るいテラスの側には夕食をとろうとする人々がたくさん集まっていた。もういっぽうの側は暗がりのなかに沈み込み、クリスティーナとエドモンがシャンペンを飲みながらわたしたちを待っていた。彼は席から立ち上がり、わたしにシャンペングラスをさしだした。

着替えるためにそれぞれの部屋に戻る前に、ドロテアはエドモンの様子が変だと言ったが、わたしには判断がつかなかった。というのもそれまで彼のことは知らなかったのだから。にもかかわらず彼のことは知っているような気がした。というのは、これはインディオと戦った男なのだ。彼の鼻声は明るく歌うような声に変わっていた。その青緑色の眼はきらめきのある黒い眼に変わっていた。浮気心のあとに忠実な愛がやってきていた。彼独自の本物の豊かさがすでに偽りの貧しさに打ち勝っていた。そしてこの日はじめて敵の影がわたしのペルソナのうちにふたたびあらわれ、またエドモンはこの敵と戦う代わりに、心を動かされ、押しまくられていたと気づいてさえいれば、このように彼を相手に不品行と徳を入れ替える操作をつづけていたかもしれない。わたしはほかのふたりよりもずっと深くインディオを自分のうちに抱えもっていた。今晩シャンペンに酔いながら、エドモンが夢中になっていた相手はひょっとするとインディオだったのだ。

夕食をとる人々の頭上にある藁ぶき屋根の上にガムランが飛んできてとまり鳴きはじめた。鳥は鳴きつづけ、その場を動こうとはしなかった。子供たちがまずその周囲に集まり、それから給仕たちもこれに加わった。彼らは鳥に魚やら米をなげあたえた。鳥は腹をすかした様子はなかった。鳥は悲痛な調子で鳴きつづけた。最初は恐がっていたペドリートが勇敢なところをみせた。彼は誰かがもってきた梯子にのぼり、ガムランを腕でつかまえた。松林のほうに彼がガムランを運んでゆくあいだ、いったい何を鳥に語りかけたのかはわからないが、そこまで来ると鳥は飛び立っていった。

エドモンはわたしたちの顔のあいだに、到底ありそうもないつながりを探ろうとしていた。恋人たちが、顔は自分の相手のためのものでしかないと思って、自分の姿を描写する技を思い出した。クリスティーナについて、ドロテアについて彼が語る話は興味深いと思ったが、どんなことだったかは忘れてしまった。何も心にはとどめなかったが、わたしの顔についての話には我慢できなかった。自分のイメージを受入れることは、ほかの人間に自分のイメージを送り返すよりずっとむずかしい。それでもわたしは以前ラ・マラゲータで会った見知らぬ男の口から描写の言葉を聞いてみたい思ったことがあったのだ。「おまえがおまえ自身の精神の純然たる創造物になるとき、おまえは自分のイメージにたどりつくことになる。そうなるまでは化粧をしなければならない。」この問題に関するドクトルの権威に満ちた言葉の隠れたる源泉はクリスティーナ以外の何ものでもなかったのだ！

ホテルの主人で結婚式の証人となる予定のムッシュー・リシャールのおごりでシャンペンがまたふ

るまわれた。エドモンの口には泡がついていた。彼の場合は何をやってもすぐその口にあらわれる。泡となって消える言葉があった。彼の歯にはミントの葉が、パセリのひとつまみが、イチゴのかけらがくっついたままになっていた。コーヒーに移ると、上下の唇があわさる部分は黒くなっていた。いまは泡がついている。キスはそこにどんな痕跡を残すのだろうかとわたしは思った。クリスティーナはペドリートにユテパンドラゴン王の冒険譚を読み聞かせ、彼を寝かしつけるために上の部屋にゆき、ドロテアはコンスタンスか、それともほかの誰かに電話をしに行った。われわれだけがあとに残った。彼の顔は彼の人柄をあらわすあの自由で誠実な話題の活気を失い、すっかり空になった口の周囲にこわばり動かなくなった。それはマスクのように中身がなくなった。

——あなたにお話しなければならない、と彼は言った。少し歩きましょうか。

翌朝早く、外のテーブルでコーヒーを飲んでいる彼の姿が目に入った。もとは無花果の木があったところだが、蜂が寄ってくるというので切り倒されてしまったのだ。もちろんわたしは彼の周囲をうるさく飛びまわろうとするつもりはなかった。むしろ松林で彼がわたしに向かって言った事柄のすべてを頭から追い払ってほしい、彼が抱き締めようとしてきたのをわたしが追い払ったように、わたしはそのことばかりを願っていたのだ。あそこにわたしの曖昧さが横たわっていた。きっぱりと嫌だと言って彼の思いを拒絶すべきであり、クリスティーナの名を出してそのうしろに逃げ込むような真似はすべきじゃなかった。松林のなかをそれ以上一緒に歩こうという気はなかったのだから。あなたを愛していないというわたしの言葉を、けっしてあなたを愛することなどないだろうという言葉に変えること。でも彼は眼鏡をはずしていて、その姿はひどく疲れ切って生彩がなくなっていた。あまりにもはっきりとした言葉を口に出して、それ以上モグラのように萎縮したあの眼を傷つけたくはなかった。わたしは出発を急ごう。そして彼とふたりきりにはならないように気をつけよう。

わたしはドロテア、ペドリートと一緒にピクニック用の食べ物をもって自転車で出かけた。そして島の一部を探索した。夜のあいだに陸地のほうから大量のクラゲが押し寄せてきており、いたるところにバリ島の小柄な踊り手たちのように優雅でモーヴ色のその姿が浮いていたので、適当な浜辺を探すのも一苦労だった。クラゲのひとつはわたしの肩を刺した。イラクサが刺さったような印象だった。ドロテアはわたしの肩をなめてくれた。ペドリートは蛇の話と混同し、肩に噛みついて毒を吸い出そうとした。ミストラルも吹かない穏やかな一日だった。フランス語で話すことに決め、ペドリートは帰る頃には愛するという言葉と欲するという言葉をごっちゃにすることはもうなくなっていた。ぼくはお母さんが好きじゃない、お母さんが欲しいいんだ！とは彼はもう言わないだろう。でもほんとうは残念なことだった。

わたしがいないあいだにイニゴーからの電話があり、もう一度かかってきた。あの声を自分でも大切に感じるのと同じくらいに、あの声にわたしは愛されていた。クリスティーナがセバスチャンとわたしの連名の祝電を受け取ったとしても、驚いちゃいけないよ、と彼はわたしに言う。彼が結婚に怒っていないと知れば彼女も安心するだろうから。「何日かたって、誰かが彼女にわたしは死んだのだと言わなければの話だが」とふざけた調子のドクトルの声が聞こえてきそうだ。ヘンリーはパリにいる。いつ戻るんだね？

二十二日土曜日、ポルクロル島の市役所。とても狭い場所で、夫婦となる者はそれぞれふたりの証人をなかに招き入れるのはむりだと思われるほどだった。市長と友人ひとりの話は彼らを笑わせ、そしてほとんど涙を流させるほどだった。エドモンのウィという返事はクリスティーナのウィという返事と同じくらいにはっきりとした響きだった。わたしたちはキスを交わし、みんなを前にして、彼はわたしにこれからは義理の父親として自分のことをみなすようにと言った。この日はわたしの母の誕生日にもあたっていた。わたしはまだスペインにいるように装って、アンチーブにいる母に電話をかけた。むかし世話になった人たちには少なくとも会ったんだろうね、と彼女は心配する。だいじょうぶよ、と言って、わたしは彼女を安心させる。でも、ドロテアを除いて、と言うと、彼女はしょうがないと言って最後はこれを認めてくれる。わたしはドクトルの死を彼女に告げるが、この知らせに彼女はよろこんだにちがいない。やれやれ、と言ったあとで彼女はしばらく黙りこみ、つぶやくような口調で告白する。わかるだろうけど……わたしはね……あのひとが好きじゃなかった。

――もう前とはすっかり変わってしまったのね？　まるで別の生活をはじめたみたい。家族もなく、教育もなく。

――そうとはかぎらない。どっちにしても、すべてをまたやりなおさなければいけない。

――わたしたちの外に出て決着をつけなければいけないと、まだ思っているの？

――そんなこと、とんでもない！

そこで、わたしは彼女にキスをする。ダッジの赤い車のなかだ。ドロテアとペドリートは桟橋まで見送りにきてくれる。彼女はさらにつづける。だったら、あなたは変わったのね。わたしは彼女にできるだけ早くパリに来て、たしかめてみてほしいと言う。そしてわたしはパリでお茶の時間がまた戻ってくるだろうと考える。

自分の家をとりもどした。窓を大きくあけはなち、水道と電気が通じるようにし、花、コーヒー、ウイスキーを買った。熱に浮かされているのか、このうえなく落ち着いた気持ちでいるのかわからないが、残しておくものと捨てるものとを分けて、パナマ帽をとりに地下室に降りてゆき、それを入り口のコート掛けにひっかけた。まだスペインにいるように装ってオフィスに電話をかけると、同僚は厄介ごと――厄介ごととは、どうしようもない難題とまではゆかない場合の表現――が一件あるだけだから、月末までそのまま静かに休暇をとっていればよいと言った。でも少なくとも楽しんでいるんだろう？　封筒をあけることなく届いた郵便物を眺めていたが、火曜日になってスイスの消印のある手紙が届いた。見覚えのない筆跡だった。わたしは封を切った。

ルガーノ、八月二十二日

親愛なるリュシー、
あなたがこの夏スペインにいらっしゃったとドロテアから聞きました。マラガにまず行って、それからイニゴー・ジョーンズの家に滞在されたというお話、わたしもまたあなたに合流したく思いました。過去の傷痕はいまは消えたように思います。いずれにせよ、わたしにしてみればそうなのです。ずっと前からあなたのことを存じ上げ、慕っているように思っていましたし、あなたの妹であるというのに、あなたにお目にかかることも愛することもないままにこれまできた状態にもはや耐えることができません。わたしはあなたよりも自由に動けますから、あなたがお望みのときがあれば、いつでもすぐにあなたに会いにパリに参ることもできます。ルガーノへお手紙をください（このあとに住所が書いてあった）、そしていつ頃行ったらよろしいかを教えてください。どこかあなたのお住まいの近くのホテルに部屋をとっていただければありがたいのですが——スカンディナヴィア・ホテルなどいかがでしょうか？　——でもあなたのほうがよくご存知のはずです。それではごきげんよう。

「フィクションが始まるな」とドクトルの声がする。電話が鳴った。ヘンリーからだった。

ぎりぎり最後になって髪を短く切ろうと心に決めて美容院に行った。それでいながら鋏が目に入った瞬間に、やめてと言った。

メディシの噴水のところに行くと、彼のほうがこちらに向かって歩いてきた。想像していた姿とはだいぶちがった。並んで歩きながら、彼の背が低く、彼がしばしばうしろにかきあげる髪の色がコンスタンスのそれよりも濃い赤毛であることに気がついた。彼が着ている上着はびっくりするような色であって、わたしならとうてい着ようとはしない種類のものだった。イニゴーやコンスタンスの話をするときには、わたしよりもずっと自由な口調だった。彼らについて何度も質問するが、わたしに関する質問はまったく出ず、わたしは彼らとの関係でしか存在しないというかのようだった。それにまた彼はよく黙り込む。黙り込まれるとわたしもまた居心地が悪くなる。彼はリュクサンブール公園の反対側に見えるバルコニーの上の窓を指でさした。窓はひらいていて、そこに絵筆を入れる壺がおかれていた。これから住む予定のアパルトマンの準備が整うまで、彼はオテル・ド・トゥルノンに暮らすのだという。彼はわたしを夕食に誘ったが、これは予期していないことだった。煙草はゴロワーズ・ブルーを吸い、飲むのは水だけだった。わたしも彼と一緒に水を飲んだ。書斎などほかのものに比べれば取るに足らない、と彼は興奮して言った。イニゴーの収集品について、また画家、画廊、芸術運動についてわたしが何も知らないのに驚いた様子だった。こちらは少しばかり遅れをとった感じだった。何の話なのか全然ついてゆけなかったのだ。話の途中でわたしがどんな仕事をしているかを知ると、彼は仕事を変えたほうがよいと勧めた。彼がどうにかこうにか口にしえた心地よいことは、わたしがトゥレーヌ地方のスレートの灰青色の眼をしているということだけだった。眼鏡の奥に隠れていたので彼の眼の色が何だったかはわたしにはよくわからなかった。髪の毛と同じ色だろうか？わたしは彼の視線をさけた。食事のあとで彼はバーに行こうと言い出した。わたしが暮らしている界隈なのに自分が異邦人になったような気がして、自分の家にもどるほうがよいとわたしは言った。

こうしてヘンリーはわが家の居間にやってきたのだ。ここにもどってきてから、この部屋は通り過ぎるだけだった。居間は舞台装置のようにわたしには馴染みのないものに見えたが、そこでヘンリーはたいして邪魔にはならなかった。レオナールだったら、調度品を動かし、彼の周囲にそれらをおきなおし、肱掛椅子をひっぱってきて、左右のスピーカーから等距離の位置で音楽が彼の耳に届くように部屋の中央に腰をすえる。彼はしょっちゅう立ち上がって高音と低音の調整をしたり、グラスや煙草入れや楽譜を取りに行ったりした。ヘンリーのほうは中央の位置を探したりはせず、ものは少しも動かさなかったし、部屋を見て回るということすらしなかった。彼は本棚の四分の一にあたる同じ位置を歩くだけで、そこにもたれて、あるいはうしろを振り返って、同じ棚の列の本を見るだけ、それから一歩動いて、長椅子の端のところに立ち、それでも長椅子に体を落ち着けようとはしなかった。彼はこの場に通りがかって立ち止まっただけで、そこにいるようでいないようなありかただったが、偶然立ち寄ったというのでもなかった。わたしのほうは自分にふられた役は何でもやる用意はできていたが、彼はそれを割り当てることもせず、彼にとってわたしはこのサロンそのもの、いやサロンですらなくてそのほんの一部、彼がわたしをひきつけ、わたしもまたそこから動かないでいるサロンのその部分になってしまっていたにちがいない。何か予期しえないものを待っているときにそうであるように、いまのわたしの状態からは遠くかけ離れた放心したような様子、なおかつ精神を集中した様子がわたしの顔の上に浮かぶのを自分でも感じていた。それはたしかだった。彼のほんのわずかな身動きもわたしの注意からは逃れられなかった。というのも彼がわたしを観察しているのじゃないかと恐れて彼を見るのは避けていたが、彼の上着の赤紫の斑点のおかげもあってこっそりと彼をうかがうことができたのだ。その上着はスタンドの明かりで真っ赤にみえるまでに強調されていた。昼間の光のもとで見たときにはあんなにびっくりしたその上着の色は、ほとんど動かなくても、居間をざわめかせ、パステル色の落ち着きに逆らい、水の緑色、青、砂の色をその静けさから抜き出し、血の気の失せた色に見せてしまっていたのだ。はじけるような熱い生命がこの色のなかに、わたしを狙ってはいないはずの罠のなかに入り込むように、隠れて入り込んでいた。その色はただそれだけでこの画家の背中で独自のはたらきをしていた。その色はドゥルセ・デ・レーチェの幻想を追い払ってしまっていた。見本につぐ見本を眺めながらこの居間の内装を決めたときに、いったいわたしは何を静めようとしていたのだろうか？　わたしが長い時間をかけて探し求めてきた調和はわたしにはそぐわないものだったのだ。ほっそりとした姿のレオナールの存在は、丘の上の一本の糸杉のように、かつてはこの空間をしっかりと落ち着かせていたものだが、この空間はいまふたつの窓から入り込む夜の闇を前にして崩れ、滑り、回転しはじめていた。カーペットの縞模様、ムッシュー・ゴンザレスが最初の下塗りをやってムッシュー・デュランがその上にうっすらと粉をまいて仕上げた壁の上の雲状の装飾は赤い色のひろがり――古い大地をおおう新たな大地の酒に酔ったメシア的な印象――のうちに身を投げ込もうとしていた。部屋の片隅にあるヘンリーの上着の赤い斑点はスポンジみたいにすべてを吸い取っていた。アヤ、アヤ。ドクトルはこの晩はあらわれず、その代わりにインディオがそこにいた。彼が力づけてくれたのだ。わたしは恐れていた。というよりも恐れよりももっと曖昧な、危惧、不安というべきものだったが、ヘンリーがわたしの周囲に女の匂いをかぎつけ、彼が逃げ出し、イニゴーの自己犠牲が無駄になってしまうのではないかと感じていたのだ。だがヘンリーの重い口は気前よくなった。ようやく唇となった唇のあいだから最初のやさしい言葉が出てきたのをわたしは聞いた。彼は一歩前に進み出て、馬に乗ったインディオの写真を見つけた。裸のコンスタンスの写真を撮ったことがある、と彼は言った。ロンドンでインディオを最初に知ったとき、すごく好きになり、その写真を彼にあげた。それをあげると彼がよろこぶだろうと考えた。いまその写真はどこにあるのだろうか……

そのときのわたしには自分がインディオの娘であることで、この若い男が女性に対して抱く憎悪から身をまもる魅力をそなえているという確信があった。女の香り《オドル・ディ・フェミナ》は引き継がない。それはコンスタンスがわたしの父の愛人になったときに嗅いだという死の匂い《オドル・ディ・モルテ》の姉妹ではなかった。この確信は真夜中が過ぎてわたしのもとにやってきた。
　この未知なる領土、こんなふうにわたしの領土に侵入してきたひとりの若い男を前にして、わたしは何も言うべきことが見つけられなかった。レオナールのパイプ、イニゴーの葉巻と口髭、エドモンの眼鏡のあとで、いまはヘンリーの眼鏡だ。最近わたしに近づいてきた男たちは明らかにマスクをつけて前に進み出てきた。それを取り去るとあとはインディオとドクトルしかいなかった。わたしはヘンリーのグラスに氷と酒を足すために立ち上がると、あとは長椅子から滑り落ち、ほとんどカーペットの上に寝そべるかたちになった。遠くからやってくるものを床の上で聴く若者たちの真似をすることへのためらいは消えていた。というのもわたしがかけていたレコードはそれがわたしの生活のなかに入ってきて以来ずっと聴いていなかったもの、マイルス・デイヴィスの『スケッチ・オブ・スペイン』だったのだ。ヘンリーはこのレコードを何度も繰り返してかけた。わたしたちはほとんどカーペットの上に寝そべってこれを聴いた。だったら、あの旅はすべてわたしの居間でヘンリーが『スケッチ・オブ・スペイン』をいまこうやって聴くためにあったのだ。

　午前四時頃になって、決心して、もう眠くなったと言ったが、ほんとうは眠くはなかった。もう一年も眠ったように眼は冴えていた。でもこの夜を終わらせるためのほかの方法が見つからなかったのだ。真夜中を過ぎ、午前一時を過ぎ、午前二時を過ぎてもヘンリーがそこに相変わらずいるという意味は、わたしが何かをたずねなければならず、彼に何か言いたいことがあるならば、これをたずねなければならないのはわたしの役目だった。それでわたしはこの部屋で眠っていけばと彼に言った。彼がいやと言わなかったのは、いいよというのと同じだった。それから、どちらでもかまわないというかのようにして、ひとりのほうがよいか、わたしと一緒のほうがよいかと聞いた。彼の顔に浮かんだほんのわずかな表情の変化が、ひとりでとわたしと一緒にの微妙なちがいを示していた。彼のような年頃ならば孤独のほうをはるかに好んでいたかもしれないが、でもこの晩はちがう。この晩の彼は慣性の法則にしたがい、姉妹ではない存在、男ではない存在、イニゴー・ジョーンズではない存在、すなわちわたしという存在のそばにいつづけようとして力をつぎこんだのだ。この女の動きをもった新たな存在は、彼と一緒に『スケッチ・オブ・スペイン』を聴き、彼自身が想像していたことを想像する女であるが、彼女のほうは幸福の代わりとなるあの呪われた好奇心をもって想像するのに対して彼のほうは、わたしが彼にさしだそうと願ったなんらかのやすらぎよりもずっと本質的であるような疑念のなかで幸福感もなく想像するのである。わたしはいままでこれに似た何か、これほど硬くてこれほど異なるものを体験したことは一度もなかった、というのも、わたしの奥底であの疑いがくつがえされ、疑いにわけ入り、激しい情熱に変わるのを望むなどということがありえたのか。ふたりのあいだにほとんど二十歳くらいの年の差があり、この夜、いかなる種類の近親相姦のつぐないをわたしたちがなそうとするのかをたえず考えつづけていた。だが、わたしたちの過去の歴史ではなく、若さがわたしの心をしめつけたのだ。

わたしは居間の明かりを消した。わたしは水の入ったボトルと一個だけあるコップを手にして、ふたりで寝室に入った。

これが、わたしの人生の二度目の眠れぬ白夜だとすれば、どうして眠れよう。わたしは彼を起こさないように静かにベッドから出る。彼はまだ眠っており、わたしは台所に行ってコーヒーを作るのだから。ここでドクトルならば言うはずだ。わたしは自分の家の中心にいるのだと。でもインディオもドクトルも眠っている。夜が明ける。終わったのか、それとも始まったのか。彼は眠っている。わたしはコーヒーを入れて飲む。今日は、アウロラに手紙を書き、イニゴーと話そう。でも彼が眠り込んだときと同じようにして目をさませば、なおもイニゴーに話したりできるだろうか？　わたしのいまの相手は夜明けで、昼間に何が決まるかはわたしの知るところではない。

マラガ、パリ
一九八一―一九八三年

訳者あとがき

本書の主人公リュシーの言い方にしたがうならば、フロランス・ドゥレにとっての実社会への旅立ちは、ロベール・ブレッソン監督の映画『ジャンヌ・ダルク裁判』への出演に一致する。この映画で彼女は主人公ジャンヌ役を演じたが、まだ二十歳をすぎたばかりの彼女はいかにも初々しい。きりっと整った顔立ち、ストレートな物言い —— 映画なのだから、正確には台詞回しというべきか —— が印象的だ。もっとも映画のクレジットでは、ドゥレではなく母親の旧姓カレを名乗っている。

ただし、その後の彼女は、映画女優になる道は選ばなかった。スペイン語、スペイン文学、そして演劇に夢中になり、教授資格試験にパスし、やがてパリ第三大学で比較文学を講じるようになる。そのうちに大学で教えるだけではなく、みずから小説を書き始める。そう、彼女は映画女優ではなく、作家になる道を選んだのである。その結果、処女作『真夜中の遊び』から最新作『普通の時間の終わり』にいたるまで、これまで計七冊の小説が生まれた。作者は一作ごとに新たな冒険を試みるというかのように、それぞれにちがった顔立ちをあたえる。小説以外にも、スペインの尼僧の物語や十九世紀の詩人ネルヴァルをめぐって、ただの文学論というのとは異なる独自の肌合いをもつエッセイを書き、ジャック・ルーボーと組んで聖杯物語の舞台化を試み、手がけた翻訳も、お得意のスペイン文学から、北米インディアンの詩にいたるまであって、とにかくその活動の幅が広い。フェミナ賞、フランソワ・モーリアック賞、パリ市小説大賞、アカデミー・フランセーズ・エッセイ賞など、さまざまな文学賞を次々と受賞、さらに二〇〇〇年十二月にはマルグリット・ユルスナールについで女流作家としては二人目となるアカデミー・フランセーズ入りを果した。作家活動に専念するために大学勤めは辞めたというが、昔からの彼女の愛読者ならば、アカデミー・フランセーズ会員であろうがなかろうが、大学勤めをしていようがいまいが、たいした問題ではあるまい。独自の味わいのある文章を読みつづけることができればよいのだから。

ブレッソンの映画に出演した作家ということでは、ほかにピエール・クロソフスキーやアンヌ・ヴィアゼムスキーの名が思い浮かぶ。クロソフスキーが『バルタザールどこへ行く』に出演したとき、彼は大多数の本をすでに書いていた。フロランス・ドゥレとアンヌ・ヴィアゼムスキーのほうは、ブレッソンの映画に出た後で作家になった。でも彼女らだって負けてはいない。それぞれ由緒正しい出自――生まれという以上に文章上の特質――によって、さすがブレッソンの映画に関係しただけのことはある――変な言い方だが――というべき作家になった。ヴィアゼムスキーが『バルタザールどこへ行く』に出演したのはドゥレの紹介によるものだったようだ。作風はちがっても、どことなく姉妹のように、ふたりのどちらにも、本書の原題名でもある«riche et légère»つまり直訳すれば「豊かにして軽やかな」という形容がぴったりあてはまる。

本書の邦訳タイトルを決めるにあたっては、フロランス・ドゥレの愛読者ティエリ・マレのアイデアを取り入れて「リッチ&ライト」とした。本文中に、あいかわらずこの煙草を吸っているのかという姉妹のやりとりがなされるところを切り取ってきたことになるが、煙草の商標を意味するだけではなく、本書のいたるところにまきちらされた「豊か」と「軽さ」の二語とその変化形がここに集約されていると思ってほしい。

さらにいうならば、原題名Riche et légèreという命名法には、フロランス・ドゥレ独自の言葉の扱いをじゅうぶんに感じとることができる。形容詞は女性形であるが、少なくともこのタイトル部分にあっては、この形容詞が何を修飾しているのかが示されていない。だが、ひとたび形容詞に先立つ名詞が何であるのか、その点について詮索を始めたり説明しようとすると、何だか野暮になる。あえて言わないでおくことが、かえって何かを物語っているといってもよい。省略法というべきだろうか。しかもまた、このふたつの形容詞は、微妙に食い違う方向性をみせる。逆説と言ったら硬すぎるし、矛盾語法だと言ってみてもやはりまだ少しばかり強すぎる。片方だけでは駄目で、両方の項目が「&」でつながれ、同時に揃っていなければならない。おそらく、このような状態はつねに簡単に手に入るというものでもないのだ。

フロランス・ドゥレの本のタイトルには、つねにそのような洗練がある。「束の間の誘惑」にしても、「祝祭の不成功」にしても、「愛」と「喪」の二語を配する書名にしても、ネルヴァル論 *Dit Nerval* の dit という語にしても、たったひとつの固有の意味を負わされるのではなく、水面にあたる光の反映のように、見る角度によって変化し、われわれの視線の焦点をどこにあてるかによって、微妙に変化して見える。タイトルからも、フロランス・ドゥレの世界がすでに透けて見える。

一九八三年に出版された本書はその年のフェミナ賞を受賞している。出版からだいぶ時間は経過したが、スペインおよびスペイン文学との深いかかわり、またこのうえなく豊かで微妙な登場人物の声の操作などの点で、彼女の代表作といってもよい。

すでに説明したタイトルにおける言葉の使用法に認められるように、本文のほうも、省略の多い書き方がなされている。それでも読み進めるにしたがって、モザイクのようにまきちらされた細部の断片が、しだいに一定の像の輪郭を描き始める瞬間がやってくるだろう。リュシーという名で呼ばれる金髪で青い目のヒロインがスペインで夏の休暇をすごす決心をして、マラガ、エステポナ、セビーリャなどアンダルシア地方を中心とする旅に出る。その後マドリッド経由で、地中海の小島ポルクロル島に立ち寄ったあと、リュクサンブール公園のそばにあるパリのアパルトマンに戻るまで、発見と再発見の旅の時間が流れる。旅に出たときは、ひとりだったけれど、さまざまな出会いと再会を経て、過去は別のものに裁ちなおされる。行為《アクシオン》というよりもおしゃべり、言葉の奔流のなかで、異性愛、そして同性愛、近親相姦的な愛の複雑な絡み合いの糸がたどりなおされる。死者たちも黙ってはいない。いわば喪の感情が虚の中心となって、それぞれの愛を支配しているからだ。

闘牛を単なるスペクタクル以上のものとして受け止める伝統があることはドクトルの言葉からもじゅうぶん察せられるだろう。ちなみにフロランス・ドゥレはホセ・ベルガミンの『闘牛の黙せる音楽』をフランス語に翻訳している。おそらく彼女にとってベルガミンは、サン・フアン・デ・ラ・クルスに代表されるスペイン神秘思想と闘牛と詩とスペイン内乱の過酷な体験を象徴する特権的な作家というべき存在であり、本書の登場人物ドクトルにその投影を見ないわけにはいかない。原書に献辞はないが、ベルガミンに捧げられているようにも見える本だ。でもその反面いたずらっぽいところもあり、やたらに眼鏡をかけたり、はずしたりするしぐさの描写があるのは、その最たるものといえよう。

読者はときに数ページにわたってつづくモノローグ、饒舌な語り、それを写しとろうとするアクロバット的な文章技巧に驚かされるかもしれない。声の小説だといってもよい。ここでは台詞も内省も引用も翻訳もすべては声の奔流のなかに呑み込まれる。フロランス・ドゥレが繰り返し『おしゃべり』の作者ルイ＝ルネ・デ・フォレに言及するのも、もっともなのだ。本書につづいて刊行された姉妹篇と合わせて考えてみると、ギヨーム、リシャール、サニなど登場人物の名が、デ・フォレの『乞食たち』の登場人物名と重なることに気づく。デ・フォレはブレッソンの映画には出ていないはずだが、あの顔は絶対にブレッソン好みの顔だった。

これまでの彼女の代表作は以下の通り。

Minuit sur les jeux, Gallimard, 1973
Le aïe aïe de la corne de brume, Gallimard, 1975
L'insuccès de la fête, Gallimard, 1980
Riche et légère, Gallimard, 1983（本書）
Course d'amour pendant le deuil, Gallimard, 1986
Petites formes en prose après Edison, Hachette, 1987
Etxemendi, Gallimard, 1990
Catalina, enquête, Seuil, 1994
Œillet rouge sur le sable, Fourbis, 1994
La fin des temps ordinaires, Gallimard, 1996
La séduction brève, Gallimard, 1997
Dit Nerval, essai, Gallimard, 1999

そのほかに短篇小説としては、ジャック・ルーボー、ミシェル・ドゥギー、ドゥニ・ロッシュ——本書の最後のほうで、いきなりドゥニという名が脈絡なく出てくる箇所があるが、これはドゥニ・ロッシュへの目配せなのかもしれない——をはじめとする五人の友人との共作『エグザメロン』に収められた一篇があり、またジャン・エシュノーズらとの共作『シュザンヌの日々』（白水社刊の邦訳題名）に収められた一篇がある。スペインを代表する古典文学『セレスティーナ』の仏訳はアントワーヌ・ヴィテーズ演出の舞台のための仕事だったようだが、ほかにスペイン語からの翻訳として、ホセ・ベルガミン、アルナルド・カルベイラ、フェデリコ・ガルシア・ロルカ、ラモン・ゴメス・デ・ラ・セルナなどのものがある。

翻訳にあたっては若干の割注を加えたが、書名の引用など文学に関するものには一切注をつけなかった。知らなくともすむという理由もあるが、ボルヘス的に考えれば、本文中の書名は、たとえ現実にこれに対応する書物が存在するとして、同名のフィクションであってもかまわないわけである。ここでも注をほどこす作業は野暮な行為となってしまうわけだ。とは言いながらも、探し当てた若干の事柄を以下書いておくことにする。

イニゴー・ジョーンズの書斎の本の題名に関して、『四角い地平線』はチリの詩人ウイドブロがフランス語で書いた詩集、『卵形の天窓』はピエール・ルヴェルディの詩集、『自由か愛か!』はロベール・デスノスのシュルレアリスト時代の「小説」、『現実と望み』はルイス・セルヌダの詩集、『乳房』とあるのはラモン・ゴメス・デ・ラ・セルナのエッセイを想定しているのだろう。『ノール＝シュッド』誌および『コメルス』誌はパリで発行された重要な文芸誌である。これにコンスタンスが読んでいるクーパー・ポウイスの小説『ウルフ・ソレント』を加えてみると、その発行年が一九一六年から三六年の二十年間にぴったりとおさまる。お利口さん、よくがんばって調べたね、とドクトルにからかわれそうだ。

そのほか『ガラスの学士』はセルバンテスの『模範小説集』に収められた短篇、『人生は夢』はいうまでもなくカルデロンの戯曲に関係する。ハッテラス船長とあるのは、ジュール・ヴェルヌの『ハッテラス船長の旅と冒険』——北極に行って気が狂ってしまった船長の冒険の話で、フランス語読みだとアッテラスだが、もともと英国人という設定だから、ここではハッテラスとする——がもとにあるのだろうが、本文中では、ハッテラスと言われてわからなかったのをリュシーが悔しがるのだから、こう書いてしまっては身も蓋もない。原文はただ単に「アンヌ姉さん」とあるところに、「ペローの『青ひげの』」と付け加えたり、コンスタンスとヘンリーのふたりをわけへだてる剣の話の箇所で、「『トリスタンとイズー』にあるように」などの言葉を加えたのは、これもまた翻訳者による蛇足である。出典探しの詮索はこの辺で切り上げよう。

登場人物の名にも、すでにある種の目配せがはたらいているにちがいない。ロルカに「ルシア・マルティネス」という題名の詩篇があることを作者は知っているはずだ。それにまたあのイニゴー・ジョーンズという印象的な名前。訳者がこの名を最初に目にしたのはジョン・オーブリー『名士小伝』(冨山房百科文庫)を読んだときのことだった。見開き二ページほどの短い記述である。いま人名辞典で確かめなおしてみると、これはイギリス初の大建築家であり、パラディオ様式の建築をヴェネツィアからイギリスに紹介し、ホワイトホール宮殿の晩餐会館、コヴェント・ガーデンなどを設計した人物とある。本書ではリュシーが、この名について、本名なのか、それともドクトルのつけたあだ名なのか、と自問する場面があるが、ロス・エラルドスの建築を完成させようとするイギリス人ということでつけられたあだ名だと考えられる。もちろんこの種の詮索にはたいした意味があるわけではない。いかなる経由でイニゴー・ジョーンズの名が作者に訪れたのか。実在のイニゴー・ジョーンズを問題にする必要はない。オーブリーの記述からなのか、あるいはまた世界劇場および記憶術に関するフランセス・イエイツの著作からなのか。われわれは引用というよりも伝承というべき世界にいる。いかなる道を通ってきたにせよイニゴー・ジョーンズの名が語りつがれてゆく、そこにフロランス・ドゥレの独自の文学の世界がある。

複数の声が交錯する本書の翻訳を進めるなかで、なぜか訳者自身もまた耳元でささやく声を繰り返し聞

くことになった。たとえば第三部冒頭で引用される、

海にはオレンジはなく
セビーリャには愛はなく……

の二行だが、これを見た瞬間に、ひょっとするとすでに耳にした言葉ではなかったかという気になった。記憶をたどってゆくと、いまからもう二十年以上前にセビーリャにいたときのこと、オレンジの木が植わる四角い中庭を、たぶんヒラルダの塔から眺め降ろしている瞬間にたどりつく。そのとき自分の隣に立っていたのは、いまは亡き永川玲二であり、その彼がまさにこの二行を耳元にささやいたのではなかったか。定かな記憶ではない。ほんとうにそうだったかもしれないし、いまこうして自分自身が記憶を捏造しているのかもしれない。誰の詩なのか永川玲二に聞こうとしても、彼はすでにこの世にはいない。ひとの不在を意識するというのは、そのような瞬間だ。でも、その次の瞬間に、ひょっとするとロルカじゃないかな、とティエリ・マレが耳元でささやいた（正確には電子メイルでということだけど、自分の耳にはささやきと聞こえた）。なるほど、と自分の不明を恥じる。この二行の感じからすると、たしかにロルカ以外のものではありえないではないか。探してみると案の定その通り、ロルカだった。

昨年五月末にひらかれた学会シンポジウムで隣にいたティエリ・マレが話の最後に、何はさておき邦訳すべき何人かのフランスの作家名をあげたとき、もちろんそのなかにはフロランス・ドゥレの名も入っていた。あれから一年足らず、彼が抛り投げたボールをなんとか受けとめることができたのは、みすず書房編集部の尾方邦雄氏のバックアップがあったからである。作者の父にあたるジャン・ドゥレの著書『ジイドの青春』がすでに四十年以上も前に同じくみすず書房から出ていると教えてくれたのも彼だった。父親

のほうもアカデミー・フランセーズ会員だったから、偶然とはいいながらも、父から娘へ受け継がれるものが色々とあるのに驚く。何だか本書の内容にも関係するような話だ。

原書は数年前に読んではいたが、いざ翻訳にとりかかると、読むたびにちがった表情が見えてくるように思った。絡み合う不特定の声を聞き分けるために特別な注意が必要だったということだろう。翻訳にあたっては、ティエリ・マレおよびオディル・デュスュドのふたりの友人から貴重な教示を得た。単に不明な箇所について質問するというだけではなく、フロランス・ドゥレの愛読者と話しながら、どのように訳すべきかを自分なりに反芻しえたのは、これまでにない新たな体験だった。またスペイン語の表記についても大高保二郎教授の教示をえた。『ペドロ親方の人形芝居』からの引用部分は浜田滋郎訳を参照した。あらためてみなさんへの謝意を記したい。

初版は一九八三年だが、一九九〇年には同じくガリマール書店のフォリオ叢書の一冊となった。もとの版にあった若干の誤植は訂正され、「インディオ」とあったのを「わたしの父親」と書き換えるたぐいの微妙な書き換えがなされている。ブランシュ版によって翻訳を始めたが、異同がある箇所は最終的にはフォリオ版にしたがった。元の版がウイスキーとあるのにフォリオ版ではシェリー酒となっているのを発見したりもした。フロランス・ドゥレは五月半ばに来日する。会ったら、どうしてシェリーに変えたのか、聞いてみよう。ウイスキーに飽きただけ、と言うかもしれない。きっと楽しい返事をしてくれるだろう。

二〇〇二年三月

千葉文夫

著者略歴

(Florence Delay)

パリ生まれ．作家．アカデミー・フランセーズ会員．ブレッソンの映画『ジャンヌ・ダルク裁判』で主役を演じたあと，スペイン語の教授資格を獲得．パリ第三大学で比較文学を講じる（1972-2000）．これと並行して，ヴィラール，ウィルソン，ヴィテーズなどと一緒に演劇の仕事に関係する．『真夜中の遊び』（1973）で小説家としてデビュー．『リッチ&ライト』（1983）でフェミナ賞を受賞，『エチェメンディ』（1990）でフランソワ・モーリアック賞を受賞．現在まで七作の小説があり，1999年にはパリ市小説大賞を受賞している．邦訳としては『シュザンヌの日々』（白水社）に収められた短篇がある．ネルヴァル論（1999）でアカデミー・フランセーズ・エッセイ賞を受賞．スペイン文学の造詣が深く，ベルガミン，ロルカなどを仏訳．最近では，ジャン・エシュノーズ，ジャック・ルーボーなどとともに聖書の翻訳を手がけ，話題を呼んだ．

訳者略歴

千葉文夫〈ちば・ふみお〉 1949年北海道生れ．早稲田大学大学院文学研究科博士課程中退．現在 早稲田大学文学部教授．フランス文学．著書『ファントマ幻想』（青土社）．訳書にレリス『角笛と叫び』（青土社），クロソフスキー『ローマの貴婦人』（哲学書房），シュネデール『グレン・グールド 孤独のアリア』（筑摩書房），シュネデール『シューマン 黄昏のアリア』（筑摩書房），『プーランクは語る』（筑摩書房），マセ『最後のエジプト人』（白水社）ジャマン編『ミシェル・レリス日記』全2巻（みすず書房）など．

フロランス・ドゥレ

リッチ&ライト

千葉文夫訳

2002年4月30日　印刷
2002年5月10日　発行

発行所 株式会社 みすず書房
〒113-0033 東京都文京区本郷5丁目32-21
電話 03-3814-0131(営業) 03-3815-9181(編集)
http://www.msz.co.jp

本文組版 インスクリプト
本文印刷所 平文社
扉・表紙・カバー印刷所 栗田印刷
製本所 鈴木製本所

ISBN 4-622-04866-3

文学シリーズ lettres

黒いピエロ	R. グルニエ 山田稔訳	2300
六月の長い一日	R. グルニエ 山田稔訳	2300
七つの夜	J. L. ボルヘス 野谷文昭訳	2400
なぜ古典を読むのか	カルヴィーノ 須賀敦子訳	3300
少年時代	クッツェー くぼたのぞみ訳	2600
バーガーの娘 1	N. ゴーディマ 福島富士男訳	3000
バーガーの娘 2	N. ゴーディマ 福島富士男訳	2800
この道を行く人なしに	N. ゴーディマ 福島富士男訳	3500

(消費税別)

みすず書房